小学館文庫

日輪草
泥濘の十手

麻宮 好

小学館

日輪草　泥濘の十手

一

永代寺門前東町《えいたいじもんぜんひがしちょう》の家を出た途端、強い陽射《ひざ》しが亀吉《かめきち》のうなじをちりちりと灼《や》いた。真夏みたいだ、と亀吉が初夏の青い空を見上げたときだった。

「夏の香りがしますね」

横に立つ要《かなめ》が嬉《うれ》しそうに形のよい鼻をひくひくさせた。

「夏の香りって何だい」

「青葉のにおいです。陽射しが強くなるからでしょうね」

言われてみれば、すぐそばの板塀の向こうでは、青々とした葉を茂らせた樹木が大ぶりの枝を伸ばしている。大きな丸みのある葉に明るい陽が射し、葉脈が透けて見えた。

「白雲木《はくうんぼく》、ですか?」

要が板塀のほうへ目を向けた。だが、びいどろ玉みたいな綺麗《きれい》な目に樹木の姿は映っていない。要は生まれつき盲目なのだ。

「どうしてわかるんだい」

青葉のにおいで樹木に気づくのはともかく、その名までわかるなんて、と毎度のことながら要には本当に驚かされる。

「花の香りで何となく。紫雲寺《しうんじ》の本堂の脇にもありますから」

紫雲寺とは清住町《きよすみちょう》にある一向宗《いっこうしゅう》の寺で、亀吉も要もそこにある手習所の習い子である。確かに本堂の脇にはこんな木があった、と思いつつ板塀のほうを見ると、枝の先では房状の白い花がほころび始めていた。

「何でも、沙羅双樹《さらそうじゅ》の代わりに植えられている木だとか。白雲木ではなく夏椿《なつつばき》を植えている寺も多いそうですけど」

「沙羅双樹って、お釈迦様《しゃかさま》が亡くなったときに近くにあった木だろ?」

「はい。最愛で、いとしいすべてのものたちは別れ、離ればなれになる、と説法をした後にお釈迦様は入滅しました。その時に沙羅の木も枯れたそうです」

それゆえ『平家物語《へいけものがたり》』の冒頭にも出てくるのです、と要は白雲木から亀吉へ目を転じると真面目《まじめ》な顔をする。

目は見えなくとも要は凄《すさ》まじいほどの読書家だ。もちろん、その裏には要の才に応《こた》えようとする紫雲寺の芳庵《ほうあん》先生や美緒《みお》先生がいるのだけれど。

芳庵先生は紫雲寺の住持だ。本当は「釈何々」という立派な法名があるらしいのだが、手習所にしている庫裡《くり》の号から「芳庵先生」と呼ばれている。一向宗はお上から妻帯が唯一許されている宗派だから、芳庵先生には跡継ぎである息子さんもそのお嫁さんもいたのだが、二人とも亡くなってしまった。その息子さん夫婦の忘れ形見が美緒先生というわけだ。

芳庵先生は大人物として深川《ふかがわ》の住人から尊敬を集め、美緒先生は習い子たちに慕われている。そんな両先生に難しい本を読み聞かせてもらっているので、要は十一歳とは思えぬほどに博学なのだ。『平家物語』は美緒先生がずいぶん前に要に読み聞かせていた。残念ながら、傍《そば》で聞いていた亀吉のおつむりの中には、その中身はたいして残っていないけれど。

「けど、なぜ、沙羅双樹を植えないいんだろうな」

亀吉はうろ覚えの『平家物語』を頭の奥から引っ張り出しながら訊《き》いてみる。

「沙羅双樹は日《ひ》の本《もと》にはないんだそうです」

「ってことは、白雲木は沙羅双樹のにせものか」

「まあ、そういうことになりますね」

要は声を立てて笑い、行きましょうか、と手を差し出した。

博学だといっても、目の見えぬ要が見知らぬ場所を一人で出歩くのは難しい。だから、こうして亀吉は要と手をつないで歩くのだ。

だが、どこにいても要は色々なことに気づく。今みたいに、すぐそこに佇《たたず》む木の名までも当てることができる。ただ、この白い花を見ることはできないのだ、と思うと亀吉は少し切なくなった。その切なさをいつもみたいに軽口で包む。

「おれは、花の香りはわかんねぇけど、食いもんのにおいならわかるぜ」

お、餅のにおいがすらぁ、と声に出した。ちょうど富岡八幡宮《とみおかはちまんぐう》の正面鳥居の前を過ぎたところだ。通りには参拝客を当て込んだ床店がひしめいていて、どこからか、焼餅の香ばしいにおいが漂ってくる。それに合わせて腹がぐうと鳴った。昼飯は食ったけれど、育ち盛りだからか、近頃は食っても食っても腹が減るのだ。だが、これから美味《うま》いものにありつけるのだから辛抱しよう。

亀吉と要が向かっているのは、永代寺門前山本町《やまもとちょう》の森田屋《もりたや》という料理屋だ。そこで、深川の芸者衆が綺麗な着物を着て競い合う「衣装競《いしょうくら》べ」をやるそうだ。言いだしっぺは梅奴姐《うめやっこねえ》さん。深川随一の芸者で、美しいだけじゃなく三味《しゃみ》や踊りの芸も一流だ。

どうして亀吉がそんな芸者を知っているのか。梅奴姐さんもかつては紫雲寺の習い子だったのだ。先生方には大変お世話になったから、と梅奴姐さんは習い子たちに菓子を持ってきてくれたり、女子《おなご》にお針や三味を教えてくれたりするのだ。もちろん、はらっぺらしの習い子たちは梅奴姐さんを大歓迎で、たくさんの菓子もあっという間に消えてしまう。

その梅奴姐さんが、数日前に亀吉の家まで来て、

──森田屋で衣装競べってぇのをやるんだ。亀は目がいいだろ。事前にちょいと手伝っておくれよ。お礼は森田屋特製御膳でどうだえ。

森田屋特製御膳。

それは食いたい。是が非でも、食ってみたい。

──けど、目がいいって言ったって、おれなんか役に立つかな。

──役に立つさ。あたしが言うんだから間違いない。だから、おいで。もちろん、おまきと要も誘ってね。

梅奴姐さんは綺麗な目を柔らかくたわめた。うっとりするような美しい笑顔を見せられたら断れるはずがない。その上、亀吉の眼裏《まなうら》には、とりどりの料理が詰まった森田屋特製御膳がちらついているのだ。

確かに亀吉は目がいい。見たものをおつむりの中に仕舞い、後でそっくりそのまま絵にするのはお手のものだ。いったん見たものはそうそう忘れない。でも、気になる

のは。

――お父っつぁんに言わなくていいかな。

亀吉の問いに、もう話は通してあるから大丈夫だよ、と梅奴姐さんはからりと笑った。

――そうそう。山源《やまげん》さんには、たんとおあしを使ってもらうからね。お内儀《かみ》さんとお嬢さん、家に女が四人もいるんだからさ。衣装競べの着物は全部売りに出すんだ。お父っつぁんはこの辺りでは「山源さん」と呼ばれている。深川一の材木問屋、山《やま》野屋《のや》の主人で、豪放磊落《らいらく》（大人の言である）な気性から深川の人々に慕われているらしい。お父っつぁんは梅奴姐さんの芸を心底気に入っているようだから、喜んでおあしを落とすだろう。おっ母さんや姉ちゃんたちも、綺麗なおべべを買ってもらえるのだから、願ったり叶《かな》ったり、とはこのことだ。

そのおべべを出すのは錦屋《にしきや》という古着屋だ。佐賀町《さがちょう》にある卯《う》の花《はな》長屋の表店《おもてだな》に軒を並べている。もともと、そこにはうさぎ屋という小間物屋があったのだが、女主人のおはるさんと息子の卯吉《うきち》さん――色々あって捨吉《すてきち》さんから卯吉さんに改名した――が火付けを発端とした事件に巻き込まれてしまったのだ。火付けが殺しにまで広がった禍々《まがまが》しい事件には相模屋《さがみや》という大きな薬種問屋が絡んでいたのだけれど、おはるさんは人殺しの濡《ぬ》れ衣《ぎぬ》を着せられて江戸払いの憂き目に遭ったのである。その後、冤罪《えんざい》は晴れたものの、今も卯吉さんと江《え》の島《しま》にいる。

そんなこんなで、卯の花長屋の新顔となった錦屋なのだが、女主人のおりょうさんというのが梅奴姐さんに輪を掛けて気風《きっぷ》のいい人なのである。さばさばした女同士、すっかり意気投合し、今度の衣装競べになったという。

ああ、それにしても腹が減った――

亀吉が今にも鳴りそうな腹を引っ込めたときだ。

「亀吉！　要！」

よく通る声がした。ちょうど、錦屋の建つ路地へと入るところだった。

一の鳥居の方角からおまき親分が駆けてきた。ひっつめ髪にたっつけ袴《ばかま》といういつものいでたちだ。まあまあの器量よしで花も恥じらう十七歳だというのに、色気も何もない。気性も男みたいにさっぱりしている。

でも、件《くだん》の事件で利助《りすけ》の大親分――おまき親分のお父っつぁんで岡っ引きだった――が亡くなったときは相当しおれていた。火付けの真相を追っていた利助大親分は、昨年の十二月から行方がわからなくなっていたのだが、相模屋の寮の焼け跡から変わり果てた姿で発見されたのだ。あんなきついことは今まで生きてきて初めてだった、と現場に立ち会ったお父っつぁんも涙していた。焼け跡を掘り返している際は気丈に振舞っていたおまき親分も、利助大親分の亡骸《なきがら》に対面したときは泣き崩れてしまったそうだ。

その後、亀吉や要の前で涙を見せることはなかったけれど、大好きなお父っつぁんを喪《うしな》って、幾晩も泣いたことだろう。そのときは何と言って慰めていいのかわからなかったけれど、葉桜になる頃には元気いっぱいのおまき親分に戻っていた。

そう今も。

少し吊《つ》り上がった大きな目は、夏の陽を抱いたようにきらきらと輝いている。

「よかった。ここで会えて。一人じゃ心細かったから」

息を切らしながら言う。

「もしかして、佐賀町から駆けてきたのかい」

おまき親分の家は錦屋と同じく卯の花長屋の表店、甘味処《どころ》の梅屋《うめや》である。利助大親分がいなくなった今、そこでおっ母さんのおつなさんと、店の使用人で利助大親分の手下《てか》でもあった太一《たいち》さんと一緒に店を切り盛りしている。梅屋の汁粉は滅法界《めっぽうかい》うめぇんだ。

「うん。鍛えなきゃね。ほら、あたし、十手持ちだから」

おまき親分は胸を張る。そう、おまき親分は利助大親分の遺《のこ》した十手を受け継いだのだ。甘味処の看板娘と岡っ引きの二足のわらじを履いているというわけだ。

江戸の岡っ引きは見廻《みまわ》り方の同心に手札をもらうそうだが、もちろん、十七歳の小娘(おまき親分の言だ)に手札なんぞ与えられるはずがない。

当のおまき親分は、

——手札なんていらない。あたしにはお父っつぁんの十手があるもの。ただ飯倉《いいくら》様のお手伝いができればいいの。

負け惜しみでも何でもなく、心底そう思っているみたいだ。

飯倉様は北町奉行所の臨時廻り同心で、見た目は冷たそうだが実は熱いお人だ。利助大親分が巻き込まれた事件の際には、おまき親分を色々と助けてくれた。飯倉様がいなかったら、利助大親分は見つからなかっただろう。

こうして十手を受け継いだおまき親分は日々張り切って見廻りをしている。ただ相模屋のような大事件なぞ、そうそう起こるはずがない。梅屋のある深川佐賀町は日々平穏で、自身番に持ち込まれる厄介事と言えば落とし物か迷子が関の山だ。だが、そんな小さな事件でも、おまき親分は全力で走る。迷子がいれば必死で親を捜すし、落とし物があれば自身番はもちろん、人の集まる湯屋にお願いして貼り紙などをしてもらう。

——足だけがあたしの取り柄だからね。

足だけってことはないけれど、確かにおまき親分は女子のくせに滅法界足が速いんだ。

そんな元気いっぱいのおまき親分が、一人じゃ心細いだなんて珍しい。

「おれたちがいなくても、梅奴姐さんがいるじゃねぇか」

亀吉がちょっぴり意地悪を言ってみると、

「うん。でも、料理屋なんていっぺんも上がったことがないから」

おまき親分は心配そうに眉をひそめた。

「けど、料理屋で事件があったらどうすんのさ」

「そのときは堂々と行くから」

大丈夫よ、とおまき親分は心持ち胸を張って先に路地に入った。

すると、初夏の風に乗って青いにおいが亀吉の鼻をかすめた。辺りを見たけれどそれらしき樹木はない。振り仰げば、澄んだ初夏の空にはお天道様《てんとうさま》が輝いている。ああ、もうすぐぎらぎらした夏がやって来る。樹木がなくてもちゃんと夏の香りはするんだ。

でも、白雲木のにおいがわかっても、誰よりも真っ先に夏の香りが感じられても。

要は、この空の色を知らないんだ。

再び甦《よみがえ》った切なさの中に、何となく後ろめたいような思いが滑り込んだ。

目が見えないのに衣装競べになんて誘って悪かったかな――

「何か言いましたか」

どきりとして青空から目を転じる。見えないはずなのに要の目はいつも正しくこちらを向いている。本当にこいつは敏《さと》いんだ。亀吉はたった今胸に忍び込んだ思いにそっと蓋をして、

「ううん。なんでもない」

行こっか、と要の手を握り直した。

森田屋の売りは美しい庭である。

堀沿いに建つ多くの料理屋は水面《みなも》が見られる構えが多いそうだが、

――狭い堀なんて見たってありがたくも何ともない。

女将《おかみ》の菊乃《きくの》さんはそう言って、どの座敷からも庭が眺められる造りにしたそうだ。

森田屋常連のお父っつぁんによれば、春は梅と桜、初夏は卯の花、夏は色鮮やかな凌霄花《のうぜんかずら》、秋は萩《はぎ》に緋色《ひいろ》の楓《かえで》、冬は松に雪、というように、四季折々の表情を見せるら

しい。

勝手口の近くにも生垣になるような背の高い躑躅《つつじ》が植えられているが、見頃はとうに過ぎている。椿は花ごと落ち、山茶花《さざんか》は花片を散らす。だが、この躑躅はそのどちらでもなく、枝についたまま茶色くしぼんでいた。

「ごめんください」

おまき親分が勝手口から声を掛けると、

「ああ、よく来たね。梅奴から話は聞いてるよ」

女将の菊乃さんが出迎えてくれた。梅奴姐さんの養い親で、かつては名の売れた芸者さんだったという。梅奴姐さんの器量と美声に惚《ほ》れ込んで、子どもの頃から厳しい稽古を課したそうだ。

――菊乃かあさんは稽古の鬼さ。朝から晩まで三味と踊りと稽古漬けの毎日だったからね。まあ、だからこそ、こうして芸者としておまんまをいただけてるんだけどさ。

折に触れ、梅奴姐さんはそんなふうに言う。

「あら、おまきちゃん。また、そんな味気ない恰好《かっこう》して。せっかくの器量がもったいない」

稽古の鬼は青眉をひそめ、ずけずけと言う。

「あたしの器量なんかたいしたことないですよ。女将さんこそ相変わらず綺麗ですね」

あれ、おまき親分もさらりとおべっかを使えるようになったんだ。まあ、あながちおべっかでもないけどさ。菊乃さんはそろそろ五十路《いそじ》に手が届くらしいけれど、とてもそうは見えない。色は抜けるように白いし、背筋がぴんとしてちょっとした身ごなしも綺麗だ。これも稽古の賜物《たまもの》なんだろう。

「まあ、なかなか言うようになったわね。けど、着物を見たらきっと欲しくなるわよ。おりょうさんに頼んで安くしてもらいなさいな」

おまき親分のおべっかに、満更でもなさそうに菊乃さんは微笑《ほほえ》み、「下駄を持ってついておいで」と三人を手招きした。

「ここ、色々なにおいがしますね」

脱いだ下駄を手にした要がささやく。

うん、確かに。壁に設《しつら》えられた棚には乾物が並べられ、床には芋などの蔬菜《そさい》が入った籠が無造作に置かれている。鰹節《かつおぶし》や昆布、味噌《みそ》、醬油《しょうゆ》、雑多な食材のにおいが柱や床板にも染みついているのがいかにも料理屋の勝手口らしい。見えぬ板場の方からは煮しめの甘じょっぱいにおいが漂ってくる。

ああ、腹が減った。亀吉の胸中に唱和するように、

「お腹《なか》が減りましたね」

要がぼそりと言った。

「うん」

要の言葉で余計に腹が減ってきて、森田屋特製御膳がまたぞろ目の前にちらついた。でも、花より団子というわけにはいかない。先に頼まれごとを確かめなくては。

菊乃さんに導かれて中庭へ赴くと、そこはまさしく百花繚乱《りょうらん》だった。真ん中で咲き誇っている大輪の花はもちろん梅奴姐さんだ。黒の地だが、青の濃淡で彩色された流水紋《りゅうすいもん》に真っ白な卯の花が無数に散っているのが華やかだ。帯は花の色に合わせたのだろう、青みがかった白だ。まあ、梅奴姐さんなら何を着てもどこにいても水際立って映るだろうけど。そして、姐さんの周囲を美しく彩っているのは何人もの芸者さんたちである。これも夏の装い。芙蓉《ふよう》やら牡丹《ぼたん》やらの華やかな意匠が入り乱れ、目がちかちかしそうだ。白粉《おしろい》のにおいなのか、庭中に甘い香りまで漂っている。

その中に一人だけ、藍縞《あいじま》の紬《つむぎ》姿の地味な女子がいた。歳《とし》は十三、四ってところ。棗《なつめ》の種の形をした大きな目はおまき親分に少し似ているかな。くっきりとした黒眸《くろめ》は夏の光を宿しているようだ。この子は衣装競べに出ないんだろうか——

「ちょうどよかった。亀が来るのを待ってたんだ」

梅奴姐さんに肩を叩《たた》かれ、亀吉ははっと我に返った。あわてて頬の辺りを引き締める。見知らぬ女子に見惚《みと》れていたなんて知られたら、姐さんたちのからかいの種になることは間違いない。

「おれなんか、何も役に立たないぜ」あれ、変だ。胸がどきどきしてる。「そうそう、おまき親分のほうが、まだましだろ」

胸の音に戸惑いながらおまき親分に水を向けると、

「まだましって、どういうことよ」

ぷうっと頬を膨らませた。

そんなやり取りを見ていた梅奴姐さんはくすりと笑い、

「まあ、いいからおいで」

と亀吉たちを優しく手招いた。

女子のほうをそっと見ると、ちかりと目が合った。胸がぴょんと飛び跳ねる。顔まででかっかしてきやがった。

慌てて女子から目を逸《そ》らし、梅奴姐さんについていくと、

「どの辺りに舞台をこさえたらいいと思う」

庭の最奥へと行き、手を広げて隅から隅まで見渡した。

コの字形の外廊下に区切られた庭はちょうど四角い形をしており、座敷のない北側には築山《つきやま》が置かれ、その右手に桜と楓、左手には松と梅が配されている。さらに、築山から庭を斜めに突っ切るように小川を流し、その隙間を埋めるようにして季節の花を植えている。東西南、一階と二階の座敷の三方どこからでも庭が眺められるようになっていた。

四月の今は、真っ白な卯の花が満開で、淡い青色の紫陽花《あじさい》がぽつぽつと花開き始めているのも美しい。お父っつぁんによれば、季節というのは十日で変わるそうだから、この眺めも三日後の衣装競べのときには少しばかり違って見えるのかもしれない。草木は、いや、季節は生きているのだ。

でも——庭を見ているうちに亀吉の頭の中にふっと疑問が萌《きざ》した。

この庭で衣装競べをやるのなら。

「秋まで待てば楓が綺麗なのに、どうして今やるんだい」

「それは、ほら」

梅奴姐さんが目で指したのは、西側の縁先で菊乃さんと話すおりょうさんだ。

ああ、そうか。

「錦屋を助けたいんだね」

「まあね。何しろ江戸に来てまだ間もないだろう。なかなか客がつかないのさ。値の割にはいいものを置いてるんだけどね」

錦屋のおりょうさんは、上州《じょうしゅう》から身《み》一つで江戸へ来たという。ぐうたらの夫に三行半《くだりはん》を突きつけてきたんだと、梅奴姐さんは嬉しそうに笑った。

「三行半ってのは男から女に渡すものじゃないのかい」

亀吉が問うと、子どものくせによく知ってるね、と今度は苦笑を洩《も》らす。話題になっていることに気づいたのか、おりょうさんがこちらを見ながらにっと笑う。

色黒でがっしりした体格のおりょうさんは言葉も荒い。切って捨てるように喋《しゃべ》るので最初は少し怖かったけれど、人柄を知ってからはそんなことはなくなった。菊乃さんもさばさばした気性の人だから、女三人寄れば姦《かしま》しいというより頼もしい。三人の前では、気の強いおまき親分ですらおしとやかに見えちまう。

「上州女は強いんだ。まあ、おりょうさんを見ればわかるだろうけど。ただ、強いってのはね、見方を変えれば働き者だってことさ」

おりょうさんの生まれた村はお蚕《かいこ》で潤っていたらしく、そんな村では男より女のほうが稼ぎのいい家もあるという。お蚕の世話に繭の選別、糸繰り、機織《はたおり》などなど、すべて女の仕事だ。ことに糸繰りの作業は難しい。煮えたぎる湯の中で躍る繭から糸を挽《ひ》くそうだからきっと汗だくになることだろう。おりょうさんは挽子としても織子としても腕が立ったから、春蚕《はるご》の時季には引っ張りだこで、そのせいか夫は飲んだくれてばかりいたそうだ。

このままじゃ、あたしの人生はこの男に食いつぶされる。

夫が酒に呑まれて他所《よそ》で騒ぎを起こしたのをこれ幸いとばかりに去り状を書かせ、一念発起して江戸へ出た。織の仕事で知り合った機屋の手代《てだい》に背を押されたのも力になった。その手代の知己《ちき》が深川にいて、おりょうさんはあれよあれよという間に卯の花長屋に住むことが決まったという。

だが、名うての挽子であり織子だからと自信満々で江戸に乗り込んできたのはいいものの、商いはまったくの素人《しろうと》だ。せっかくいい品を仕入れても、どう広めたらいいのかわからない。

「で、だったら、あたしが一肌脱ぐよってんで、こうなったのさ」

梅奴姐さんはにっこり笑った。

なるほど。秋まで待たないのはそういうわけか。この衣装競べは、錦屋の広めになるんだな。

「森田屋に来る旦那衆なら気前がいいですもんね」

おまき親分が大きく頷《うなず》いた。

うん。確かにお父っつぁんは気前がいい。よすぎるくらいだ。

「そうさ。で、この庭なんだけどね。座敷のどこからでも見えるってのが、却《かえ》って仇《あだ》になっちまってさ。座敷が三方になるからね。築山を背景に緋毛氈《ひもうせん》でも敷いて仮の舞台をこさえようかと考えたんだけど、今になって何だかしっくり来なくてね」

なるほど。それだと築山の正面、南の座敷からはよく見えるが、東西、しかも玄関に近いほうの座敷からは真横になるので見づらいかもしれない。

おれを呼んだってのは、そういうことか。

亀吉は正面から築山を眺めるのをやめて、桜と楓の見える東側の廊下へ移動した。下駄を脱いで外廊下に上がる。

「梅奴姐さん、築山の前に立ってよ」

声と手振りで合図を送る。あいよ、と頷き、梅奴姐さんが築山前の桜の樹下に立った。

「ここでいいかい」

よく通る声で亀吉に向かって返す。ああ、綺麗だ。立っているだけなのに、背筋がぴんと伸びて美しい。けれど、場所を変えたら――

亀吉は東の外廊下をさらに北へと向かい、梅奴姐さんを真横から見る。やっぱり正面がいっとう見やすい。

東西南。三方、どこの座敷からでも芸者さんたちの艶姿《あですがた》を存分に拝むにはどうしたらいいだろう。頭の中に庭の絵を置き、その中で梅奴姐さんをああでもない、こうでもない、と移動させる。

梅奴姐さんを庭のど真ん中に置いたとき――ああ、そうだ。そうすればいいと閃《ひらめ》いた。頭の中の梅奴姐さんも、それいいね、と亀吉に向かってにっこり笑う。

よし。亀吉は縁先から庭に下りると本物の梅奴姐さんの前に立った。こちらを見下ろす切れ長の目には期待の色が浮かんでいる。

「橋を架ければいいよ」

「橋？」

梅奴姐さんより先に、おまき親分が素っ頓狂《すとんきょう》な声を上げる。いつの間にか、要と一緒に近くへ来ていた。

「そう。せっかく小川があるんだから、橋を架けようよ」

「けど、橋って言ったって――」

「なるほど」と要が弾むような声で梅奴姐さんの言を遮《さえぎ》った。「橋の上を芸者さんたちに歩かせるんですね」

さすが要だ。庭の様子が見えていないのに、ちゃんとおれの言いたいことをわかってくれた。

「そっか」と梅奴姐さんの色白の顔にぱっと陽が射した。「芸者を歩かせれば、いろんな方向から見えるものね。二階からも見えやすくなる。亀、あんたってば」

何て子なの、といきなり抱きついてきた。いいにおいだけど苦しいよ、姐さん。

「けど、後三日しかないよ」

おまき親分が水を差すようなことを言い、

「そういや、そうだ」

醒《さ》めた口調で梅奴姐さんが亀吉からさっと身を離した。

せっかく陽が射したっていうのに、梅奴姐さんの眉の辺りはすっかり曇っちまった。ったく、おまき親分ったらわかってねぇな。

女二人の不安を拭うべく、亀吉は胸を張ってきっぱりと言ってやった。

「大丈夫さ。おれを誰だと思ってるんだい」

正しく言えば、「おれ」ではなく「おれのお父っつぁんを」だけれど。虎の威を借る何とやら、ここは天下の山源の威を存分に借りることにしよう。

「なるほど。山源さんに頼むんだね」

梅奴姐さんの眉間《みけん》のこわばりが解けた。

「うん。お父っつぁんに頼めば、一日で仕上げてくれると思う」

安請け合いかな。いや、大丈夫だ。お父っつぁんは梅奴姐さんの一番のご贔屓《ひいき》だから。

眉目もよし、佇まいもよし、喉もよし、気風もよし。梅奴は深川の宝だ。あんな芸者は金輪際《こんりんざい》現れねぇ。

深川の宝――梅奴姐さんを称するときのお父っつぁんの決まり文句だ。おっ母さんが悋気《りんき》を起こさないかしらん、と亀吉が心配するほど惚れ込んでいるのである。梅奴姐さんのためなら、一肌どころか、二肌も三肌も脱ぐだろう。

知り合いの大工に頼めば一日もかからずに仕上げてくれるはずだ。小川をまたぐようにして斜めに架ければ、芝居の花道みたくなるんじゃないか。

「ああ、よかった。亀ちゃんに来てもらって。あたしの見立て通りだよ」

よし。〝亀〟から〝亀ちゃん〟に昇格だ。

「で、お次は要だよ」

梅奴姐さんは澄んだ目で要をまっすぐに見下ろした。

へ？　思わず声が出そうになった。お次はって、要に何を頼むんだろう。確かに要は賢い。利助大親分が亡くなった春の事件のときにも大活躍だった。けど、衣装競べで要ができることなんて──

「音はどこで鳴らしたらいい？」

続く言に思い切り、頰を打たれたような気がした。

衣装競べで要ができることなんて。

そんなふうに思ったことが心底から恥ずかしかった。いつもそばにいる己が要のことを一番よく知っていると思っていたけれど、そんなことなかったんだ。おれは馬鹿だ。大馬鹿もんだ。目がいいなんて言われて天狗《てんぐ》になっていたけれど、その実、肝心なことは何にも見えていなかった。

「そうですね。さっき、亀吉《かめきち》っちゃんと梅奴姐さんがやり取りをしてましたけど、亀吉っちゃんの声のほうがよく響いていました。築山と壁があるからだと思います」

要が見えぬ目を北側に向けた。おまき親分から聞いたのだろう、確かに築山の背後は壁になっている。その裏は店の帳場《ちょうば》や客を待たせる小座敷だ。

「なるほど。声が跳ね返るってことだね」

梅奴姐さんの目が輝いた。

「はい。ただ、わたしのいた場所では、ということです。他の場所にいれば、また違ったように聞こえるでしょう」

「だったら、どうすればいいの？」

おまき親分がもどかしそうに眉をひそめる。

「大事なのは、すべてのお客様に美しい音を届けることです。四角い庭で、座敷が三方ですから、庭の四隅に三味を弾く方を置けばいいかと」

要は庭を見渡すようにして首を回した。

四隅の音が真ん中でひとつになって空に昇っていくなんて。うわぁ。思い描いただけでわくわくするじゃねぇか。

「ただ、微妙に音の聞こえ方にずれが生じるかもしれません」

いささか残念そうに要が眉をひそめた。

「いや、その微妙なずれもまた風情があっていいと思うよ。その代わり、腕のいい三味線弾きを選ばなきゃ。うん。何だかわくわくしてきた」

ありがとう、と梅奴姐さんがくしゃくしゃに笑いながら要の頭をぐりぐり撫《な》でた。

要は首をすくめながらも、頬を染めてにこにこしている。でも、褒められたのが嬉しいんじゃない。意見を求められたのが嬉しいんだ。もしかしたら、四隅に三味線を置くことを梅奴姐さんは端《はな》から考えていたのかもしれない。でも、敢《あ》えて要に意見を求めた。こういうことをさらりとやれるのが梅奴姐さんなんだ。

なあ、おまき親分──

ところが、こちらは浮かない顔をしていた。

「あたしは、何にも役に立たないね」

この子たちの親分なのにさ、と子どもみたいに口を尖《とが》らせている。何だか、今日のおまき親分は変だ。一人で来るのが心細かったとか何とか言ってたし。

「何言ってんのさ」梅奴姐さんがおまき親分の肩をばしんと叩いた。「おまきちゃんには、とっておきの頼み事があるんだよ」

「とっておきの？」尖った口がぽかんとほどける。

「そう。要と亀にはできないことさ」

おれと要にはできないことって何さ？

亀吉が目で問うと、

「衣装競べに出るんだよ」

事も無げに梅奴姐さんは言う。

おまき親分は大きな目をこれ以上は無理、というくらいに見開いた。

「おまきちゃん、聞いてる？」

梅奴姐さんに肩を揺すられ、ようやく我に返ったような面持ちになった。

「やだ」とおまき親分は大きくかぶりを振った。「そんなのやだ。だって、踊れないもの。綺麗な着物を着たって何をしたらいいのか——」

四の五の言わずにこっちへおいで、と梅奴姐さんはおまき親分の手を強引に引っ張り、おりょうさんのいる縁先へと連れていってしまった。

「梅奴姐さんにかかったら、おまき親分も形無《かたな》しだよな」

女二人を見送りながら亀吉が言うと、

「はい。けど、おまき姉さんもやっぱり女子なんですね。やだ、と言いつつ楽しそうですよ」

要がくすくす笑った。うん、確かに楽しそうだ。

亀吉っちゃん、と要が笑いながらこちらを向いた。

「衣装競べ、楽しみです」

心底楽しそうだった。その面持ちを見たら、亀吉の胸奥で凝《ここ》っていた小さな後ろめたさがふわりとほどける。

要が衣装競べを見ても面白くないかもしれないなんて、どうして思ったんだろう。

「うん。おれも楽しみだ。おまき親分がどんなふうになったか、仔細《しさい》に教えるからな」

目で見なくてもいいんだ。

耳で、鼻で、手で。

要はいろんなものを見る。懸命にわかろうとする。

わかろうとするからこそ、夏は要の前にその姿を鮮やかに現すんだ。夏だけじゃない。秋も冬も春も要はすぐにその気配に気づく。だから、すぐに彼らと手をつなぐことができる。

そんなことは、とうに知っていたはずなのに。何べんも何べんも、要に教えてもらっていたはずなのに。

どうしてだろう、馬鹿なおれは、そのことを時々忘れてしまう。

「亀吉っちゃん」

呼ぶ声で我に返った。呼んだくせに、要は細い首を空に向かって伸ばしている。

「本当に、本当に楽しみです」

亀吉っちゃん、誘ってくれてありがとう。

要の澄んだ声が空へと昇っていく。ほどけた後ろめたさまでもが、青い空の彼方《かなた》へ散っていくような気がした。

こっちこそ、ありがとうな。要。

亀吉が心の中で呟《つぶや》いたとき。

やだ、こんな派手なの。

若いんだから、これくらいのものを着なきゃ。

おまき親分のごねる声と梅奴姐さんの叱る声がした。

笑いながら縁先へ目をやると、きらりと光る眸《ひとみ》にぶつかった。梅奴姐さんからは少し離れた場所に立ち、こちらを見ていたのは藍縞の夏紬の子だ。おまき親分の次に地味だけれど、おまき親分に負けないくらい強い眸だ。その夏の陽のような眸は、小さく瞬《またた》いた後、すいと逸らされた。

どうしてか、またぞろ胸が高い音を立て始める。

あの子、いったいどこの子なんだろう。

二

「あら、いい柄じゃないか。梅奴さんのお見立てかい」

店の小上がりで、母のおつなが着物を手に取り、目を細めた。

——おつなさんに見せておやりよ。

そんなおりょうの勧めに従い、おまきは自らがまとう着物を家に持って帰ったのだった。暖簾《のれん》を仕舞った後の梅屋の店内はがらんとしているが、甘い小豆のにおいがふんわりと漂っている。

「ううん。おりょうさんに見立ててもらった」

おまきは横で茶をすするおりょうを見上げた。色の黒い肌はなめらかだし、少し厚めの唇を除けば目鼻立ちは整っているのだが、いかんせん、男並みのがっしりした体《たい》軀《く》に目を奪われてしまう。背丈は五尺六寸と聞いているが、腰も太腿《ふともも》も立派なので座していると もっと高いように思える。

「この柄が嫌だって、ずいぶんとごねたんさぁ」

語尾が強く跳ね上がるのは上州訛《なま》りなのだろう。最初は怒っているみたいに聞こえたけれど、慣れてくるとはきはきしていて好もしい。竹を割ったような、というのはこういう人を指して言うんだろう。

「まあ。何て贅沢《ぜいたく》な。こんないい着物を貸してもらえるのに」

母の丸い顔が四角になった。

「いんや。貸すんじゃないよ。それは、おまきちゃんにやるよ」

「とんでもない。こんないいものをいただくわけには」

おまきが慌ててかぶりを振ると、

「いや。もらってよ。三日後の衣装競べのお礼だからさ」

おりょうは音を立てて茶を飲んだ。

でも——おまきは喉まで出かかった反駁《はんばく》の言葉を押し返した。

溜息《ためいき》をそっと呑《の》みくだし、赤と白の千鳥格子の着物にそっと触れる。

父、利助の失踪事件にからみ、同心の飯倉と探索をした際、うさぎ屋のおはるに借りた千鳥の紋様を散らした小袖を思い出したのである。飯倉の遠縁の娘と偽るために、女子らしい恰好をしたのだが、探索だというのにやたらと浮かれていた。それと言うのも、

——利助小父《おじ》さんのことが落ち着いたらさ。一緒になってくれねぇか。

幼馴染《おさななじみ》の卯吉と二世《にせ》の契りを交わしたばかりだったからだ。

いや、交わしたのではなく交わす寸前だったのだ。一緒になろう、という卯吉の申し出におまきはきちんと返事をしていなかった。返事をする前に、相模屋にまつわる火付けと殺しの件で夫婦約束は白紙に戻ってしまったからだ。

――約束を果たせなくてごめん。

別れる際に卯吉は確かにそう言った。

つまり、夫婦になる約束はなかったことにしようというわけだ。罪人として江戸払いになったおはるの状況を考えればそうなるのも仕方がない。

――それは、おあいこだから。

おまきは、卯吉にそう返した。

二人が一緒になるということは、畢竟《ひっきょう》、どちらかが母親を捨てるということに他ならない。だが、卯吉は江の島に行くおはるを捨てられなかったし、おまきは江戸にいる母を捨てられなかった。養い親であったとしても二人にとってはそれぞれ大事な母親だからだ。命を懸けて守りたい人だからだ。何より、あの時点では父の利助が見つかっていなかったから、泣く泣く別れるしかなかった。

けれど、おはるの冤罪は晴れた。だから、いったん諦めたはずの卯吉との約束を、明るい色の夢を、おまきは再び胸の中で紡がせることとなった。

おはると卯吉が江戸に戻ってきたら、卯の花長屋でおはるは再びうさぎ屋を開く。そうして、卯吉が言ってくれたように、

——うさぎ屋と梅屋は近いから行ったり来たりすればいい。小父さんと小母《おば》さんのことも実のお父っつぁんとおっ母さんと思って大事にするから。

おまきと卯吉が夫婦になって、二人のおっ母さんを大事にして、そのうちに子どもが生まれて、甘味処と小間物屋を切り盛りしながら、忙しいけれど幸福な暮らしを送る。

丙午《ひのえうま》生まれの女だから、とあきらめていた夢が叶うかもしれないと思った。

世間では丙午生まれの娘は縁遠いとされている。男会いたさに実家に火をつけたお七《しち》という娘が丙午生まれだったところから来ているそうだ。もともと丙午は火事の多い年とされていたが、そこにお七の話が結びつき、丙午生まれの女は気性が荒く、男を喰《く》い殺すという言い伝えが生まれたらしい。

しかも、おまきは捨て子だ。

おまきが生まれた、天明六年（一七八六年）は大洪水が起き、本所《ほんじょ》深川一帯は水浸しになったそうだ。お救い小屋に人が溢《あふ》れるほどの水害だったそうだから、やむにや

まれず子を捨てた親は少なくはなかっただろう。

養父母である梅屋のお父っつぁんとおっ母さんはおまきを慈しんでくれたけれど、丙午生まれの女子と捨て子という烙印《らくいん》は長いことおまきを苦しめた。手習所でもいじめられたし、おまき自らその烙印をなぞり、女子の幸福をあきらめていた。

だが、こんなおまきでも卯吉は嫁にしたいと言ってくれた。はねっ返りで意地っ張りの女子を好きになってくれたのだ。

だから、おまきはなるべく変わりたくない。丙午生まれの娘だから、と目を背けてきた女らしさを今更、身にまとうのはやめようと思う。あたしが変わってしまったら、卯吉の心も変わってしまうような気もする。

でも——

こんなふうに綺麗な着物を見たら、心が沸き立ってくるのを抑えられない。それがわかっていたから、衣装競べの話を聞いたとき、少し迷ったのである。綺麗に着飾った芸者さんたちを見たら、羨ましいと思いそうだったから——

「おまきちゃんは花になれるんだから、おなり」

諭すような声で我に返ると、おりょうの優しい眼差《まなざ》しとぶつかった。

「花に？」

ほろ苦い記憶を辿《たど》っていたから、すぐには意味がわからなかった。物思いに耽《ふけ》る前、おりょうは何と言っていただろうか。ああ、そうだ。衣装競べのお礼にこの着物をくれると言っていたっけ。

「そう。綺麗な花さ。あたしはこんな図体《ずうたい》だから、いくら望んでも花になんかなれなかった。けど、おまきちゃんは花だ。今は固い蕾《つぼみ》でも、その時季が来れば、こぼれんばかりに咲こうとする。そんな花を自らむしりとっちまうのは可哀相《かわいそう》だ」

咲こうとする花を自らむしりとる。

錐《きり》を揉《も》みこまれるように胸が痛んだ。そうか。この痛みは花をむしりとろうとする痛みか。

でも、どうして？

どうして、この人はあたしの胸の内がわかるんだろう。あたしの背負ってきたものも卯吉さんとのことも知らないのに、どうして硬く凝った心の奥まで見通すことができるんだろう。

おまきの疑問に答えるように、あのね、とおりょうは飾り気のない唇をほころばせた。

「みんなのために咲く花もあるんだよ」

例えば梅奴がそうだ。あの人が深川界隈《かいわい》を歩けばみんなが振り向くだろう。男ばっかりじゃない。あの花に惹《ひ》かれるのは、むしろ女のほうかもしれない。美しいだけじゃなく凛《りん》として強い。雨が降っても風が吹いても、決して折れることのない花だ。折れようがないんだ。だって、梅奴は泥の中から咲いた睡蓮《すいれん》の花だもの。泥濘《ぬかるみ》の中にあっても決して泥にまみれることのない、真っ白でしなやかな花だもの。

あたしもあんなふうになりたい。

「若い芸者たちはそう思っているはずだよ」

おりょうはにっこり微笑む。

「でも、あたしは梅奴さんとは違います」

あれほどまでに美しくて強い人とは、そもそも根っこから違う。泥の中であたしはきっと立っていられない。

「そうだね。でも、違うからいいんじゃないかい。十手持ちの小娘が胸を張って歩いているのを見て、力をもらう芸者さんや旦那衆だっていると思うよ」

十手持ちの小娘に力をもらう——

「あたしは深川で商いを始めて間もないけど、利助さんやおまきちゃんのことは時々耳にするよ」

「本当ですか」

ああ本当だよ、とおりょうは言う。嘘《うそ》なんかつくもんか、と豪快に笑う。育ての親を捜し当てた娘の真摯《しんし》な思いに心を動かされたのは、一人や二人じゃない。父親の十手を引き継いだことを知っている人は知っている。おまきが自身番にしょっちゅう顔を出し、迷子の世話や落とし物を捜す姿を見ている人はきちんと見ている。梅屋の母子《おやこ》を応援している人はたくさんいるんだ。

「見えないかもしれないけどね、そういう人たちは確かにいるんだよ」

おりょうは大きく頷いた。その横で、母が洟《はな》をすすり、袂《たもと》で目元を押さえている。

「なぁんて、偉そうなことを言ってるけど、本音は錦屋を繁盛させたいのさ。おまきちゃんは器量よしだからね。よろしく頼むよ」

お茶、ご馳走様《ちそうさま》、とおりょうは母の肩をぽんと叩き、静かに立ち上がった。母も慌てた様子で立ち上がり、表まで送る。

涙もろい母のことだ。きっとおりょうに泣きながら礼を述べているのだろう。

——見えないかもしれないけどね、そういう人たちは確かにいるんだよ。

そうなのかもしれない。

おりょうが座していた辺りに、おまきはそっと目を転じた。そこには温かくどっしりした気配が在る。見えないけれど、確かな力となっておまきを包みこむ。総身が温《ぬく》もり、身の内の血が音を立てる。

十手持ちの小娘が、どんなふうにこの着物を着たら似合うだろうか。おまきは鮮やかな千鳥格子の着物にそっと手を当てた。

その三日後。からりと晴れた佳《よ》き日になった。

亀吉と要より一足先に森田屋に入る。庭に面した外廊下ではおりょうと女将の菊乃、梅奴、それに三味線の弾き手たちが話をしている。菊乃は甕覗《かめのぞ》きと呼ばれる薄水色の絽《ろ》に紺の紗献上《しゃけんじょう》をきりりと締め、いかにも女将といった風情である。他の女たちはどこか似たような藍縞姿だが、梅奴だけは後で美しい黒小紋に着替えるのだ。

いち早くおまきに気づいたのはおりょうで、

「ああ、おまきちゃん、来たね」

と相好を崩した。

よろしくお願いします、と言いかけて、眼前に広がる光景におまきは息を呑んだ。

小川をまたぎ、庭を斜めに区切るようにして檜《ひのき》造りの橋が出来上がっていた。爽やかな木の香がここまで漂ってきそうな美しい花道は、初夏の透き通った光をはね返し、金色に輝いている。飾り気のない素肌の檜がこれほどまでに美しいとは思わなかった。

廊下に突っ立ったまま庭を眺めるおまきへ、

「すごいでしょう。さすが、山源だわ」

菊乃が我が事のように胸を張り、

「こんなに立派になるとは思わなかったけどね」

梅奴が切れ長の目を嬉しそうにたわめた。

――ちんけなもんを拵《こしら》えたら、森田屋の名にも山野屋の名にも傷がつく。ここは、奢《おご》って総檜にしようぜ。

山野屋源一郎《げんいちろう》はそう言ったそうだ。

「檜に衣装が負けないといいけどね」

おりょうが心配そうに眉をひそめれば、

「大丈夫だよ、おりょうちゃん。この梅奴様が目利きしたんだから」

梅奴がおりょうのがっしりした肩を抱き寄せる。

なるほど、梅奴の目利きか。確かに先日芸者たちが羽織っていた着物はどれもが洒落《しゃれ》ていた。羽二重や綾織《あやおり》など高直《こうじき》な素材ではなく、太織や紬などの手頃なものばかりだったけれど、意匠の凝ったものが多かった。太織は屑《くず》繭や玉繭と呼ばれる半端な繭から取る太糸を材料とした織物で、木綿のような丈夫さの中に絹の光沢を併せ持つ。安価なので錦屋では多く扱っているという。

この千鳥格子だって太織だ。でも着方によっては――

「あの、おりょうさんにお願いがあるんです」

おまきは風呂敷を抱え直した。

「あたしに？」

大きな目が丸くなる。

「はい。あたし、おりょうさんみたいな髪にしたい」

おまきは視線を心持ち上げた。豊かで艶やかな黒髪はきっちりと巻き上げられ、高くそびえている。自分も同じようにしようと昨夜決めたのだ。緋鹿《ひが》の子の手絡《てがら》も花の簪《かんざし》もいらない。この髪には大ぶりな櫛《くし》ひとつがあればいい。丙午生まれの女だから「娘らしさ」を厭《いと》い、遠ざけるわけじゃない。

あたしはあたしだから、好きなようにするんだ。

「この髪？」

おりょうが右手で自らの髪に触れる。それ、いいかも、とおりょうの隣で梅奴がにっと笑った。

「おまきちゃんには、娘らしい結綿《ゆいわた》より、そっちのが似合う。せっかくだから思い切り引き上げておやりよ。こう、目じりが吊り上がるくらいにさ」

細い指で梅奴がまなじりを引き上げると、今度は菊乃がぷっと噴き出した。

「いいねぇ。きりりとしてて。けど、素直そうな髪だから、崩れないようにたっぷり髪油をつけておやりね」

「そうだ。帯は黒にしよう。きりっとした黒がいい」

梅奴が膝を叩けば、

「よし。そうすべぇ」

とおりょうが相好を崩した。気持ちが昂《たか》ぶると上州訛りが出るみたいだ。

「本当は白にしようかと思ったけど、光沢のある黒の帯を持ってきてるから、それを合わせたらよかんべ」

おいで、と大きな手がおまきの手首を摑《つか》んだ。

「あたしも後から行くからね」

振り返ると、梅奴が菊乃と話をしながらひらひらと手だけを振っていた。

おりょうに連れて行かれたのは襖《ふすま》をぶち抜きにした広い座敷である。

障子を開ければ、朱に藍に紫に山吹《やまぶき》に、と衣桁《いこう》に掛けられた着物の色がおまきの目に殺到した。色が満ち溢れている座敷の中で異彩を放っているのは、いっとう奥に掛けられている黒の小紋だ。黒地でも決して地味ではない。青々とした流水紋に真っ白な卯の花を散らした意匠は威風堂々として見える。着物の持つ力もあるが、袖を通した人の気が既に乗り移っているのかもしれない。梅奴の美しい舞に合わせて卯の花も一緒に舞うのだろう。ああ、楽しみだ、と小紋に見惚れていると、

「さ、早く支度しよう」

おりょうに肩を叩かれた。ちょいとそこを空けてくれるかい、と襦袢《じゅばん》やら帯やらで足の踏み場もない座敷の隙間を見つけてのしのしと歩いていく。

「着物を脱いだらここにお座り」

言われるままに、小袖とたっつけ袴を脱いで襦袢ひとつになった。座敷の隅に腰を下ろせば、ひっつめた髪を無造作に解かれ、大ぶりの櫛で髪を梳《す》かれる。

「綺麗な髪だ。真っ直《ます》ぐでしなやかで」

おりょうが呟くように言うと、

「ほんに綺麗だこと。羨ましい」

隣にいた芸者が半身をひねった。

「肌も綺麗だねぇ。白粉は要らないんじゃないかえ」

その横で紅を差していた芸者がにっと笑う。他の芸者たちもどれどれ、と集まってきて、おまきを取り囲む。その間もおりょうの手は休むことがない。梳かれた髪に少しずつ髪油を馴染《なじ》ませ、再び櫛で髪を梳いていく。こめかみがついと引き上げられたと思ったら、髪が元結《もとゆい》で括《くく》られた。

「止めておかないと崩れちゃうから」

言いながら、きりきりと髪を巻き上げていく。何だか背筋まで伸びるようだ、と思ったところで、

「あんたたち。何をしてるんだい。早く支度おし」

障子が開いて、梅奴が顔を出した。おまきの様子を見ていた女たちがわらわらと元いた場所へ戻っていく。

白粉なしで紅だけ引こう、とおりょうが大ぶりの刷毛《はけ》を手にしておまきの目元と頬をひと刷《は》きする。よし、と頷くと貝殻に入った紅を細い筆で掬《すく》い取り、おまきの唇に丁寧に塗ってくれる。

「ほい、一丁上がり」

手渡された鏡の中には見たことのない娘がいた。いつもより吊り上がったまなじりは、ほんのりと桜色に染まり、唇は着物の赤よりも濃い、きりりとした色に染まって

いる。何より、高く巻き上げられた髪のおかげで、顔の輪郭がくっきりしてずいぶん大人びて見えた。

これが、あたし——

「どうだい」

得々とした声で我に返った。

「——あたしじゃないみたい」

ようやく声に出すと、何言ってんだい、とおりょうはころころと笑った。

「これがおまきちゃんさ。八幡宮前を歩いてごらん。みんなが振り向くだろうね——」

さ、後は着替えだ、とおりょうが言いかけたときだ。

「何だえ、これは！」

梅奴の大声が耳朶《じだ》を打った。

思わず振り向くと、梅奴が強張《こわば》った表情で辺りを見渡していた。手にしているのは、件の黒い夏小紋だ。おりょうが弾《はじ》かれたように立ち上がり、傍《そば》へ行く。おまきも慌てて後を追った。

ひっ、とおりょうが悲鳴のような声を上げる。

黒の小紋は背中から裾の辺りまでざっくりと切り裂かれていた。衣桁に掛かっているときは、切られているとはわからなかった。

「誰だい！　こんなことをしたのは！」

おりょうが大きな目を吊り上げる。芸者たちはおどおどした様子で互いに顔を見合わせているが、もちろん名乗り出るものはいない。

梅奴が太息を吐き、きっぱりと顔を上げた。切れ長の目で広い座敷を見渡してから、

「切られているのは、これだけかえ。他のを検《あらた》めておくれ」

さっきとは打って変わって落ち着いた声で訊《たず》ねた。その声で我に返ったのか、芸者たちが慌てて立ち上がり、衣桁に掛かった自らの着物を検めにいく。既に着付けを終わっている者は、後ろを見ておくれ、と近くにいる者に頼んでいる。

ああ、さすがに梅奴姐さんだ。今やるべきことは、他の着物の無事を確かめることだ。もしも他の着物も切られていたら、衣装競べを催すことは困難になる。ざっと見渡しても芸者は二十名ほど。二十枚の着物を今から揃《そろ》えるのは難しいだろう。

――大丈夫だよ、おりょうちゃん。この梅奴様が目利きしたんだから。

おりょうの肩を抱き寄せた梅奴の笑顔を思い起こすと、怒りが胸を突き上げた。おまきは思わず拳を握り締めていた。

「他は無事のようですね」

座に広がるざわめきをまとめるようにして、小柄でおたふく顔の芸者が落ち着いた声で梅奴に告げた。座敷にほっとした空気が満ちていく。とりあえずは衣装競べを中止にしなくても済みそうだ。よかった、と梅奴が安堵《あんど》したような声を洩らしたときだ。

「いったい、誰がやったんだい。こんなひどいことを」

名乗り出なよ、と芸者の一人が甲高い声で辺りを見回した。どこか芝居がかった物言いだった。歳は二十七の梅奴と同じくらいか、いや、三十路《みそじ》を越しているかもしれない。芸者の仕事が長いのだろう、いや、日頃の手入れが悪いのか、その肌が黒く白粉焼けしているのはどうにも隠しようがなかった。

「桃吉《ももきち》さん、おやめよ。今はそんなことを言ってる場合じゃない」

いきり立つ芸者を梅奴が柔らかな口調で制した。桃吉さんと呼ばれたからには、梅奴より年長なのかもしれない。それでも、梅奴の威厳に押されたのか、くすんだ顔をこわばらせ、決まり悪そうに身を縮めた。

梅奴は澄んだ目で座敷を再度見渡した。

「衣装競べは錦屋のためだけじゃない。森田屋に足を運んでくれる客のためにあるんだ。誰がやったかなんか、どうでもいい。いいかえ。いつものお座敷と同じように気張っていくよ」

凛とした声に座敷の空気が一瞬で引き締まった。

「けど、姐さんの衣装はどうするんです？」

襦袢姿の若い芸者がおずおずといった態《てい》で問う。

「こうなったらあたしは出ない。その分、みんなが気張っておくれ」

梅奴が微笑みながら返すと、

「姐さん、わっちの衣装でよければ」

若い芸者は思いつめたような面持ちで半歩前へ出る。それを合図にしたかのように、

「いえ、わっちが出るのをやめます」

「姐さんが出ないなんて客が承知しません。ぜひ、あたしの衣装を」

何人もの芸者たちが次々と前へ進み出た。

「いや、あんたたちを楽しみにしている客もいるんだ」

梅奴が端然と言い切ると、

「おりょうさん、他にいい着物はないのかえ」

おたふく顔の芸者が遠慮がちに言う。

おりょうは太い眉を寄せ、何かを考えていたが——

「天下の梅奴様に着せるんだ。何でもいいってわけじゃない。けど、何とかする」

おまきちゃん、とおりょうが黒々とした目を真っ直ぐに向けた。

「はい」おまきの背筋がぴんと伸びる。

「ちょいと頼まれてくれるかい」

おりょうは目を離さずに告げた。


さて、それから一刻半《いっときはん》（三時間）後。

衣装競べ、昼の部は予定通りに始まった。

昼と夜の二回に分けてやろうと提案したのは梅奴だという。昼は商家の女房連。夜は旦那衆。錦屋は決して高直な店ではない。古着を主な品揃えとし、客が望めば手頃な値で誂《あつら》え物も売る、といった店だ。それができるのは、おりょうが上州の糸屋や機屋に頼み、安い値で反物《たんもの》が仕入れられるからだという。つまり、女が気軽に買い物できる店が錦屋なのである。昼御膳をつつきながら、商家のお内儀さんたちが衣装競べを楽しんでくれればいい。そんな趣向で昼と夜の二回開催と相成った。

衣装競べというからにはもちろん番付を行う。衣装の美しさだけでなく、それを着こなしている芸者の魅力に点がつくと考えていいだろう。となれば、梅奴が一番になるのはほぼ決まっているので、他の芸者たちは一番を狙っている節がある。番付はそのまま芸者の評判にもなるから、女たちはやる気満々なのである。

出番間近にそのことに思い至ると、おまきの胸底は何かを燻《いぶ》ったようにもやもやし始めた。

黒小紋だけが切り裂かれたということは、明らかに梅奴への嫌がらせである。もしかしたら、梅奴を蹴落として一番の座を狙った芸者の仕業かもしれない。どこの世界にも足の引っ張り合いはあるものだが、さばさばした深川芸者たちの中にも女の陰湿さがひそんでいると思うと気が滅入《めい》る。と同時に、頭の中で、ああでもない、こうでもない、と知らずしらず科人《とがにん》捜しをしてしまう。やはり気になるのは、

――いったい、誰がやったんだい。こんなひどいことを。

名乗り出なよ、と大声で皆に告げていた年増《としま》芸者だ。今思い出しても、あの物言いは芝居がかっていた。

ともあれ、曲がりなりにも十手持ちの自分がこんなところで出番を待っていていいのだろうか。衣装競べに出るのはやめて、芸者たちを見張っていたほうがいいのではないか。

そんな思念に取り付かれ、さっきからもやもやそわそわしているおまきなのである。

だが、落ち着かぬおまきを尻目に、芸者たちは切り裂き事件のことなぞ、忘れたように控えの間で出番を待っている。和やかに談笑する者、舞をさらっている者など様々だ。一方、梅奴とおりょうは別室に消えてしまい、それがためにおまきは余計に落ち着かないのである。

さらに、もうひとつの厄介事。

──ちょいと頼まれてくれるかい。

おりょうの頼みとは梅奴の代わりの衣装を取りに、佐賀町の卯の花長屋まで一走りしてきてほしいということだった。足に自信のある身としては、森田屋と卯の花長屋とを往復するくらい、朝飯前だ。着物の置いてある場所も着物の特徴もおりょうがきちんと書いてくれたので、迷うこともなかった。

だが、思い切り駆けたせいで、せっかくの髪は乱れ、汗だくになってしまったのである。髪はおりょうが再び整えてくれたけれど、未《いま》だ引かぬ汗が背中をだらだらと伝う。

そんなこんなで、頭はもやもや背中は汗だく心の臓はばくばく。

ああ、どうしよう、落ち着かない。

おまきが胸裏でぼやいたとき。

「おまきちゃん、出番だよ。好きにやっておいで」

障子が開き、おりょうが顔を出した。談笑していた芸者たちの顔も引き締まる。

「好きにって」

着物が切り裂かれたせいで、打ち合わせをしていないのである。身支度をしたのはいいが、檜の橋の上でいったいどうしたらいいのか。芸者さんたちと違って何の芸も持ち合わせていないのに。

「おまきちゃんらしくってこと」

大きな手が汗ばんだ背中をばしんと押した。

それでももやもやは吹き飛んだ。よし、科人捜しは後だ。引き受けたからにはきちんと衣装競べの舞台を務めよう。芸者さんたちを差し置いて先陣を切るのだから、みっともない真似《まね》はできないもの、と自らの頰を両手で叩き、東の控えの間から廊下に出た。

ところが、眼前に広がる光景を見て、足がすくんでしまった。

どの座敷も人でいっぱいだ。拍手はない。何だ、この小娘は、といったたくさんの目がおまきに注がれている。その眼差しにがんじがらめになって、着付けぬものを着た身はまったく動かなくなってしまった。

そのときだった。

「よっ！　待ってました！　おまき親分！」

大向こうが飛び、どっと笑いが起きた。亀吉の声だ。どこにいるのだ、とおまきがきょろきょろしていると、

「こっち、こっち」

何と、総檜の花道の先でにこにこしながら手を振っていた。もちろん要も一緒だ。

あの子たち、あんな場所で何やってんの。

思わず笑いがこぼれた。とたんに身を縛り付けていたものからふわりと解かれる。

ふと空を見上げれば、青く澄んだ空には雲ひとつない。吹く風に首筋の汗が気持ちよく連れて行かれる。

そうだった。あたしらしく、だ。

おまきは内草履を脱いで、その場に置いた。背筋をぴんと伸ばし顎を上げると、大きく手を振り、大股で歩き始めた。

歩に合わせて三味が小気味よく鳴らされる。即興だというのに、三味線弾きの姐さんたちの息の合っていること。それだけでおまきの胸も小気味よく弾む。

おお、とあちこちで声が上がる。

ぴちぴち跳ねてる。活《い》きがいいね。

器量もいいじゃないか。

けど、芸者じゃなさそうだよ。

どこの娘だろう。あの髪、見てごらん。巻貝みたいだ。

そのまま橋の真ん中まで歩くと、おまきは腰に手を当てた。三味の音が申し合わせたようにぴたりと止まる。

「亀吉、要、おいで！」

二人を大声で呼んだ。

ざわめきが潮の引くようにやんだ。耳朶を打つのはおまき自身の胸の鼓動だけだ。

異様な静けさの中で、亀吉が承知とばかりに、にっと笑うのが見えた。

べん、と三味が合図を送る。それに合わせて亀吉は要の手を引くと父親の普請《ふしん》した檜の花道を軽やかに駆けてきた。どこかで源一郎も見ているはずだ。

おまきは二人を両脇に従え、大きく息を吸った。

「皆々様。本日は森田屋の衣装競べにようこそお越しいただきました。先陣を務めさせていただきます。深川甘味処、梅屋のおまきにございます。こちらに控えしは」

「亀吉でぇ」

「要にございます」

その拍子に三味が短くかき鳴らされた。

「両名とも可愛《かわい》い、可愛い手下でございます。三人で力を合わせ、深川の町を守るお手伝いをしております。どうぞお見知りおきを」

御願い、奉りまするー。

亀吉と要と手をつなぎ、橋の真ん中で深々と頭を下げる。四隅から三味の音が迫ってくる。それに合わせて拍手と声が飛んでくる。

「よっ！　梅屋の看板娘！」

「今度、汁粉を食いにいくからな！」

べべん、と三味が鳴り、それに合わせておまきは顔を上げた。

三方に向けてにっこり笑う。

よし、いくよ！

二人に声を掛けると、
合点承知！

亀吉がどんぐり眼《まなこ》をたわめ、要の手を引き、花道を駆けていく。おまきはもう一度、丁寧に辞儀をし、二人の後を追った。もちろん駆け足だ。芝居で鳴らされるツケ木のごとく、三味が短く弾かれる。あっという間の花道だった。

拍手と軽快な三味の音に送られながら、亀吉と要をその場にほったらかしにし、おまきは急いで西の控えの間に飛び込んだ。

頬が火照《ほて》り、頭がぼうっとしていた。

「おまきちゃん。やったね！」

嬉しそうな声と共におりょうが部屋に飛び込んでくる。

「変じゃなかった？」

前に立つ大きな人を見上げる。

「ちっとも！　おまきちゃんらしかった。もうあんたってば上々吉だよ！とおりょうは太い腕でおまきをぎゅっと抱きしめてくれた。

おまきちゃんらしかった。

何よりも嬉しい褒め言葉だ。

ありがとう、おりょうさん。分厚い胸の中でおまきが礼を述べると、

「よし、落ち着いたら、姐さんたちのを見においで」

忙しいのだろう、おまきから身を離し、慌《あわただ》しく出ていった。

ふっと肩の力が抜け、その場にぺたりと腰を下ろしていた。今頃、東の控えの間で

は出番を待つ芸者たちがそわそわしているだろう。それにしても最初でよかった、とつくづく思う。後ろであればあるほどあがってしまい、尋常ではなくなってしまっただろうから。

ふと気配を感じて視線を上げると、薄く開いた障子から二組の目が覗いていた。立ち上がって障子を開ける。

どんぐり眼とびいどろの眸が嬉しそうにこちらを見上げていた。

ああ、何て頼もしい手下なんだろう。

「ありがとう！」

おまきが笑いながら礼を述べると、

「なんのこれしき！」

亀吉が拳で自らの胸を叩き、その横で要がくしゃりと笑んだ。

三

さて、衣装競べもいよいよ大詰め。トリを務めるのは、もちろん深川一の芸者、いや、深川の宝、梅奴である。

おまきは南側の座敷のど真ん中、いっとう広い座敷ですっかりくつろいでいた。

「おまき親分、切り裂き事件の科人は見つかったのかい」

出された料理をすっかり平らげ、黒蜜のたっぷりかかった葛きりに舌鼓を打ちつつ亀吉が問うた。誰に聞いたの、とおまきが返す前に、

「切り裂き事件って何よ」

亀吉の長姉、おさとが顔をしかめる。その横で、次姉のおくみと末姉のお花《はな》が興味津々といった面持ちで弟のどんぐり眼を見つめている。十七歳のおさとを筆頭に十五のおくみ、十三のお花と三人の姉を煙たがっている様子の亀吉だが、血縁の薄いおまきにとっては羨ましいことだ。

「芸者さんたちが話してるのが聞こえたんだ。梅奴姐さんの衣装が切り裂かれたんだってさ」

声をひそめる亀吉に、

「何だって！」

大声を上げたのは、父親の源一郎である。

「おまえさん、声が大きすぎますよ」

唇に人差し指を当て、たしなめたのは女房のおこうだ。

「けど、梅奴の衣装を切るなんざぁ」

ふてぇ野郎だ、と声を低め、肩をすくめる。「神様、仏様、山源様」と深川の住人に崇《あが》められる源一郎も女房には頭が上がらないらしい。

「まだ誰がやったかはわからないんです。とりあえず、衣装競べが終わるまでは騒ぐなって」

おまきは源一郎へ返した。

――衣装競べは錦屋のためだけじゃない。森田屋に足を運んでくれる客のためにあるんだ。

あのときの梅奴の物言いと引き締まった表情と言ったら。女のおまきですら惚れ惚れするほどだった。歳下の芸者たちに慕われているのも頷ける。

だが――やはり、おまきの頭に浮かぶのは桃吉の白粉焼けした面差しだった。

――いったい、誰がやったんだい。こんなひどいことを。名乗り出なよ。

今、思い出しても、あの物言いや座敷を見回した挙措は芝居がかっていた。若い芸者たちにとっては光り輝く道しるべとなる梅奴も、桃吉にとっては眼前を塞ぐ邪魔な壁に映るのかもしれない。桃吉も顔立ちは悪くなかった。だが、あの荒れた肌は――時の流れは何と残酷なのだろう。

花の命は短い。芸者という生業《なりわい》は、そんな世の理《ことわり》をことさら感じさせるものなのかもしれない。だが、その理に当てはまらぬ、美しく咲き続ける花があったとしたら、泥濘にまみれることなく、永遠に真っ白でいられる花があるとしたら、その花をむしりとろうと考える者がいても——

「おっ!」

源一郎の大声がした。

今度はおこうもたしなめなかった。姉妹も亀吉も橋の東側を凝視したまま声も出せぬ様子だった。

あれは——おまきも息を呑む。

斜陽の照り映えた橋の東に立っているのは、この世のものとは思えぬほどに美しい女人《にょにん》だった。三日月形の眉、黒々とした眸、くっきりとした紅い唇、それらすべてを引き立てているのが、白く透き通った肌だった。

その女人が静かに足を踏み出す。

しゃらん、と三味が鳴った。

と、橋の上で美しい肢体が軽々と跳んだ。その拍子に羽織っている紗がふわりと翻る。

ああ、空へと翔《と》び去ってしまう。

思わず宙へ手を伸ばしそうになる。

「梅奴さん、なんて、綺麗なのかしら」

おさとが深々と嘆じた。

それで、おまきも我に返った。あれは梅奴だ。技、神《しん》に入《い》る、とはまさしくこういうことか。

ああ、梅奴姐さん。あなたはすごい。

そして、おりょうさん。あなたもだ。

――天下の梅奴様に着せるんだ。何でもいいってわけじゃない。けど、何とかする。

そう断じたおりょうが梅奴のために揃えたのは、二点。

一点は絽。色は濃紫で浜梨《はまなす》の透かし模様が入っている。もう一点は紗だ。夏に着る紗は本来透けているものだが、この紗織はことに薄手のもので、淡い藤色とも鴇色《ときいろ》ともつかぬ微妙な色合いをしていた。それを濃紫の絽の上にふわりと羽織らせたのだ。下に着ている絽の浜梨が朧《おぼろ》げに浮かび上がり、得も言われぬ美しさを醸している。

「夕方の浜に天女が降りたみてぇだ」

紫の着物には浜梨の花が散っててさ、と横に座る要に亀吉がしきりに囁《ささや》いている。

要は見えぬ目を真っ直ぐに庭に向け、うんうん、と頷いている。

上手《うま》いことを言うね、亀吉。確かに、茜空《あかねぞら》の下で本物の天女が舞っているみたいだ。

梅奴は舞いながら橋の中央まで行くと、ついと天を振り仰いだ。美しい横顔は胸が締め付けられるほどに切なげだ。愛《いと》おしい者を求めるように右手を伸ばすと、広がった紗が陽で茜色に染まる。

刹那《せつな》、風が吹き、満開の卯の花が散った。

空へと帰る天女へのはなむけのごとく、惜しげもなく白い花片を舞い散らせる。

おお、と開け放された座敷のあちこちで感嘆の声が上がった。

——誰がやったかなんか、どうでもいい。いいかえ。いつものお座敷と同じように気張っていくよ。

梅奴の言う通りだ。誰がやったかなんか、どうでもいい。

今、ここにあるものを見れば、着物を傷つけた者も己の愚かさに気づくだろうから。どうやったって傷つけられないものが世の中にはあるのだ。どんな悪意も時の残酷さをもはね返すほどの強く美しいものが。

風も光も花も、そして客も。ここにあるすべてのものを味方につけて。

美しい紗は、今、本物の翼になった。

いや、美しい人は、本物の天女になった。

盛況だった衣装競べが終わり、表に出ると、西空では初夏の陽が今日最後の光を精一杯放っていた。蜜柑色《みかんいろ》に染まる大通りを人が忙《せわ》しなく行き交っている。

亀吉の母と姉妹三人は一足先に帰ったが、源一郎はまだ残っている。今から一刻ほど後に控えている夜の部を旦那衆と一緒に観《み》るそうだ。それまでは小座敷で知己と碁でも打って無聊《ぶりょう》を慰めるらしい。昼間は酒が飲めなかったからな、と女房のおこうに言い訳のようにぼやいていたのがおかしかった。

ともあれ、無事に済んでよかった。

おまきが大きく伸びをすると、

「おまき親分は、夜の部には出ないのかい」

亀吉が無邪気な顔で問うた。

「一人で出たって面白くないでしょ。あんたたちがいなきゃ」

地味な小袖にたっつけ袴といういつものいでたちに戻っている。赤と白の千鳥格子を脱ぐのは少し惜しいような気もしたが、やっぱりいつもの恰好のほうが楽だ。ただ、せっかく巻き上げてもらった髪はそのままにしている。それも明日にはひっつめ髪に戻ってしまうだろうけど。

「そうだよな。おれたちがいてこその、おまき親分だからな」

なあ、要、と亀吉は華奢《きゃしゃ》な肩を抱く。要がくすくす笑い、「そうですね」と頷いた。

「あら。要まで、そんなこと言うようになっちゃって」

まあ、確かにそうだけどね、と心の中で苦笑する。この子たちがいなかったら、せっかくの花道をぎくしゃくと歩いただけで終わってしまっただろう。

「そいじゃ、ここでね。明日はちゃんと手習所に行くんだよ」

おまきは要の手を取った。山野屋は目と鼻の先だから亀吉とはここでお別れだ。清住町の紫雲寺に要を送ってから、おまきは佐賀町の梅屋に帰る。

「合点承知のすけ。手習いを怠けたら、お父っつぁんにしこたま叱られちまうからな」

そいじゃな、と亀吉が手を振ったときだった。

「殺されたのかえ」

「いや、わからねぇ。けど、森田屋のもんらしいぜ」

すぐ傍を男らの声が通り過ぎた。知らない顔だ。

殺された？　森田屋のもん？

おまきは要を亀吉に託すと、一の鳥居のほうへと向かう男たちへ駆け寄った。

「今の話って本当ですか」

おまきの勢いに、派手なよろけ縞を身にまとった男は目を見開いた後、

「ほんとかどうかは知らねぇよ。けど、豆腐売りがそんなことを言ってたからさ」

気になるなら行ってみな、と裏通りを顎でしゃくった。

「親分、行こう」

すぐ近くで亀吉の焦ったような声がした。要も案じ顔でおまきを見上げている。頷くより先に、おまきの足は店の裏手へと向いていた。

裏通りから勝手口へ回ると、敷地の隅にある納屋の前には大勢の人が集まっていた。斜陽の中で心細げに立つ影は女将の菊乃で、その周囲には数名の男衆がいる。前垂れをつけているのは板場の者たちか。

やはり、何かがあったんだ。

駆け寄ると、人影の中からぬっと出てきたのは、

「何だ。鼻が利いたか」

黒の巻き羽織に細縞の着流し姿、腰には長脇差に朱房のついた十手、臨時廻り同心の飯倉だ。傍に控えているのは——小柄な男、確か朔次郎《さくじろう》という名の御供中間《ちゅうげん》だ。

何があったんですか、とおまきは飯倉の前に進み出た。

「ああ、飯倉様」

「納屋の中で人が死んでたんだ」

板場を預かる料理人の一人、平次《へいじ》という男らしい。衣装競べが終わる頃に姿が消えたそうだ。板場は手が空いた頃だったから誰も気に留めず、大方、表に一服しに行ったのだろう、すぐに戻ってくるだろう、と朋輩《ほうばい》たちは思っていたという。

ところが、昼の部の客が帰り、夜の部の支度に取り掛かる段になってもなかなか戻ってこない。小僧に捜しに行かせたところ、納屋の中で倒れていたそうだ。

「手口は？」

おまきが訊ねると、

「たぶん、毒だろう」

飯倉が淡々とした声で返した。

「毒、ですか？」

「ああ。昼に食ったものを吐き散らかしてるからな。容《い》れ物などは残っておらんが、鼠捕りじゃねぇかな」

亡骸——と言えば否応《いやおう》なく父の姿を思い出す。結局、父の利助は殺された。火付けの真相に辿りついたがゆえに消されたのだ。泥濘に埋もれていた父の変わり果てた姿を思い出せば、今でも胸が張り裂けそうになる。

でも——あたしは父の思いを受け継いだのだ。

「中を見てもいいですか」

おまきはきっぱりと顔を上げた。

「大丈夫か」

「大丈夫です」

——行けと言われればどこへでも行きます。亡骸も平気です。

飯倉に初めて会ったとき、おまきはそう啖呵《たんか》を切ったのだった。

だが、飯倉は顎に手を当て思案している。おまきだけでなく、亀吉に亡骸を見せるのを躊躇《ためら》っているのだろう。

「大丈夫だよ。飯倉様。おれらが役に立つってぇのは知ってるだろ」

その亀吉が真剣な面持ちでずいと前へ出た。

「よし。じゃあ、来い」

飯倉はきっぱりと身を翻した。

近づけばすぐに饐《す》えたにおいがぷんと鼻をついた。納屋は思いのほか広く、竹箒《たけぼうき》や鍬《くわ》、背負子《しょいこ》などのほかには醤油や酒の樽《たる》が積み上げられている。すのこの敷かれた床には座るためなのか空樽がふたつ。その傍らには男がうつぶせに倒れていた。既に四肢は強張り始めているらしく、下駄を履いたままの足は奇妙に突っ張っている。絶命前に苦悶《くもん》と怨嗟《えんさ》を吐き出したのかもしれず、目は大きく見開かれ、吐物のこびりついた口元は激しく歪《ゆが》んでいた。

においよりも死者の面持ちに胸がつかえ、

「鼠捕りだとしたら、どんなものに混ぜることができるんでしょうか」

おまきはえずくのをこらえて訊いた。

「無味無臭だからな。水でも茶でも、菓子にでも入れられる。何より誰にでも容易《たやす》く手に入る。ことにここは料理屋だ。どこにでもあるだろう」

「じゃあ、森田屋の誰かってことも――」

おまきは問いを重ねた。

「そうだな。疑いたくはないが、使用人にはすべて話を聞く。それと、芸者衆も」

芸者衆も。ということは。

「飯倉様、今日が衣装競べだって知ってたのかい」

おまきの代わりに亀吉が訊いた。その途端、飯倉の左頰の傷が少し歪んだ。笑ったのである。この傷のせいで、初めて会ったときは冷たそうな人だとおまきは誤解したのだった。

「知らいでか」

衣装競べでざわついているからこの辺りを廻っていたのだ、と亀吉の頭にぽんと手を置く。だから、こんなに早く現場に駆けつけられたのか。

「毒は、本当に鼠捕りでしょうか」

要が形のよい鼻に皺《しわ》を寄せる。

「何か、気づいたのか」

飯倉の顔が引き締まる。

「吐物のにおいが強いのでわかりにくいのですが、菓子のようなにおいが仄《ほの》かにします。饅頭《まんじゅう》か大福のようなものが落ちていませんか」

見えぬはずの目が亡骸の辺りを慎重に行き来した。要は微《かす》かなにおいでも感じ取る。そんな要を化け物でも見るような目つきで眺める者もいるけれど、耳や鼻が、見えぬ目を補っているに過ぎない。要だけではない。やはり目の見えぬ人が三間ほど離れた場所に停《と》めてあった大八車《だいはちぐるま》の気配に気づいたのをおまきは見たことがある。目が見えぬ分、耳や鼻や皮膚が敏くなるのは当たり前のことではないか。要は化け物でも何でもない。ただ、おつむりは人の何倍も回るけれど。

ともあれ、あたしたちの役割は、要の耳や鼻が捉えたものを目で捜してやることだ。おまきは亡骸を改めて見渡した。顔につい目がいってしまうが、どこかにおかしなところがないか、と丹念に見ていく。あ、と声が出そうになった。

「飯倉様」

手が、とおまきは亡骸の左手を目で指した。その手は何かを握っているかのように丸まっていた。しかも、その傍にはくしゃくしゃに丸められた懐紙が落ちている。

「ああ、確かに妙だな」

おもむろに屈《かが》むと飯倉はまず懐紙を拾い、中間の朔次郎に渡した。次に男の指を一本一本引き剝がすようにして手を開かせる。中から現れたのはつぶれた菓子のようなものだった。茶色い皮と小豆あんは饅頭か。

「当たりだ。さすがだな」

飯倉が屈んだまま要に向かってにこりと笑う。

「中に何か入っていませんか」

要が問うと、飯倉はつぶれた饅頭を覗き込むようにした。

「うむ。黄色い粉のようなものが見えるな。だが、調べないとわからんな。黄身しぐれかもしれん。かいでみるか」

「はい。でも、素手で触れるのはやめたほうがいいです。毒だったら大変です」

要の言葉が終わらぬうちに、傍に控えていた朔次郎が、懐《ふところ》から箸と懐紙を取り出した。受け取った飯倉は亡骸の手の中にある饅頭の残骸を箸で慎重につまみ、懐紙の上に載せる。先《ま》ずは自らがかぐと、饅頭のにおいはするがな、と要に懐紙ごと渡した。

要はしばらく鼻を近づけていたが、

「小豆や砂糖以外のにおいが仄かにしますね。土か木の根のような。毒を含んだ草の根かもしれません。すみません、わたしにはわかりません」

申し訳なさそうな顔で懐紙を差し出した。そうか、と飯倉は残念そうな面持ちで受け取ると、朔次郎へ懐紙ごと渡した。小柄な中間は懐紙を丁寧に包み直した。

「鼠捕りと思ったが、どうやら違うかもしれんな」

飯倉は吐物を目で指した。吐いたもののほとんどが元の形を失っている中で、茶色い皮と小豆あんだけがそうとわかる形で残っていたが、黄色い粉は溶けてしまったのだろう、見当たらなかった。毒入りの饅頭を食べてから程なくして倒れたということになろうか。手に残っていたのは食べかけか、あるいは二つ目か。

「じきに検使の役人も来るだろうし、まあ、毒だとしたらおっつけわかるだろう」

ありがとうな、と要の肩を叩き、飯倉は先に納屋を出た。

「旦那。何かわかりましたか」

すぐに菊乃が近寄ってくる。いつもは若やいだ面差しには疲れの色がにじんでいた。

「いや、まだだ。だが、板場の者を中心に話を聞きたい。残念だが、衣装競べの夜の部はなしだ」

青ざめた菊乃の顔にさっと朱が走った。

「それは困ります。お客様をそろそろお迎えする刻限ですし」

その気持ちはわかる。おまきだって残念だ。この世のものとは思えぬ、美しい天女の舞はたくさんの人に見て欲しい。

「だが、死人が出たんだ。無理に衣装競べをやったとあっては、却って森田屋の評判を落とすんじゃないか」

飯倉がそう諭すと、菊乃はしばらく唇を嚙《か》んでいたが、観念したように溜息をひとつ吐いた。

「わかりました。では、どうすれば」

「店に客は入れるな。それから、使用人と芸者を一間《ひとま》に集めてくれ」

「よし。聞き込みだな」

いち早く亀吉が歩き出そうとすると、

「今日のところは、おまえらは帰れ」

飯倉はそれを制するように告げた。

亀吉の頬がみるみる膨らんだ。さながら七輪の上の餅みたいだ。

じゃあ、あたしだけでも、と言いさして、おまきは思いとどまった。いつの間にか裏庭は藍に翳《かげ》り、西空は朱に染まっていた。暗くなる前に要を送り届けねばならない。

それに——

あたしたちは三人揃って飯倉の手下なんだ。

「そう膨れるな。探索は昼間だけだと言っただろう。きまりを破ったら、即破門だからな」

亀吉の頭をぐりぐり撫でた後、飯倉は勝手口へとさっさと歩き出してしまった。

四

亀吉は大いに不満である。なぜなら衣装競べから六日も経《た》つというのに、飯倉様は紫雲寺にも梅屋にも現れないからだ。

——おまき親分。飯倉様から何か聞いてるかい。

昨日、手習いが終わった後に梅屋へ駆けつけると、

——何も聞いてないよ。お忙しいのかな。自身番にも来てないみたい。

おまき親分も残念そうにかぶりを振った。

ったく、いつまでもガキ扱いしやがって。

そんな不満が掃除の手にも表れたのか、

「亀吉っちゃん、そんな乱暴な掃き方をしたら、箒も畳も泣いてしまいますよ」

要がチクリと小言を刺した。確かに箒にも畳にも罪はない。でも、吐き気をこらえて亡骸まで見たんだから、その後の進展くらい教えてくれたって罰は当たるまい。

えいっ、と竹刀《しない》さながら箒を振り下ろしたときだった。

「ここでは、やっとうも教えてくれるのかい」

縁先のほうから笑いを含んだ声がした。

柿渋染めの麻地に太縞の帯、足元は洒落た黒塗りの下駄履き、となかなかの伊達《だて》男《おとこ》ぶりだ。少し吊り上がった切れ長の目は嬉しそうにたわんでいる。仁《じん》さんこと、春《はる》木屋仁右衛門《きやじんえもん》だ。二十数年前は紫雲寺の習い子だったそうで、今は地本《じほん》問屋、春木屋

暁文堂《ぎょうぶんどう》の主人となっている。梅奴姐さん同様、芳庵先生に世話になったと言い、習い子たちのために菓子や書を携えて紫雲寺を訪れるのだ。

「うわぁ。仁さんだ。久方ぶりだね」

亀吉は箒を放り出して縁先に出た。要が静かに後からついてくる。

「ちょっと見ない間に、二人ともでかくなったな」

下駄を脱ぎ捨てると、縁先から上がり、仁さんは亀吉と要の頭を順繰りに撫でた。

「今日は遅いね。もう他の習い子たちはいなくなっちまったよ」

亀吉と要は本日の掃除当番なのである。

「いいのさ。今日はおめぇらだけに用があるんだ」

ま、座りな、と先にどっかと腰を下ろした。三十三歳と聞いているが、悪戯《いたずら》を企《たくら》む少年みたいにいつも目が輝いているところがいい。お父っつぁんほどでっかくはないし、飯倉様ほど男前ではないけれど、きりりとした目の輝きが人を惹きつける。梅奴姐さんと並んで深川の町を歩いたら往来の人が振り向くだろう。

――梅奴姐さんと夫婦になっちまえばいいのに。

いつだったか、亀吉がそんなふうにけしかけたところ、

――あれは女房に納まる女じゃねぇや。まあ、女房って言うより、儕輩《せいはい》ってとこか

な。

仁さんはそんなふうに返した。

〝せいはい〟ってどういうことなんだ。小難しい言に亀吉が戸惑っていると、仁さんは呵々《かか》と笑った。

――儕輩ってのは仲間のことさ。亀吉と要のようなもんだ。おれにとって梅奴は同じ戦場《いくさば》を駆けた仲間みたいなもんなんだ。

戦場？　もっとわからなくなる。

――あのな。刀や槍《やり》を持つだけが戦じゃねぇんだぜ。世の中に一歩出れば、讒言《ざんげん》でこっちの息の根を止めようって輩《やから》はごろごろいるからな。

――〝ざんげん〟って何さ。

――平たく言やぁ、人を陥れるための嘘さ。嘘で殺されちまうことだってあるんだ。ざんげん。よし、覚えておこう。

仁さんと梅奴姐さんは、要と同じく親がいないがゆえに紫雲寺に世話になった口だ。梅奴姐さんは母親に捨てられ、仁さんは幼い頃に両親と死に別れたと聞いている。紫雲寺にいた頃は芳庵先生に守られていても、境内から一歩外に出たら守ってくれる人はいないのだ。だから、梅奴姐さんと仁さんは、〝ざんげん〟に負けぬよう、お互いに支え合って生きてきたのだろう。

〝ざんげん〟で息の根を止めようって輩。

もしかしたら、衣装競べでのこともそれに近いのかもしれない。

結局、梅奴姐さんの衣装を切り裂いた奴《やつ》はわからぬままらしい。亀吉は本番の三日前に黒の小紋を見たけれど、粋《いき》で華やかな意匠は梅奴姐さんによく似合っていた。あれが背中から裾までざっくり切られてしまったというから、梅奴姐さんはもちろんのこと、品を出したおりょうさんだって悔しかっただろう。いっそのこと、そいつの着ているものもめったためったにしてやればいい、と思ったりもした。おまき親分の話では、当の梅奴姐さんは、やった奴を捜さなくていいと言っているそうだ。

——罪を隠していれば、普通の人間は苦しいはずさ。しかも、衣装競べを潰すことはできなかったんだ。やった者の心に残ったのは後ろめたさだけだろう。それだけで、充分に仕置きを受けてるんじゃないのかえ。それに、災い転じて福となったんだから、よしとしよう。

そう。黒の流水紋は駄目になってしまったけれど、浜梨の絽と薄い紗の重ね着は好評で、真夏に向けて錦屋には注文が殺到しているらしい。薄手の紗には天女の羽衣なる名を冠したそうだ。

——黒の小紋はもったいなかったけど、着物を切り裂くなんて卑怯《ひきょう》なことをする奴は、いつか天罰を受けるから放っておきな。

おりょうさんも、梅奴姐さんと同じようなことを言っているらしい。

物騒な事件もあって夜の部はできなかったけれど、店の広めにはちゃんとつながったみたいだからよかった。そうそう。衣装競べの番付も翌々日にちゃんと発表された。森田屋の前で引札《ひきふだ》（チラシ）が配られたと聞いている。梅奴姐さんが一番だったのは予想通りだったのだけれど、驚くことなかれ、二番は何とおまき親分だったのだ。

——巻貝みたいな髪と、亀吉と要の可愛らしさが受けたんだって。

おまき親分が嬉しそうに教えてくれた。

——要はともかく、おれが可愛いなんて。けっ、笑わせてくれるぜ。

亀吉はそんなふうに嘯《うそぶ》いてみたが、まあ、褒められたのだから悪い気はしない。

でもさ——

「仁さんは、衣装競べを見られなくて残念だったな」

亀吉が隣を見やると、

「まったくだ。景気よく着物を買ってやろうとしたのにな」

仁さんは思い切り顔をしかめた。買った着物は誰に贈るんだろう、と野暮なことは言いっこなし。ともかく衣装競べの夜の部は中止になってしまったので、仁さんは天女のような梅奴さんを見ていないのだ。ああ、本当に残念だ。あの美しさを見れば、〝せいはい〟だなんて悠長なことを言っている場合ではないと気づいたかもしれない。逃した魚は大きかったなんて後で嘆くなよ、仁さん。

そんなお節介めいた思念も、

「それはそうと、殺しの科人は捕まらないようだな」

仁さんの次の言で吹き飛んだ。

「何か知ってるのかい」

思わず勢い込んで問う。

「たいしたことは知らねぇよ。ただ、仏さんのことをちらっと聞いただけだ」

殺された平次という料理人はなかなか腕がよかったそうだ。仕事ぶりも真面目だし、板長からも女将の菊乃からも信を置かれ、板場では焼き方を任されていたという。明るく優しいので追い回しと呼ばれる見習いや小僧からもそれなりに慕われていたそうだ。なかなかの男前だから女たらしの噂はあったみたいだけれど。

「少なくとも森田屋の中には、怪しい人間はいないようだ」

仁さんは形のよい眉をひそめた後、

「まあ、人間、表と裏があるからな。殺された男も店の外では恨みを買うようなことをしていたかもしれねぇな」

遠くを見るような目をした。視線の先では青萩が風に揺れている。その横顔を見ながら、ふと思った。〝ざんげん〟から身をかわすために、仁さんも裏の顔を持つことがあるのだろうか。

「仁さんも裏があるのかい」

問いをそのまま舌に乗せると、

「そりゃ、あるさ。裏の顔は」

こぉんなかもよ、と目を吊り上げ、歯を剝《む》いた。

「そんな顔したって、仁さんはちっとも怖かないよ」

亀吉も仁さんに向かって同じ顔をしてみせる。そうか、そうか、と仁さんは顔中《じゅう》で笑った後、

「で、話を元に戻すがな」真面目な声色になった。「おめぇら、うちで本を出さねぇか」

へ？　本？　おれたちが？

「何をぽかんとしてやがる。おれは本気だぜ」

このおつむりを使わない手はねぇだろう、と仁さんは要の額を人差し指で突《つつ》いた。いきなりつつかれ、要は苦笑いを浮かべている。

出すのは算術の本だ、と仁さんは真面目な顔のまま続けた。算術本で名が知られているのは『塵劫記《じんこうき》』である。寛永《かんえい》の時代に吉田光由《よしだみつよし》によって執筆されたもので、掛算九九、算盤《そろばん》の用い方などの基礎知識から鼠算《ねずみ》や油分け算《あぶらわ》、旅人算《たびびと》などの問題が簡単な挿絵入りで解説されている。どこの本屋にも必ず置いてあり、手習所でもよく使われている算術書だ。

「けど、面白くねぇんだよ」

仁さんが生真面目な顔で亀吉の目を見つめた。

「そりゃ、おれもそう思うよ」

だが、要だけは頷かず、困惑したように見えぬ目を泳がせている。

要は算術が好きだ。だから、面白くない、という仁さんの言葉に頷けぬのだ。手習所でもみんなが解けないような難しい問題をすらすら解くので、芳庵先生が困《こう》じてしまい、近頃は要にだけ他の問題を与えたり、別室で何やら小難しい本を読み聞かせたりしている。

「けど、商いに数はつきもんだ。算盤だって使えなきゃ困る。だから、面白くしてやりゃぁいいんだ」

どうやって？

「要は算術が面白いんだろう」

仁さんの問いに、殊勝な面持ちで要はこくりと頷いた。

「よし。そいじゃ、その面白さを存分に伝えてくれ。小難しいと皆が思ってる算術を噛み砕いて伝えて欲しい」

どうだ、いい考えだろう、と仁さんは要の頭をぐりぐり撫でた。要は細い首をすく
めたが、その頬はほんのりと上気している。そんな要を見ると亀吉も嬉しくなる。

「だが、噛み砕いただけじゃだめだ。字を読むのが苦手な奴もいる。そこで、亀吉の
出番だ」

そこまで言われれば亀吉にもわかる。算術の解釈におれが絵をつけるってことだ。

わかってはいるが、亀吉は仁さんの次の言葉を待った。

「亀吉は面白い絵をつけてくれ。要のおつむりと、亀吉の手。まとめておれに売って
くれるか」

その目が亀吉をひたと見据えた。仁さんに頼まれたら嫌とは言えない。何より、滅
法界楽しそうだ。

「うん。やるよ。おれ、算術が楽しくなるような絵をいっぱい描くよ」

張り切って答えると、

「よし、決まりだ。そいじゃ、早速店に来い」

言うが早いか、仁さんは黒塗りの下駄を突っかけている。

ちょいと待ってよ。まだ掃除が――

「ここはいいわよ。二人で行っておいで」

振り返ると、いつからそこにいたのか、襷《たすき》を掛けた美緒先生が亀吉の放り出した箒を手にして笑っていた。


仁さんの店、春木屋暁文堂は長谷川町《はせがわちょう》にある。最初は紫雲寺のある清住町で貸本屋を営んでいたそうだ。それこそ身ひとつで重い本を担ぎ、お得意様を廻ったらしい。そうして、三十路になった年に「暁文堂」を開き、あれよあれよという間に立派な地本問屋の主人になったのだ。お父っつぁんの話によると、地本問屋仲間の中には仁さんのことを〝貸本屋あがり〟と軽んじる人もいるというが、当人はまったく意に介していないそうだ。

――〝貸本屋あがり〟で大いに結構。そもそも、どん底にいたんだから、後は上がるっきゃねぇだろうよ。

そう言って笑い飛ばしているらしい。

そんな〝貸本屋あがり〟の店が近づいてきた。まず亀吉の目に飛び込んできたのは、鮮やかな色だ。

「うわぁ。綺麗だなぁ」

要の手を引いたまま、亀吉は暁文堂の店先に駆け寄った。

足の長い売台にずらりと並んでいるのは立版古《たてばんこ》というおもちゃ絵である。錦絵を切り取り、組み立てて楽しむものだが、見本として置かれているのは子供が喜びそうな題材ばかり。『桃太郎』や、『花咲爺《じじい》』、『舌切雀《すずめ》』などの絵双紙もの、両国の川開きや回向院《えこういん》の勧進《かんじん》相撲などの行事もの。その中でもひときわ輝きを放っているのが『桃太郎』の絵だった。

舟に乗って鬼が島に向かう桃太郎一行を描いたものだが、犬、猿、雉《きじ》の毛並みは本物みたいに細かく描かれているし、藍色にうねる海は白波に複雑に縁取られている。そのためか、まるで舟が動いているかのような気分になる。

そんなことを要に説明していると、

「どうだ。すごいだろう」

すぐ傍で懐手をした仁さんが満面の笑みを浮かべていた。

「うん。すげぇな。とりわけ、こいつがいいや」

亀吉が『桃太郎』の立版古を指差すと、

「おっ、なかなか目の付け所がいいねぇ」

と仁さんはにたりと笑い、

「これを描いたのは十三歳だぜ」

どうだい、と挑むように亀吉の顔を覗き込む。

十三歳――

「おれと、そう変わんないじゃねぇか」

生来の負けん気がついと頭をもたげた。

「なるほど。負けたくねぇってか」

図星を指され、

「そういうんじゃないけど」

俄《にわ》かに恥ずかしくなり、負けん気に慌てて蓋をする。

「まあ、競うってのはいいことだ。競えば競うほど、おめぇらは伸びていく。すくすくとな。こいつを描いた奴に会わせてやる」

来な、と仁さんは店の奥へずんずんと入っていく。

お帰りなさいまし、と出迎える手代に手で応え、仁さんは下駄を脱いで板間に上がる。帳場格子に座っている番頭さんらしき人に何かを囁き、奥へと姿を消してしまった。

どうしよう、と亀吉たちが逡巡《しゅんじゅん》していると、その番頭さんがにこりと笑った。五十くらいかな、いや、もしかしたら還暦を過ぎているかも。半白の髪にしわくちゃの顔、同じく半白の眉毛はぼさぼさで下がっているから何だか老いた犬みたいだ。ぼさぼさ眉の下には細い目がついている。

その番頭さんがにこにこしたまま近づいてきた。

「あたしは番頭の重兵衛《じゅうべえ》と言います。あんたらは亀吉さんと要さんだね。旦那様からよく話を聞いてますよ。どうぞお上がりなさい」

手で促すと、すぐに帳場格子の裏にある小座敷に案内してくれた。

障子を開けると、中にいる三組の目が一斉にこちらを向いた。

歳は亀吉たちよりは上のようだが、皆若い。

男二人に女子が一人。

男の一人は縦横でかくて、腕なんか丸太ん棒みたいに太いけれど、色白でひと筆描きみたいな細い目は優しそうだ。反対に、もう一人は痩せて小柄だが吊り上がった目が何だか喧嘩《けんか》っ早《ぱや》そうだ。木場で働く川並《かわなみ》衆にはこういった顔をしている兄さんたちがいる。一見すると気が荒そうだが、話してみると案外優しいんだ。

で、もう一人は——

こちらを見つめている女子と目が合い、亀吉の心の臓は大きく飛び跳ねた。

おまき親分に似た、夏の光を抱いたような眸は——

「衣装競べにいた——」

亀吉が声を洩らすと、女子はつんと顔を背けた。

何だい、森田屋で会ったときは可愛いと思ったけど、ずいぶん生意気そうじゃねぇか。

と胸裏で呟いたとき、背後で仁さんのよく通る声がした。

「何だ、そんなところで突っ立ってないで、さっさと中に入りな」

奥で着替えてきたのか、柿渋染めの麻地から藍縞の着物姿になっていた。それにしても速い。まるで舞台裏の役者みたいだ。

その仁さんは亀吉と要の背を押すようにして座敷に入ると、

「色白のほうが要、色黒のほうが亀吉だ」

亀吉たちを紹介し、上座にどっかりと座った。で、こいつらは、と切れ長の目で座を見渡すと、

「おれは寛二《かんじ》といいます」

それを合図にしたように丸太ん棒がにこりと笑う。細い目が糸のようになる。十五歳だと付け加えた。

「おれは栄太《えいた》だ」

怖そうな顔をしたほうが引き継いだ。喧嘩を売っているような目つきはそのままで、それに負けじと、

「あたしは、ひな」

紅一点が吊り上がった大きな目で亀吉を睨《にら》むようにして見た。やっぱり生意気だ。

「何だ。もう火花が散ってるじゃねぇか」

仁さんが苦笑する。

「何だよ。仁さんが、すげぇ奴がいるって言うから、楽しみにしてたけどよ」栄太が大仰に肩をすくめた。「一人はいかにも坊《ぼ》っちゃんって顔したガキで、もう一人は目が見えねぇじゃねぇか。こんなのが何の役に立つんだか――」

「何だと」

この野郎、と亀吉は栄太に飛びかかったが、

「何すんだ」

胸を強く突かれ、その場に呆気《あっけ》なく尻餅をついた。すぐに立ち上がり、栄太の前に立つ。

「おめぇが喧嘩を売ったんじゃねぇか」

おれのことはともかく、要のことを馬鹿にしやがった。

「喧嘩じゃねぇよ。事実を言ったまでだ。もういっぺん言ってやらぁ。おめぇはガキで、もう一人は目が――」

「それ以上言うな！」

亀吉は再び栄太に向かって飛びかかった。馬乗りになって相手の胸倉を摑む。おまえなんかに、要の何がわかる。要はすげぇんだ。誰よりもすげぇんだ。おまえなんかに。おまえなんかに。おまえなんかに――

ぐい、と強い力で体ごと引き離され、そのまま羽交い締めにされた。

「亀吉、もうやめろ」

「けど、仁さん。こいつが――」

「わかってる。だが、悪気はねぇんだ。栄太」

立て、と仁さんは顎をしゃくって促すと、亀吉を解放してから栄太の前に立った。

ぱん、と乾いた音が座敷に響く。

いってぇ、と栄太が右手で頬を押さえていた。

「おめぇも十五になったんだ。いつまでも、鼠花火みたいに飛び跳ねてねぇで、大人になれ」

仁さんがきつい口調で言うと、栄太は赤くなった頬を膨らませてそっぽを向いた。

鼠花火とは言い得て妙だ。ぱちぱち跳ねやがって、危なっかしくてしかたねぇ。

「いいか。おれは春木屋の役に立つもんしかここに呼ばねぇ。目が見えないのも坊《ぼ》っちゃんなのもおれにとってはどうでもいい。おめぇも同じだ。おめぇのお父っつぁんが金持ちだから、呼んだわけじゃねぇ。いずれ京伝《きょうでん》みたいになると思ってるからだ」

いいか、それを忘れんな、と栄太の頭を乱暴に撫でた。京伝みたい、ってことは、こいつは絵師じゃなく物書きを目指してるのか。それにお父っつぁんが金持ちってどんな商いをやってるんだろう。

亀吉の視線に気づいたのだろう、栄太はこちらをちらりと見たが、詫《わ》びることなく乱暴に腰を下ろした。

「いいか、話を進めるぞ」

仁さんが座り直し、亀吉も要の傍に戻った。

亀吉っちゃん、ありがとう。

囁き声がし、亀吉は返事の代わりに要の肩を軽く叩いた。

「おめぇらを引き合わせたのは、競い合ってほしいからだ。栄太と寛二はわくわくするような冒険譚《たん》を。要と亀吉には面白い算術本を作ってもらう」

「あたしは？」

すかさず、ひなが問う。

「おめぇは、要と亀吉のほうを手伝え。亀吉に負けるな」

仁さんの答えに、ひなは一瞬だけ不満そうな面持ちになったが、わかった、と細い顎を引いた。

「よろしくな」

せいぜい愛想よく笑ってみせたのだが、ひなはぷいと横を向いた。なんだい、栄太と言い、ひなと言い、鼻持ちならねぇ奴ばっかりじゃねぇか。

「まあ、互いを敬わなきゃ、いい仕事はできねぇよな。店先の『桃太郎』の立版古を見ただろう。あれを描いたのが」

こいつだ、と仁さんはひなを目で指した。

へえ、この子だったのか。十三歳と聞いていたが、まさか女子とは思っていなかった。

亀吉が驚いていると、ひながこちらを向いてべぇと舌を出した。何だ、こいつ。可愛いなんて、ちょっとでも思ったおれが馬鹿だった。

それを見た仁さんは苦笑を洩らし、

「で、寛二だ。絵を持ってきたか」

丸太ん棒に水を向ける。頷きを返すと、寛二は太い腕で風呂敷包みの中から画帳を取り出した。

仁さんが受け取り、大きく頷くと亀吉の前に広げてみせた。

思わず声が洩れそうになった。

そこには、艶やかな紫色の着物を身にまとった女が屈んでいた。すんなりと伸びた首は白く痛々しいほどだ。黒々とした伏し目がちの視線の先にあるのは一輪の朝顔で、鮮やかな黄色で塗られている。毒々しいまでのくっきりとした黄花に女の白い指先が触れようとしているところだった。紫と黄の対置。朝顔には不釣合いな色に亀吉の胸は何だかざわざわと音を立てる。

「綺麗だろ」

からかうような仁さんの声がした。

「うん、すげぇ」

胸の中のざわざわをどう表したらいいか、わからずに、何ともつまらない感想しか出ないのが悔しかった。こんな艶っぽい絵は亀吉には到底描けない。後、二、三年もすれば描けるのかな。いや、描けない気がする。あんな丸太ん棒みたいな腕から、こんな艶《なま》めかしい絵が生まれるなんて驚きだ。

ああ、こんなことならおれも自慢の手習帳を持ってくればよかった。いつでも絵を描けるよう持ち歩いているのに、慌てていたから紫雲寺に置いてきちまった。仁さんったら、どうして言ってくれないのさ。ずりぃや。心の中で不満を洩らしていると、

「で、亀吉だが」

え？　おれは何にも持ってきてねぇよ。

亀吉の胸中になど構わず、仁さんは後ろを振り向き、用簞笥《ようだんす》の抽斗《ひきだし》から畳んだ紙を取り出した。手習帳に使うような安い紙だし、しかも古ぼけている。亀吉のほうを見て仁さんはにやりと笑い、皆の前におもむろに広げた。

「あっ！」

今度ははっきりと大きな声が出た。

「どうだ。懐かしいだろう」

仁さんは腕を組んでにこにこしている。

「やめてくれよう、仁さん、こんなの子どもの頃の絵じゃないか」

十一歳の今だってもちろん子どもには違いない。が、これを描いたのはもっと幼い頃、確か九つの頃だったかな。

「そうだ。おめぇが八つの頃に描いたもんだ」

八つだったか。もっと恥ずかしい。

「これが、八つだって」

脇から驚いたような声が割り込んだ。目を瞠《みは》っているのはひなである。

「そうだ。正真正銘、ここにいる亀吉が八つの頃に描いた絵だ。ひな、おめぇなら、これが誰かわかるだろ」

仁さんが試すような口調で問うと、ひなは絵から視線を離さずに言った。

「梅奴姐さん——」

そうだ。梅奴姐さんだ。

——亀坊。あんたは本当に絵が上手いねぇ。ぜひ、あたしの顔を描いておくれよ。

いつだったろう。梅奴姐さんが紫雲寺に来たときに頼まれて描いたものだ。梅奴姐さんと仲がいい仁さんだから、この絵を持っていてもおかしくはない。でも、どうして今、こんな絵を見せるんだろう。言ってくれれば、近頃描いた絵を持ってきたのに。

「ねえ、仁さんってば」

恥ずかしいからやめておくれよ、と亀吉が言いかけたときだった。

「これ、いいよ」

ひなが感極まったような声を出した。まだ拙《つたな》い絵を見ている。

「どこがいい？」

仁さんが嬉しげに問う。

「生き生きしてる。気丈で、でも情が深くて。姐さんのいいところが、すべて出てるよ」

悔しいけどすごいよ、とひなは古い絵を白い指でなぞった。その俯《うつむ》き顔を見て亀吉はどきりとした。

泣いているように見えたのだった。でも、梅奴姐さんの絵を見て、どうしてこんな切なげな顔をするのだろう。衣装競べの三日前にもいたから、菊乃さんか梅奴姐さんの知り合いなのかもしれない。でも——どうしてだろう、衣装競べ当日は見かけなかった。芸者さんたちと一緒に控えの間にでもいたのかな。

「そうだ。亀吉の絵の才は人の内側を描けるところだ。けど、最初からそうだったわけじゃねぇ」

なあ、亀吉、と仁さんに呼ばれ、はっと我に返った。少年みたいに澄んだ目は亀吉の心の中を見通してしまいそうだ。

「おめぇが八つの頃に何があったか、思い出してみな」

八つの頃。今から三年前――

心の奥に仕舞われたものが、ことりと音を立てて転がり落ちた。仁さんを見る。

「わかったか」と仁さんがくしゃりと笑う。「要が紫雲寺に来た頃だ」

そうだ。要と会ったのは三年前だった。

要は捨て子だ。捨てられたのは赤子の頃なので何も憶《おぼ》えていないらしい。気づいたら旅芸人の一座にいたそうだ。だが、そこでの暮らしが嫌で逃げ出し、途中で行き倒れになったところを美緒先生に助けられ、紫雲寺に来たのである。

初めて要に会った日のことを、亀吉はよく憶えている。

桜の季節だったが、花曇りの肌寒い日だった。他の習い子たちは帰っているのに、どうしておれだけが残されたんだろう、と墨のにおいの立ち込める座敷で待っていると、美緒先生が一人の子どもを連れてきた。

――亀吉と同じ歳なの。仲良くしてね。

美緒先生は子どもの手を引いて亀吉の前に座らせた。すぐに目が見えぬとわかった。何より、色が白くて腕も首も折れそうなほど細っこくて、ひどく頼りなげに見えた。亀吉が瞬《まばた》きをした間に、淡い光の中に溶けてしまいそうなくらいに。ただ、亀吉のほうへ向けられた目はよく晴れた冬の陽のように透き通っていた。

すると、亀吉は泣きそうになってしまったのだ。なぜだかわからないけれど右も左もわからぬ、だだ広い砂地の真ん中に独りぼっちで放り出されたような心持ちになってしまった。涙が出そうになるのを必死でこらえているうちに亀吉は気づいた。砂地はこの子どもの心の中にあるものだと。この子は目が見えないから心細げな面持ちをしているんじゃない。その手に何かを摑みたいのに、広い砂地に放り出されて、何を摑んでいいかわからないから心細いんだ。

そう思ったら、矢も盾もたまらなくなって亀吉は要の手を摑んでいた。

――ここの庭を見せてやる。

庫裡の縁先から裸足《はだし》で飛び降りて、要を庭に連れ出していた。

これが石榴《ざくろ》だよ。これが、萩の花。秋になったら白い花が咲くよ。これは梅。この石の陰にはよく青蛙《あおがえる》がやってくるんだ。それから、それから――

とにかく要を無辺の砂地から引っ張り出したくて。小さな手に何でもいいから摑ませたくて。

亀吉は要の手を引いて、庭の隅から隅まで連れて歩いた。そのうちに見せるものがなくなって困ってしまい、亀吉は庭の真ん中で空を見上げた。すると、薄い雲の切れ間から春の陽が覗いているのが目に入った。淡いけれど太い光の筋は、空へと続く光の梯子《はしご》のようだった。

晴れてきたよ、と亀吉が言おうとしたときだった。

——あ、お天道様が。

それまで黙っていた要がぽつりと言った。

ああ、よかった。光は見えるんだ。

それが嬉しくて亀吉は要と手をつないだまま、長いこと空を見上げていたのだった。

今思えば、どうしてあんなことをしたのか、よくわからない。でも、どうしてもそうしなければいけない、という心持ちになったのだった。

ただ、芳庵先生や美緒先生は亀吉がそうすることをわかっていたのかもしれない。だから、他の習い子たちを帰らせて亀吉だけに要を引き合わせたのだ。両先生に訊ねたことはないし、亀吉が勝手にそう思っているだけのことだけれど。

ともかく、その日から、亀吉は世界にあるものを今まで以上によく見るようになった。すべては要に話して聞かせるためである。すると、要に会うまでの自身の目は節穴だったのでは、と思えるほどに、周囲のものが色鮮やかに濃密になった。ことに紫雲寺の庭はますます賑《にぎ》やかになった。梅も桜も萩も虫も鳥も石も、目にするすべてのものが亀吉に違う表情を見せ、語りかけてくれるようになった。それは今も続いている。

もしかしたら、おれは要の心の目を、とびきりよく見える澄んだ目をもらったんじゃないか。

そんなふうに思えば、以前よりも絵を描くことが楽しくなったのだった。

この絵は――その頃に描いたものだ。

「どうして、ここにおめぇらを集めたか、この絵がすべてを語ってるんだ」

仁さんはしみじみとした声音で言い、先を続けた。

「おめぇらはちっぽけなガキだ。けど」

それぞれ光るもんを持ってるんだ、と場を見渡した。

――瑠璃《るり》も玻璃《はり》も照らせば光る。

そんな言葉を知ってるだろう。犬棒カルタの読み札だ。才を持ってる者はどこにいても目立つという意味らしいが、おれは違うと思うんだ。瑠璃も玻璃も照らさなきゃ、光らない。そういう意味だ。だから、おれはおめぇらにちょいと光を当ててやる。だが、それだけじゃ足りない。おめぇらがもっともっと光るためには、「互いの光をもらうんだ」

仁さんはにっこりと笑んだ。

「互いの？」

栄太が大きな目で仁さんを射貫《いぬ》くように見返す。

「そうだ。ちっぽけな光でも集まれば大きくなるだろう。光は膨らむんだ。そのうちに各々《おのおの》の光も大きくなっていく。この絵がまさしくそうだ。亀吉は自身の知らぬ間に、要から光をもらったんだ」

なあ、そうだろう、と仁さんは亀吉のほうを見た。

三年前、亀吉が要の手を引いて庭を歩き回ったことも、そのときの心持ちも知っているはずがないのに、どうして仁さんはそんなことがわかるんだろう。不思議だけれど、優しく温かいもので心が満たされてくる。自分でもよくわからなかったあのときの気持ちを肯定されたような気がして嬉しくなった。

「その通りだよ、仁さん」

亀吉が大きく頷くと、よし、と仁さんも頷きを返した。険のあった栄太の目も何となしに和らいでいる。ひなはまだ梅奴姐さんの絵を見つめていた。

「だから、おめぇたちは組んで仕事をするんだ。栄太と寛二は読本《よみほん》。亀吉と要とひなは算術本。売れるもんじゃなきゃ、だめだぜ」

景気づけにいいもんを見せてやる、と立ち上がった。座敷の隅に行き、一冊の本を手にして戻ってくるとおもむろに畳に広げた。

「うわぁ」

目に飛び込んできたものに圧倒されて、亀吉は思わず身を引いていた。

「驚いたか。北尾重政《きたおしげまさ》って絵師が描いた絵だ」

「すげぇな」

寛二が呻《うめ》くように言った。

何がすごいって波の描写だ。ひげ面の大男が波の上を駆けているのだが、波の細かい筆致によって波も男も動いているように感じられるのだ。

すごいだろう、と仁さんは悪戯っぽく笑い、先を続けた。

「挿絵なんぞ、本のおまけみたいなもんだと考えられていたけどな」

ところが、近頃は世間や板元の見方が変わっているそうだ。挿絵のお蔭《かげ》で文章だけでは入り組んでわかりにくい筋書きに流れが生じる。迫力満点の挿絵は読者の目を引き付け、次はその次は、と紙を捲《めく》らせる牽引力《けんいんりょく》を持つ。

確かにこの絵は〈本のおまけ〉だなんて言えない。墨ひといろで描かれているはずなのに、じっと見ていると波が鮮やかな藍と白に変じてくる。

——墨ひといろなのに、亀吉の絵は色が見えるようね。

美緒先生やおまき親分が亀吉の絵をそんなふうに褒めてくれることがあるけれど、これはそんなもんじゃない。「見えるようだ」ではなく、本当に波の色が見えるのだ。

何だか背筋がぞくぞくとした。

おれもこんな絵を描きたい。

「で、寛二はこれを目指すんだ。そして、栄太はその絵に相応《ふさわ》しい話を書く」

仁さんは寛二と栄太を交互に見た。そっか。おれは算術本だった。

でも、いつかは読本の挿絵も描かせてくれるかな。

要が物語を考えて、おれが挿絵を描く。

こんな楽しいことはないじゃないか。

「この話は、どんな話なんだい」

亀吉は胸が躍るのを抑えながら仁さんに訊ねた。

「『忠臣水滸伝《ちゅうしんすいこでん》』という読本だ。唐国の『水滸伝』と『仮名手本忠臣蔵《かなでほんちゅうしんぐら》』を下敷きにしたものだ。面白けりゃ、何でもありだからな」

子どもみたいな顔で仁さんは笑う。

「けど、仁さん。京伝と重政。とてもじゃねぇが、おれらには無理だ」

栄太が八の字眉になる。

「今から何言ってるんだ。おめぇらはおれが見出《みいだ》した瑠璃と玻璃なんだ。必ず光らせてやる」

仁さんが叱咤《しった》する。

「そうだよ。栄太。やってみなきゃ、わからないよ」

寛二に太い腕で背中を叩かれ、ようやく栄太はこくりと頷いた。何だ、気が強くて喧嘩っ早い奴だと思ったけど、存外に柔なんだな。

「まあ、光ればそれだけ目をつけられるがな。京伝もひどい目にあったからな」

今から十一年前、寛政三年（一七九一年）に蔦屋《つたや》板の洒落本三部に対し、「放埒之《ほうらつ》読本売買致候段不届」という沙汰が下されたという。結果、作者山東《さんとう》京伝は手鎖五十日、板元の蔦屋重三郎《じゅうざぶろう》は重過料（身上半減）を申し渡されたそうだ。

「ひでぇな」

亀吉は思わず唸《うな》った。

「ああ、ひどいもんだ。だが、京伝はへこたれずに、次々と本を出した」

『忠臣水滸伝』は寛政十一年（一七九九年）の作だという。

「今も、お上の締め付けはひどいのかい」

亀吉が恐る恐る問うと、

「まあ、さほど緩くはなってねぇな。寛政七年（一七九五年）だったか、浮世絵の一斉取り締まりが行われたんだ。白河《しらかわ》様が失職したのをこれ幸いとばかりに多くの本屋が派手な刷り物を出していたからな。これまでの鬱憤を晴らそうってなもんだ。だが、好色なもんはぜんぶ摘発されて、その後も何度かやられてる。せっかくの板木は削り落とし、絵は水につけて腐らせろってな。それこそ、彫師や絵師の苦労は水の泡だ。読本も同じようなもんだ。いつどこでお上が目を光らせてるかわからねぇ。けどな、本物の瑠璃や玻璃は決して水の泡になんかならねぇ」

いや、させねぇ、と仁さんは頬を引き締めた。

三十路で貸本屋から地本問屋になった仁さんを、ただすごい人だ、と亀吉は思ってきただけで、その来し方について考えたことはあまりなかった。でも、きっと亀吉には想像もつかぬほどの苦労をしてきたんだろう。それに比べて、自分はたいしたことも考えずにのほほんと暮らしてきたのだ。情けないことだけれど。

「でな」と仁さんの語調が変わった。「せっかく組むんだ。それぞれに名をつけねぇか」

「名かい？」

栄太が眉根を寄せる。

「そうだ。芝居小屋だって市村座《いちむら》に中村座《なかむら》、町火消しだって『いろはにほへと』から取って、ちゃんと組の名がついてるだろう」

仁さんは真面目な面持ちで言う。

要とおれの二人なら紫雲寺組とつけたいところだが、それじゃ、この子が納得しないだろうな、と亀吉はひなをちらと盗み見た。

「おれらは、それぞれの名を取って寛栄組にするよ。な、寛二、それでいいだろ」

栄太が寛二を見れば、

「いいよ」

寛二がおっとりした口調で返す。鉄火みたいな栄太にはいい相棒だ。

名を取るのか。でも、こっちは三人だから難しいな、と亀吉が考えていると、

「あたし、ひまわり組がいい」

ひなが口を切った。

見廻り組じゃなく、ひまわりぐみ？

「それって、日回り草のことですか。日輪草、日車草ともいいますが」

ずっと黙っていた要が口を開いた。改まった要の物言いに、一瞬だけ驚いたような顔をしたひなだったが、すぐに口元をほころばせた。

「そう。お天道様に合わせて顔を向けて咲くから、日回りっていうんだ」

ひなの言葉に、いいじゃねぇか、と言ったのは仁さんだった。

「お天道様からもいっぱい光をもらえばいい。そうしたら、もっと光り輝く」

三十過ぎの大人のくせに悪童みたく、にかっと笑う。

「そうしましょう、亀吉っちゃん。わたしも気に入りました。日回り組」

要がそう言うなら仕方ない。それにこれから真夏を迎える。

「いいぜ」

亀吉が精一杯胸を張って同意を示すと、

「よし、決まりだ」

仁さんがくしゃりと笑った。

寛栄組に日回り組。

今日から始動だ。

ところが――である。

亀吉が希望に胸膨らませ、意気揚々と勝手口から入ると、土間からすぐの板間に仁王立ちして待ち構えていたのは――

「おい。亀。今日はやけに遅かったが、どこへ行ってたんだ」

神様、仏様、山源様、と奉られる山野屋源一郎、お父っつぁんである。

「なんだい、お父っつぁん。その剣幕は」

「なんだいって。六ツ（午後六時）の鐘が鳴る前に戻って来いって言ってるだろうが。八幡様の鐘はずいぶん前に鳴ったとこだぜ」

「ずいぶん前ってことはないだろ。八幡様の前を通るときに聞こえたよ」

「屁理屈《へりくつ》言うな！」

この野郎、とお父っつぁんの拳固《げんこ》が降ってきた。たいして痛くないのは、いつものことだ。お父っつぁんは何やかんやで末っ子の亀吉に甘い。亀吉もそのことをわかっているから、ついつい約束を破ってしまうのだ。

「で、どこへ行ってたんだ」案の定、仁王様が立ったまま表情を和らげた。「おめぇに会いにおまきちゃんが来てたんだぜ」

「おまき親分が？」

「そうだ。こないだの森田屋の殺しの件で話があったみてぇだな。おめぇ、おまきちゃんの手下じゃねぇのか。衣装競べで大見得《おおみえ》切ってたじゃねぇか」

――三人で力を合わせ、深川の町を守るお手伝いをしております。

あのことを言ってるのだ。確かにそうだけど、今日は仕方ない。

「仁さんとこへ行ってたんだ」

「何！　あの若造のところか」

「若造って何だよ。仁さんは立派な地本問屋の主人だよ」

亀吉がむきになって言い返すと、お父っつぁんは大きな目を瞠った。

「おめぇ。まさか、あの若造に浮世絵を描けなんて言われちゃいねぇだろうな」

大きな目を見開いたまま、唸るように問う。そうか。それを案じて「若造」なんて言葉が出たんだ。そういや、派手な刷り物が水につけて腐らされたって、仁さんが言ってたよな。けど、心配無用だ。

「浮世絵なんか描かないよ。本の挿絵を描くんだ」

亀吉が胸を張って答えると、

「何だと！」

お父っつぁんは大きな目をさらにむいた。まるで目玉が落っこちそうだと笑いをこらえたとき、厨《くりや》のほうからきゃらきゃらと楽しそうな声がした。鍋や皿の音なども聞こえてくる。女中さんだけじゃなく、おっ母さんや姉ちゃんもいるみたいだ。おっ母さんのことだから、和気藹々《わきあいあい》と無駄話をしているようだけれど、その実、お父っつぁんの大声に耳をそばだてているんだろう。お父っつぁんもそのことに思い当たったのか、少しばかり声を低める。

「どんな本だ。まさか、妙な本じゃあるめぇな」

妙な本とは――

「ああ、京伝みたいな本かい。大丈夫だよ。おれも要も手鎖になんかなるような本は作らないから」

亀吉が言い終わらぬうち、お父っつぁんの目がまたぞろ大きくなった。

「お、おめぇ――」

どうしてか、舌まで回らなくなっている。一方、亀吉の腹はさっきからぐうぐうきゅるきゅる盛大に騒いでいる。何しろ厨からはいいにおいが漂ってくるのだ。醬油を焦がしたようなにおいは焼き茄子《なす》で、出汁《だし》のいいにおいは何だろう。こないだ食べた、卵ふわふわは出汁がしみていてほっぺたが落っこちるほど美味《おい》しかったから、今日もそれだといいな。ああ、早く食いたい。

「仁さんに頼まれたのは算術本だよ。要が中身を考えて、おれが挿絵を描くのさ。読み物としても面白い算術本を作るんだ」

もう上がってもいいかい、と亀吉は下駄を脱ぎ捨て、板間に上がった。

「ちょいと待て。まだ話は終わっちゃいねぇ」

お父っつぁんが亀吉の襟を摑んだ。

「なんだい。おれ、腹が減っちまったよ。湯屋だって行きたいしさ」

いいから座れ、とお父っつぁんは襟を摑んだまま、亀吉を板間に座らせる。

「いいか。若造、いや、春木屋からの仕事はこれきりにしろ。算術本なら商いに役立つだろうから、今度ばかりは許してやる。要に色々と教えてもらえ。だが、金輪際、春木屋からの仕事は請けるんじゃねぇぞ」

いいか、と噛んで含めるように言う。

「どうしてだい。どうしてこれきりにしなきゃ、いけないんだい」

思わず腰を浮かせた。

要が物語を考えて、おれが挿絵を描く。算術本だけじゃない。江戸のみんなが楽しめるような心がうきうきするような、そんな本を、必ず売れる本を作るんだ。

「どうしてって。そりゃ、決まってるだろうよ。おめぇは絵師にはなれねぇんだ」

お父っつぁんが苦虫を嚙み潰したような顔になる。

「嘘だ。おれは絵師になる。何としてでもなってみせる。お父っつぁんだっておれの絵を褒めてくれるじゃねぇか」

お父っつぁんだけじゃない。おまき親分だって美緒先生だって芳庵先生だって、みんなみんな褒めてくれる。何よりも。

――亀吉の絵の才は人の内側を描けるところだ。

あの仁さんが、何の後ろ盾もないのに地本問屋になった仁さんが、そんなふうに褒めてくれた。たった八つの頃に描いた梅奴姐さんの絵をすごいって認めてくれたんだ。

「確かにおめぇは絵が上手い。けど、おめぇは山野屋の跡取り息子だ。この店を継がなきゃならねぇ。絵を描くなとは言わん。ただ、絵師にはならせねぇ」

断じてならせねぇ。

お父っつぁんの言が亀吉の心の中でごちんごちんと跳ね返った。

いやだ。おれは絵師になる。そして、要は京伝や馬琴みたいな戯作者《げさくしゃ》になるんだ。

そうしたら――

ずっと大好きな絵を描いていられるじゃないか。ずっとずっと要と一緒にいられるじゃないか。

「いやだ」

心の中の声が、そのまま唇からこぼれ落ちた。

「何だと？」

お父っつぁんが座したまま眉根を寄せる。六尺近い大男だから座していても小山みたいだ。その山に向かって亀吉は逆らいの言葉を思い切り投げ上げる。

「いやだ、って言ったんだ。おれは山野屋を継がない。絵師になる」

「何を馬鹿なことを言ってんだ。いつまでもガキみたいなことを言ってるんじゃねぇ。おめぇは跡継ぎなんだ。山野屋の看板を背負ってくって決まってるんだ」

「決まってるってどういうことだい。おれの人生はおれのもんだよ。おれがおれの人生を決めるんだ」

勝手を言うない、と亀吉は立ち上がっていた。

土間に下りてまだ仄かに温みの残る下駄を突っかける。

「おい、亀、どこへ行くんだ」

待て、とお父っつぁんの声に背中を摑まれたが構わなかった。そのまま背戸から飛び出した。振り返ることなく裏木戸をくぐる。

おれの人生はまだ決まってない。

これから決めるんだ。

おれと要は——瑠璃と玻璃になるんだ。互いに輝き合って磨き合って、誰よりも光る石になるんだ。

——ここの庭を見せてやる。

おれはあの日、要に初めて会った日に決めたんだ。砂地しか知らない要にもっと豊かな世界を見せてやろうって。儚《はかな》い光だけじゃなく、川や木や花や空や月や星や風や雲や色んなものを見せてやろうって。

いや、そうじゃない。

要と二人で、もっと広く豊かな世界に行こうって。

そう決めたんだ。

さっきまで昼間の色を残していた町は、今はすっかり藍に沈んでいる。脂粉と料理のにおいが混じり合う八幡宮前の通りを亀吉は全力で駆け抜けた。

お父っつぁんと喧嘩になってしまったそうだ。

――どうして喧嘩したの。

おまきが訊ねても亀吉の口は貝になり、暖簾の仕舞われたがらんとした店先で俯いて立っているだけだった。

じゃあ、あたしが代わりに詫びてやるよ、とおまきが言っても首を横に振り、帰りたくないというばかり。で、仕方ないので今晩はうちで預かることにしたのだった。ただ、源一郎もおこうもさだめし案じているだろうから、おまきは一筆書いて太一に山野屋へ届けてもらうことにした。

五

利助お父っつぁんが死んでから、太一は本当によく助けてくれる。岡っ引き、と言うには口幅ったいが、おまきが町の自身番に顔を出したり、飯倉を手伝ったりできるのも太一が梅屋を切り盛りしてくれるお蔭だ。

その太一を送り出した後、うどんを拵えて食べさせてやると、亀吉は少し落ち着いたのか、二階のおまきの部屋で父親との経緯《いきさつ》をぽつぽつと話し出した。

店を継ぐ継がない、で揉めたそうだ。

「おれは絵師になりたいんだ」

こちらを見上げる目は真剣で、おまきの背筋も自然と伸びた。これは迂闊《うかつ》には返せない問題だ。おまきとて、いつかはこうなることを予想していなかったわけじゃない。だが、まだ先のことだと思っていた。それにしても、どうしていきなりそんな話になったのだろう。

「仁さんに、算術本を作らないかって言われたんだ」

要が算術を噛み砕き、亀吉が挿絵をつける。それはいい企みだ。さすがは仁さんだな、とおまきも思う。

「でも、それをお父っつぁんに反対されたんだね」

「ううん。それはいいって。算術本だから商いに役に立つからって。けど、挿絵を描くのはこれきりにしろ、おまえは山野屋を継ぐんだから、絵師にはさせねぇって言われた」

させねぇ、か。源一郎らしいと言えばそうだが、真っ直ぐな亀吉にはかちんときただろう。そもそも似たもの父子《おやこ》なのだ。顔もそっくりだが気性もそっくり。真っ直ぐにしか進めない一徹同士が向き合えば、そりゃ、ごつんとぶつかるに決まっている。

ただ、源一郎の気持ちもわからなくはない。何と言っても山野屋は深川一の材木問屋だ。先代も出来物《できぶつ》だったと聞いているが、源一郎も懐の深い人物として深川では名を知られている。祖父と父の熱い血を受け継いでいる亀吉も、俠気《おとこぎ》のある立派な大人になって山野屋を上手く切り盛りしていくだろう。だが、その一方で、絵師への道をすっぱり降りてしまうのはもったいないような気もする。何よりも、亀吉本人が三度の飯より絵を描くことが好きなのだ。

「絵をあきらめたくないんだね」

「うん」と言ったきり亀吉は押し黙った。しばらく俯いて膝上の手を握り締めていたが、昂然《こうぜん》と顔を上げた。

「おれ、要と一緒に読本を作りたいんだ」

「読本？」

「うん。要のおつむりなら話を次々に考えられるだろ。唐国の話だって、芳庵先生や美緒先生に読んでもらってたくさん知ってる。京伝みたいに『水滸伝』を下敷きにした読み物だって要なら書ける。で、おれはそれに絵をつけたいんだ。そうして、仁さんの店から出してもらう」

熱い目をして亀吉は語った。

そうだったか。絵師になりたいという思いもあるけれど、要とずっと一緒にいたいという願いが勝り、父親に反発してしまったのだろう。

――おれさ。要を幸せにしたいんだ。

亀吉がおまきに打ち明けてくれたのは、ふた月半ほど前、火付けを発端にした事件を探索しているときのことだ。人の心にひそむものを垣間見《かいまみ》るうち、亀吉は亀吉なりに色々と思うところがあったのだろう。二人とも大人の入り口に差し掛かっているのだ、とおまきは眩《まぶ》しいような、申し訳ないような心持ちになったのだった。

――けど、おれがそう思えば思うほど、要はしんどいんじゃないかなって。おれなんかが、要を幸せにしてやることなんか、できないんじゃねぇかって。

そんな亀吉の心の中を敏い要はわかっている。だから、つないだ手はいつか離さなければいけないとも。でもそれは、大人に差し掛かっているという単純な理由だけではなかろう。

要は自身の力で幸せになりたいと思っているのだ。

目が見えないがゆえに親に捨てられ、旅芸人の一座では卑劣ないかさまを強いられた。仔細は知らないが、盲目を売りにした札当てをさせられたという。そんな生き方を要は厭い、逃げ出したのだ。

けれど、幼く目の不自由な子どもがたった一人でどこへ逃げられようか。運命を変えたいと思っても要はあまりにも無力すぎた。だから、あてどない逃亡の道のりで、自らの生に疑問を感じたのだ。

芳庵先生に初めて会った日、

――わたしは生きていてもよいのでしょうか。

本当はそう訊きたかったのだ、と要はおまきに教えてくれた。たった八歳でそんなことを考えるなんて。想像するだけでおまきの胸は張り裂けそうになる。

だが、有り難いことに神様は要を見捨てなかった。おまえは生きよ、とおっしゃって、紫雲寺に導いてくれた。何より、今の要は明るく幸せそうだ。芳庵先生や美緒先生、亀吉に支えられて過ごす幸福を日々実感していることだろう。でも、支えられ、与えられるだけじゃ駄目なのだ。

いったんは生をあきらめた要だからこそ、真の幸せとは誰かに与えられるものではなく自ら摑むもの、いや、摑まねばならないと思っているはずだ。だからこそ、芳庵先生の下で必死に学んでいるのだ。

人は誰かを支え、誰かに支えられながら人生という太く長い糸を編んでいく。でも、亀吉と要とをつなぐ糸はどこかしら歪《いびつ》になっている部分があるのかもしれない。以前も感じたようなことをまた思う。もしも、要の目が見えたなら。糸は真っ直ぐに太くなるだけだったかもしれない。歪なところなどなく、二人の気持ちのようにひたすら真っ直ぐに。

「ねえ、亀吉。あんたは絵師になりたいの？　それとも要と一緒にいたいの？」

思い切って訊いてみた。だが、おまきの問いに亀吉は虚を衝《つ》かれたような面持ちになった。

「──それって、どういうことだい」

眉宇に困惑を滲《にじ》ませながら問う。

「どういうことって。そのままの意味よ。さっきの言葉が、絵師になりたいんじゃなく、要と一緒にいたい、ってあたしには聞こえたから」

亀吉は一瞬押し黙ったが、

「いけないのかい。要と一緒にいたいって思うことはいけないのかい」

大きな目でおまきを睨みつけた。その目の一徹さに気圧《けお》され、おまきは思わず身を引いていた。

「いけないなんて言ってないよ」

でも、そう聞こえたかもしれない、とおまきは自分の軽率さを悔やんだ。少なくとも、今口に出すべき問いではなかった。

「おれにはそう聞こえたよ。いつまでも子どもじゃいけない、って言ってるみたいに聞こえた。お父っつぁんが言ったみたいに。おまき親分までそんなふうに言うんだ。おまき親分まで——」

そこで切り、亀吉は立ち上がった。そのまま部屋を出て行く。

「ちょっと、待って」

おまきが呼び止めた——そのとき。

「おっと、亀坊。どうしたい」

いつからそこにいたのか。部屋を出たところで太一が亀吉の身をがっしりと受け止めていた。途端に亀吉は糸の切れた凧《たこ》みたいにくたりとへたり込んだ。やがて仄暗《ほのぐら》い廊下には押し殺したような泣き声が響き始めた。

「あたしが悪かったの。あんな訊き方をしちゃったから」

その晩、梅屋の小上がりである。亀吉は二階の一部屋で眠っている。太一の腕の中でひとしきり泣いた後、そのまま眠ってしまったのだった。

太一の住まいは卯の花長屋の裏店《うらだな》だが、今日は念のために梅屋に泊まってもらうことにした。二階には二間あるから、亀吉と同じ部屋で寝てもらえばいい。

「山野屋の旦那さんには会えませんでしたが」

お内儀さんに梅屋で預かるからと伝えました、と太一は低い声で告げた。

「おこうさんは案じてただろうね」

母のおつなが溜息交じりに言う。

「へえ。ですが、亀坊のことより、梅屋さんにご迷惑をかけて申し訳ない、としきりにおっしゃってました」

太一が太い眉をひそめた。色黒の肌に少し吊り上がった切れ長の目は、ガキ大将がそのまま大人になったような面差しをしているが、実は色々と苦労をしている。その苦労の分だけ、人に優しい。

「こっちこそ申し訳ないわね。預かったのに、余計に泣かしちゃって」

本当に情けないね、とおまきは唇を噛んだ。今晩は何も言わずに受け止めてあげればよかったのだ。太一がしてやったように。

「亀坊自身も、どっちかよくわからないのかもしれません」

「どっちかって？」

話の流れを摑めぬ母が太一に問う。

「絵師になりたいのか、要と一緒にいたいのか、ってことです。すいません」

盗み聞きてぇなことしちまって、とおまきに向かって詫びる。

恐らく、盗み聞きしようと思ってしたのではなく廊下で声を掛ける頃合を見計らっていたのだろう。結果としては太一があの場にいてくれてよかった。もしもいなかったら、張り詰めていた糸を緩められぬまま、亀吉は表に飛び出していたかもしれなかった。

なるほどね、と母は頷いた後、さらりと言った。

「それについては、別段、どっちでもいいんじゃないかね」

「どっちでも？」

「ああ。だって、絵師になりたいって思いと要と一緒にいたいって思いは重なるからさ。それを無理に引き剥がすことはないじゃないか。いざとなったら、山野屋には娘が三人もいるんだから婿養子を取ることだってできる」

でもね、と母はひとつ息を継いだ。

「あの子は山源さんに顔立ちだけじゃなく気性もよく似てるだろう。子どもなのに俠気があるっていうか、情に厚くて人を裏切らない。だから、店を継がなきゃって思ってる、いや、お父っつぁんみたいになりたいって思ってるんじゃないかね。だって」

人の心はひといろじゃないもの、としみじみとした口調で言った。

人の心はひといろじゃない。絵師になりたい。要とずっと一緒にいたい。店を継いで父親のように人の役に立つ人間になりたい。どれもが心の中にある亀吉の思いだ。しかも、その色はその時々で微妙に変わる。背丈がぐんと伸びるときだからなおさらだ。

「おかみさんの言う通りですよ」太一が深々と頷いた。「おれもここでお世話になるまで、胸の中が色々、いや、ぐちゃぐちゃのときがありました」

何かを手繰《たぐ》り寄せるような目を見て、おまきの胸に小さな疑念がふっと絡みついた。

太一は、このまま梅屋にいて幸福なのだろうか。

母も同じことを感じたのか、若者の俯き顔を慈しむように見つめた後、静かな声で言った。

「問題なのは、ふたつの色がどうにも重ならないときさ」

ふたつの色。どうにも重ならない色。

「店を継ぐことと要と一緒にいるってこと？」

おまきが問うと、そうだね、と母は頷いた。

「店を継ぐのなら、要と今みたいに一緒にいることはできないだろうね。要が紫雲寺を継げればとも思うけど。でも、あそこには美緒先生がいるから婿を取るかもしれないし。芳庵先生がどうお考えかはわからないけどさ。ただ、要のことを抜きにしたら、亀吉が二足の草鞋《わらじ》を履くことはそう難しくないように思うよ。商いをしながら絵を描いている人もいるからね」

番茶の入った湯呑みを手で包むようにした。

要のことを抜きにしたら――やはりそこが問題なのだ。源一郎は頭の固い人間ではないから、亀吉が商いもしっかりやると約束すれば、絵を描き続けるのを認めてくれるのではないだろうか。だが、要のことは――

要に材木を扱う商いは難しいだろう。何より、要自身が山野屋に入るのを拒むだろう。

妙な言い方だが、亀吉の進む道を、より入り組んだものにしているのは要なのかもしれない。亀吉は要を幸福にしたいと思っている。同時に自身の幸福に要が欠かせないとも。

一方、要は要自身の将来をどう考えているのだろう。

訊くにしても、それこそ慎重にならなくてはいけない。もしも、要が亀吉の葛藤を知ったなら、迷惑をかけたくないと身を引くだろう。下手をしたら、誰にも告げずに紫雲寺を去ってしまうかもしれない。そんなことをさせてはいけない。要は何としてでも幸福にならなくてはいけない。でも、いったいどうしたらいいのだろう。亀吉も要もみんなが幸福になるにはどうしたら――

「まあ、あたしたちには口の出せないことだよ。山野屋さんと亀吉自身が決めなきゃならないことさ。酷なようだけど、来年には十二歳になるからね」

母はどこかが痛むように顔をしかめた。

そうだ。二人とも来年は十二歳になる。手習所で学ぶ期間は一律ではないが、紫雲寺では男女とも大体十二の歳に下山（卒業）となる。亀吉と要が紫雲寺で共に過ごす日々はあと残り僅か、十月もない。

そしてそれは、おまきにとっても同じことだ。

――両名とも可愛い、可愛い手下でございます。三人で力を合わせ、深川の町を守るお手伝いをしております。

衣装競べであんなふうに口上を述べたけれど、あの子たちをいつまでも手下として使ってはいけない。二人がどんな道を選ぶのかはわからないけれど、これから迎える夏も秋も冬も早春も、あたしたちにとっては一日一日がかけがえのない時だ。その貴重で美しい時を無駄にしてはいけない。大事に大事に掬い取って胸に仕舞っていかなければいけない。

「そいじゃ、あたしはもう寝るね。後はよろしくね」

母がしんどそうに腰を上げ、小上がりには太一とおまきだけが残された。厨房《ちゅうぼう》の火元を確かめて寝なくてはと思うのに、先ほど胸に絡みついた疑念がおまきをその場に引き止めていた。


油が残り少なくなったのか、灯芯がじじ、と焼けつく音がした。

――おれもここでお世話になるまで、胸の中が色々、いや、ぐちゃぐちゃのときがありました。


今はどうなの。喉元まで出掛かった疑問をおまきはようよう押し返した。

よく考えれば、太一の立場は半端だ。父が死に、探索事より甘味処の切り盛りが主になってしまった。言うなれば、おまきと母のために日々この店で働いているようなものだ。でも、もっと大きな菓子屋や甘味屋で働くこともできるだろうし、その気になれば、いずれは太一自身で店を持つこともできるのではないか。梅屋にいることは、果たして太一にとっていいことなのだろうか――

「あとはおれが片付けますから、お嬢さんはやすんでください」

「待って」

立ち上がりかけた太一を呼び止めていた。

何でしょう、と太一は浮かせかけた腰を戻した。訝《いぶか》しげに目を細めている。

ここにいて幸せなの？

それはあまりにも卑屈で、かつ傲慢な問いだ。

「あの、ありがとう。あたしとおっ母さんのために、梅屋に残ってくれて」

おまきが言い終えた途端に、切れ長の目が柔らかくたわんだ。

「何を言うんですか。おれこそ、梅屋にいさせてもらって有り難いと思ってますよ」

「ほんとに？」

「ええ。本当です。おれはずっと梅屋にいます。ただ――」

そこでいったん言葉を切った。逡巡するように宙を見つめていたが、

「もう少し、探索のお手伝いができれば、とも思ってます」

ぎこちなく笑んだ。

「ごめんなさい。けど――」

「こないだの森田屋の件はどうなりました？」

おまきとて、森田屋の殺しを忘れていたわけではない。ただ、錦屋を訪れた梅奴からその後の話を聞きかじったくらいで、肝心の飯倉からは沙汰がないし、一人では何をしたらいいのかわからなかったのだ。源一郎なら何か知っていると思い、今日、山

野屋を訪れたのだが、さして実のある話は聞けなかった。

おまきが答えあぐねていると、太一が遠慮がちに口を開いた。

「殺された平次って男なんですが――」

「あの男を知ってるの？」

思わず声が裏返った。

「知ってるわけじゃねぇですが」太一は苦い笑いを洩らした。「利助親分の真似事をして、ちっとばかし聞き込みをしたんです」

「で、何かわかった？」

声をひそめた分、ひと膝前へ進める。太一の顔が引き締まった。

「どうやら女の影がちらほら」

「女の影？」

「ええ。ずいぶんと派手だったようです」

おまきを気遣ってか、言いにくそうに片頬が歪んだ。

「女っていうのは、その――」

「ま、玄人《くろうと》じゃなく、地女《じおんな》です。何だか、人の女房にまで手を出していやがったみてえで」

おまきに終《しま》いまで言わせないように、続きを引き取った。

恨みを買う理由は充分にあったということか。女房にちょっかいを出された男の悋気か、

「わかったのは、それくらいです」

「ありがとう」

「いや、これしき。親分だったら、もっと調べ上げてますよ」

親分、お父っつぁんだったら。

この先どうするだろう。

春の事件でおまきが学んだことは。

人の心にひそむ闇の恐ろしさだ。闇は闇を呼ぶ。互いに食い合い、膨れ上がる。

平次を殺した科人の心にも深い闇があるのかもしれない。もしかしたら、殺された平次の心にも。

お父っつぁんだったら――

その闇を探ろうとするだろう。

この件で森田屋だって梅奴だっておりょうだって多大な迷惑を被ったのだ。あたしにどこまでできるかわからないけれど、少しでもみんなの役に立ちたい。

ただ、亀吉と要は今度の事件にはあまり巻き込みたくはない。太一の話が本当なら、男女の仲のもつれなんて十一歳の子どもにはあまりにも生々しすぎる。

「ねえ、太一」おまきは居住まいを正した。「平次と関わりがあった女たちに当たろう。あたしに力を貸して」

「もちろんです。おれにできることなら何でもします。けど、動くのは明日からです」

とりあえず今日はやすみましょう、と太一はにっこり笑った。

翌日、おまきは紫雲寺まで亀吉を送り届けた。泣いたせいで目は腫れぼったかったが、昨日よりは落ち着いており、朝飯もたくさん食べた。昨日はごめんね、とおまきが詫びると、何でおまき親分が謝るのさ、とむくれた顔をしたが、その物言いはいつもの亀吉らしく、とりあえずほっとした。

――あたしたちには口の出せないことだよ。山野屋さんと亀吉自身が決めなきゃならないことさ。

母の言うように、周囲があれこれ口出しできることではないのだろう。だから、昨夜みたいに追い詰めないでそっと見守ろう、とおまきは自らを戒めた。

紫雲寺から店に戻ると、母が雑巾で小上がりを磨いていた。厨からは小豆の甘いにおいが漂ってくる。父の失踪直後に母の具合が悪くなったこともあり、梅屋の汁粉はすっかり太一の味になっている。でも、頼ってばかりじゃ駄目だ、とおまきは改めて思う。亀吉と要が紫雲寺を出て別々の道を歩むかもしれないように、太一もいつか梅屋を出て行くときが来るかもしれない。そのときは喜んで背中を押してやろう。あたしももっと腕を磨かなきゃ、と文字通り腕まくりをし、おまきは厨へ顔を出した。

「お帰りなさい。早かったですね」

白玉の支度に取り掛かっている太一が顔を上げた。

「うん。走って帰ってきたから」

洗い場の桶《おけ》で手を濯《すす》いでから、前垂れの紐《ひも》をぎゅっと結んで鍋の前に立つ。蓋を取ると小豆の甘いにおいが湯気と共にふわりと立ち上った。

「砂糖を入れたらすぐに火から下ろすんですよ」

煮詰めるとえぐみが出ちまいますから、と太一が笑う。いつだったか、えぐみどころか煮詰め過ぎて焦げ臭いあんになってしまったことがあったのだ。

木杓子《きじゃくし》で掬い、小豆の硬さを見る。もうそろそろいいかな、と思いながらもおまきの心は平次殺しへと飛んでいく。

今日は、探索の進捗状況を聞くために、太一と一緒に飯倉を訪ねようと考えている。もしかしたら科人の目処《めど》がついているかもしれないし、饅頭の中に入っていた黄色い粉末の正体もわかっているかもしれない。

だが、昼前なら八丁堀《はっちょうぼり》のお屋敷ではなく御番所を訪ねたほうがいいのだろうか。

煮立つ小豆の鍋を前にしてそんなことを考えていると、

「何だ、閑古鳥が鳴いてるな」

店先でよく通る声がした。噂をすれば何とやら、いや、待ち人来《きた》る、かな。

「飯倉の旦那。いらっしゃい。閑古鳥とはひどい言い草ですね。こんな朝っぱらから甘いもんを食べたがる人はいませんよ」

軽口に母が返すのを聞きながら、砂糖を入れて小豆の鍋を火から下ろす。白玉粉を練っている太一に後を託し、おまきはしゃもじを置いた。

「いや、ここに一人いるぞ。今日は葛きりにするかな」

「葛きりはまだできてませんよ」

長暖簾をはぐっておまきが顔を出すと、

「お。看板娘のお出ましだな」

飯倉が剽《ひょう》げ、母がくすりと笑った。

森田屋での衣装競べで二番になったお蔭で、ここ数日は客がいつもより多かったのだ。おまきのひっつめ髪を見て、巻き髪のほうが可愛いのに、と残念がる客も中にはいた。

もしかしたら、おりょうは、梅屋のことも考えておまきに衣装競べに出るよう勧めてくれたのかもしれなかった。そのおりょうも、まさかおまきが二番になるとは思わなかっただろうけど。

「褒めても、大盛りにはしませんからね」

おまきが腰に手を当てて言い返すと、

「何だ。褒め損だったな。まあ、いいや。とりあえず汁粉をくれるか」

上がるぞ、と飯倉は雪駄を脱いだ。

入れ替わるようにして母が奥へ行ったので、おまきも一緒に下駄を脱ぎ、飯倉の前に座った。

「実は、今日、八丁堀のお屋敷に伺おうと思ってたんです」

「そうだったか」飯倉は頬の辺りを引き締めた。「森田屋の件だろう」

「はい」

おまきは頷き、昨晩、太一から聞いた話を告げる。話し終えると同時に、その太一が茶を運んできた。

「太一も一緒にいいですか」

おまきの問いに、もちろんだ、と飯倉は顎を引いた。太一は茶を置くと、少しかしこまった面持ちでおまきの横に座した。

「実はおれも、同じような話を耳にしているのだ」

中間の朔次郎が平次の住む長屋の近くで聞き込みをしたという。今、平次とつながりがありそうな女を洗い出しているそうだ。

「で、近いうちに女たちに話を聞きにいこうと考えていた」

飯倉は太一の顔を見ながら告げた。

「はい。あたしたちもそうしようと思ってました」

「あたしたち——そうか。おれが行くより、おまえたち二人のほうがいいかもしれんな」

飯倉は腕を組み、しばらく考えていたが、

「とりあえず、朔次郎が洗い出した先を二人で当たってくれるか。後で名と住まいを書いたものを届けさせる。女たちがごねるようなら、おれの名を出して構わん」

で、ひとつわかったことがあるんだがな、と声をひそめる。太一が少し身を乗り出した。

「仏さんが握ってた饅頭の中身だ」

黄色い粉のことだ。

「色から判じると石黄《せきおう》らしい。念のために隣に住む医者にも確かめたが、黄色い毒物ならそうではないかと」

現場の凄惨さを思い出したのか、飯倉は顔をしかめた。

せきおう。黄色い石か。

「雄黄《ゆうおう》とも言うそうだ。山の噴火口付近で採れるそうだが、毒性がかなり強い。粉を大量に吸い込めば、心の臓が止まるとも聞いた。ただ、毒をもって毒を制すとも言うように、調薬して毒蛇などの解毒薬として用いられるそうだ」

「でも、そんな毒を誰でも手に入れられるわけではないでしょう」

おまきが問うと、

「うむ。そうだな」

飯倉が眉根を寄せた。

「ってことは、薬種屋か医者ってことですか」

太一の身がさらに前へのめる。

「そうとは限らんな。金があれば手に入れられる」

「だとすれば、長屋暮らしの女には縁がないように思いますが」

膝に手を置いたまま、太一が難しい顔をする。

「そうだな。真っ当に手に入れようとすれば金が要る。だが、世の中、真っ当なことばかりではない」

飯倉が低い声で返し、眉をひそめた。その表情を見て、父が亡くなり、おはるが濡れ衣を着せられた春の事件がおまきの脳裏をよぎった。あれこそ、真っ当な話ではなかった。と、そこへ場違いなくらいに明るい声がした。

「汁粉、できましたよ」

盆の上ではできたての汁粉が湯気を立てている。その湯気の向こうに見える母の顔は、やつれていた春先に比べると驚くほどふくよかになった。この人は至極真っ当に生きている。そして、そんな母を見ておまきは思う。

真っ当ほど強いものはない。

六

八幡宮の表門辺りで大通りを右に曲がると、がたくり橋と呼ばれる橋がある。本来の名は蓬萊橋《ほうらいばし》というのだが、この辺りの人間は誰もその名では呼ばない。そして、橋を渡った先に本来は佃町《つくだちょう》というのに、「あひる」と呼ばれる町があった。深川の岡場所の中でも、ことに安い女郎屋が密集している町だ。

飯倉の訪《おとな》いから二日後、おまきは、その「あひる」の町を太一と連れ立って歩いていた。奥まで足を踏み入れるのは初めてだった。

まだ日没前だというのに、小さな娼家《しょうか》の軒にぽつんと紅灯が点《とも》っている。気が早いというより、そこだけ昨日の夜が忘れられたような、妙な侘《わび》しさを覚えた。

同じ深川にありながら「あひる」とそれ以外の町を分けるものとは何だろうか。掘《ほり》割《わり》ひとつで隔てられた北側には八幡宮の高い屋根やこんもりと茂った杜《もり》が見え、参拝客で賑わう。永代寺門前町には高級料理屋や土産物屋などがずらりと建ち並んでいる。大通りも夜になれば脂粉と酒のにおいが漂い始め、艶かしさを増すが、ここのような侘しさは感じられない。

侘しさは暗さだ。ここ「あひる」にだけ人の発する明るさが届かずに、夜がいつまでも置き去りにされ、湿ったままこびりついている。取り残された夜は、幾夜も幾夜も重なって、いくらお天道様に干してもらっても消えない暗さとなってうずくまっている。

そんな荒唐無稽なことを思ってしまうのは——

「最果てだからなのかな」

「え？」

思わず呟いた一言に太一が怪訝《けげん》な顔をした。

「いや、ここは深川の最果てなんだな、と思って」

「最果て、ですか」

訝り顔が拍子抜けしたようにほどけた。

「うん。すぐそこには八幡宮があって、賑やかでしょう。でも、たった一本の掘割を隔てただけで、ここは何だか寂しい。それって最果てだから八幡宮の賑やかさや華やかさが届かないのかもしれないって」

おまきが告げると、太一はくすりと笑った。

「後で行ってみますか」

意味がすぐにはわからなかった。

「どこへ？」

「お嬢さんの言う、最果てに」

そう言って、太一はおもむろに首をもたげた。夕刻前の空は青く晴れていて、下方に痩せた雲がかかっているだけだ。その空を見上げる横顔が俄かに大人びて感じられる。

ここへ来たことがあるの？

言いさした言葉をおまきは呑み込んだ。

太一だって二十歳《はたち》の男なのだ。こういう場所に来ていても少しも不思議じゃない。そう思った途端、不意に通りに漂う脂粉のにおいが濃くなった。すると、隣にある肩がずいぶんと近くに感じられ、何だか落ち着かなくなってきた。

「これだったら、大丈夫そうです」

不意に太一が空からこちらへ目を転じた。眸が空を写し取ったみたいに青みを帯びている。

大丈夫そうって、何が？

「今日は晴れているから、綺麗に見えますよ」

何が綺麗に見えるんだろう。そう訊きたかったのに、問いが喉に絡まったまま出てこない。おまきが馬鹿みたいに色黒の顔を見上げていると、

「とりあえず行きましょうか」

太一はにっこり笑い、さっさと歩き出した。

裏路地に入ると、今度は溝《どぶ》のにおいが鼻をつき、おまきは思わず顔をしかめた。どんな裏店にも溝はある。だが、場所によってにおいが違うのは、風向きや日当りもあるが、溝さらいをきちんとやっているかどうかだ。卯の花長屋は差配の卯兵衛《うへえ》の管理が行き届いているから、梅雨《つゆ》の時期でもここまでにおうことはない。差配がいいと店子《たなこ》もまたいいのだ。

「においますね」

おまきの胸中に呼応したかのように太一が低い声で言った。

「そうね」

と返したときである。

「それはおれのだかんな。返せって言ってんだんべ」

すぐ先で荒々しい女の声がした。

見ると、長屋前の路地にいるのは三人の女だった。二人が争い、一人が間に入って

取り成しているようだ。それにしてもすごい剣幕だ。女だてらに胸倉を摑み、今にも殴りかかりそうである。

止めなくちゃ、とおまきは女たちの傍へと駆け寄った。

「何かあったんですか――」

胸倉を摑んでいる女を見ておまきは息を呑んだ。凄まじいほどの美貌であった。この美しい顔から、あの乱暴な言葉が出たとは到底思えない。

「あんた、誰だい」

美貌の女は赤い唇を歪めて訊いた。胸倉は摑んだままだ。

「お上の手伝いをしている者です」

同心に手札をもらっていない身で岡っ引きを名乗ることはできない。家を出る際、形見の十手を携えることも脳裏をよぎったのだが、それは父の意に反していると思い、空手でやってきた。いざとなれば、太一がついているという心強さもあった。

途端に美しい目が見開かれる。「女だてらにかい」

おまきが頷くと、ちょうどよかった、と美貌の女は相好を崩し、

「この女、泥棒なんだよ。しょっぴいておくれよ」

眼前の女を細い顎でしゃくった。

「なんだい、泥棒だなんて人聞きの悪い。家の前で拾ったたって言ってるだろう」

女は顔を赤らめ、摑まれた胸倉を手で振り払うと、激しくかぶりを振った。歳は三十路くらい。面立ちはのっぺりしているが、大きく抜いた襟から覗くうなじは抜けるように白い。一見して堅気ではないとわかった。

取り成し役の女はと言えば、顔の造作《ぞうさく》はそこそこ整っているものの、恐ろしく肌の色が悪い。しかも、鬢《びん》の辺りの髪は薄く、透けた地肌には乾いた瘡《かさ》が浮き、ところどころ剝がれている。おまきと目が合うと女は慌てて目を逸らした。

しょっぴいてくれと美貌の女は言ったが、仮に同心から手札をもらっていたとしても、岡っ引きは勝手に科人を捕縛することはできない。だが、本当に泥棒だったら放ってはおけぬから、とりあえず事情だけは聞いておこう。

「拾ったというのは本当ですか」

おまきは泥棒呼ばわりされた婀娜《あだ》っぽい女に丁重に訊ねた。

「何べん言わせりゃ、気が済むんだい。拾ったってさっきから言ってるだろ。大体、こんな安物を欲しがるわけないじゃないか」

ふん、と婀娜っぽい女は握っていた櫛を地面に投げ捨てると、憤然とした足取りで長屋の木戸のほうへ去っていった。櫛は確かにさほどいいものではなさそうだった。

桜花《はな》の透かし彫りが施されているが、おまきの目から見ても細工は雑だった。

「よかったね。おくめちゃん」

取り成し役の女が櫛を拾い上げ、美貌の女にそっと渡した。瘡はその手にもいくつか浮いている。

さっちゃん、ありがとう、とおくめと呼ばれた女は櫛を受け取ると、

「ああ、よかった。平次さんにもらった櫛だかんな。大事にしなくちゃ」

透き通るような頰にそっと押し付けた。とろけるような、その面持ちはぞくぞくするほど美しかった。

飯倉が朔次郎に届けさせた紙面には三人の女の名と住まいが書かれていた。

久兵衛《きゅうべえ》長屋のおくめ——凄まじいほど美しい女は、そのうちの一人だ。

おくめの前に訪ねた二人の女は平次と同じ黒江町《くろえちょう》に住んでいた。一人は平次と同じ長屋の住人で三十路手前のおれんという女、もう一人は小さな乾物屋の一人娘、お結《ゆい》である。どちらも色が抜けるように白い。おれんはしっとりと滑らかな肌で、お結は陶器のように青みを帯びた肌だった。

おれんは一年前に亭主を亡くした寡婦《やもめ》で、平次との関わりはここ半年くらいのこと

だと言った。だから、あの人が間男《まおとこ》だってぇのは嘘なんだよ、とさめざめと泣いた。

一方、乾物屋のお結は両親には内緒だから、と家から三丁ほど離れた神社の境内で話をしてくれた。しつこい男に声を掛けられて困っていたところを救われたのが、平次との馴《な》れ初《そ》めだという。こちらも半年ほど前のことらしい。近頃は仕事が忙しかったらしくあまり会えなかったのだと、お結は鼻をぐすぐすと鳴らした。

忙しかったのは仕事ではなく、他の女と会っていたからだろう。だが、もちろん、そんなことをお結には言えない。何しろ、本気で平次に惚れていたようなのだ。そこはおれんも同様で、

――お願いだから、早く科人を捕まえておくれよ。

と、おまきの手を握らんばかりだったのである。もしもこれが演技だとしたら、相当なタマである。

ともあれ、二人ともに平次の死を心から悲しがっていたし、何よりも「石黄」を手に入れられそうな感じはしなかった。

さて、四畳半の部屋にはおくめが座し、狭い上がり框《がまち》にはおまきと太一が腰を下ろしている。ここにも高直な毒物の〝におい〟はしない。

「平次さんを殺した科人はまだ見つからないのかい」

おくめは櫛を膝に置いたまま眉根を寄せた。

「ええ。今のところは」

返しながらおまきは女の顔を改めて見た。おれんもお結も色白だったが、おくめは格別で、向こう側が透けて見えるのではと危ぶまれるほどに白い肌をしていた。雪を欺《あざむ》くというのは、まさしくこういう肌を言うのだろう。その上、顔の造作も整っている。ことに切れ長の大きな目は青みがかっており、童女のように澄んでいる。

だが、言葉遣いは乱暴だ。

「おれが平次さんと会ったんは、半年くれぇ前だ。男に襲われそうになったところを、助けてもらったんさ」

語尾のはねる喋り方を聞き、はっと思った。

「おくめさんは、上州の方ですか」

「何でわかるんだい」

形のよい眉を寄せる。

「知り合いに上州の人がいるので」

おりょうのことだ。気持ちが昂ぶると上州訛りが出る。

「ふうん。おれは、四年前に兄ぃと一緒に江戸に出てきたんだ」

この長屋を選んだのは店賃《たなちん》が安かったからだという。兄は船着場で働き始め、おくめはすぐ近くの一膳飯屋で下働きの仕事を見つけた。だが、一年前に兄が忽然《こつぜん》と消えてしまった。書き置きも何もなかったという。

「兄ぃはおれを大事にしてくれてたんだ。だから、いつか戻ってくるって信じて、ここにいるんだ。それに、ここを出たってどこへも行くところがねぇから。けど、こんな面《つら》してるだろ。男に絡まれるのはしょっちゅうでさ」

美貌をこんな面と平然と言う。美しさを誇っているふうではない。嫌悪しているとまではいかないが面倒だと思っているような節がある。

平次と知り合ったのは娼家の近くで風体の悪い男に絡まれたときだったそうだ。見て見ぬふりをする往来の人々の中から出てきたのが平次だった。

――嫌がる女を無理やり何とかしようなんざ、野暮の極みだぜ。

そう啖呵を切って、男を追い払ってくれたという。

「平次さんはよくここへ？」

おまきはおくめの部屋を見渡した。枕屏風《まくらびょうぶ》と夜具しかないような四畳半だが、綺麗に片付けられているし、埃《ほこり》っぽくもない。言葉は乱暴でも暮らしは案外にきちんとしているのかもしれない。

「たまぁに」少し舌足らずな物言いに寂しさが滲んだ。「けど、必ずうめぇもんをもってきてくれたんさ。店の残りもんだったけど、めったに口に入らねぇようなもんばっかしだったから、嬉しかった」

　桜色の唇をほころばせた。

「その櫛も平次さんからの贈り物なんですよね」

おまきが問いを重ねると、そうさ、とおくめは嬉しそうに櫛を手でなぞった。

そんなに大事なものをどうして落としたのか、と不思議に思ったが、口に出せば倍になって返ってきそうだったので、おまきは疑問を呑み込んだ。

「さっちゃん、と呼んでいましたが、お隣さんは、おさちさんという名ですか」

長屋の九軒目がおくめの部屋で、取り成し役の女は、すぐ隣の最奥の部屋へ戻っていった。皮膚の病を患っているようだったが。

「そうだよ。おれにとっては姉さんみたいな人でさ。兄ぃがいなくなったときも慰めてくれたんだ。おとみが櫛を持っているって教えてくれたのもさっちゃんさ」

おくめは大きな目を壁に当てた。婀娜っぽい女はおとみというらしい。

　さっちゃんはね、とおくめが吐息交じりに言う。

「平次さんが亡くなったときも、一晩中、一緒にいて慰めてくれたんさ」

涙ぐんでいる。やはり平次に心底参っているようだ。

「で、平次さんが亡くなったことを、おくめさんは誰から聞いたんですか」

太一が問う。確かに〝たまぁ〟にしか来ない男の訃報をどうやって受け取ったのだろう。

「仕事場で聞いたんだよ。森田屋の色男が殺されたって客が騒いでたからさ、もしかしたらって思って店まで行って確かめたんだ。あんたたち」

おれを疑ってるのかい、と潤んだ目をきっと吊り上げた。美しさにいっそう凄みが増した。

「そういうわけじゃありません。ただ、何か、平次さんについて知っていることがないかと思って」

なるべく柔らかな口調になるようにおまきは告げた。途端におくめの口元が泣きそうにほどけた。

「平次さんは本当に優しかったんだ。あんな優しい人を殺すなんて――」

そこで言葉を途切れさせると、櫛を握ったまま泣き崩れ、おくめはしばらく顔を上げなかった。

おくめの家を辞し、太一はおまきを「あひる」の町の最奥に連れてきた。

「ここが深川の最果てです」

悪戯っぽく笑い、手を広げて大きく息を吸う。

すぐそこは葦《あし》の生えた湿地である。さらに先には、斜光をきらきらと弾き返す、夕刻の海が広がっていた。

「ほら、晴れているから、よく見えるでしょう」

上総《かずさ》から安房《あわ》へと続く青い島影が、光る海の向こうにくっきりと浮き上がっている。なだらかな島の輪郭も金色に波打つ海も明るい縹《はなだ》色の空も、すべてが美しかった。

綺麗に見えるというのは、この景色のことだったのか。どこまでも広がる海と島影の美しさを目にしたからか、

「ここへはよく来るの？」

最前は訊けなかった疑問をおまきは口にしていた。

「ええ。たまぁに」

おくめの言葉を真似た後、太一はくすりと笑った。

「おれの両親は上総の出なんだそうです。おれが生まれてから伯父を頼ってこっちへ来たらしくて。だから、あそこはおれの生まれた場所なんですよ」

太一の両親は丙午の洪水で亡くなった。おまきより三つ歳上だから、洪水に遭ったのは彼が四歳の頃だ。乾物屋を営む伯父夫婦に育てられた後、伯父の口利きで十歳の折に本所元町《もとまち》の菓子屋に奉公したのだが、兄弟子と反りが合わずに十三歳で店を飛び出した。それから菓子屋を転々とし、どういう経緯かはわからないが、十七歳で梅屋に流れ着き、父の裏の顔を知るや、手下にしてくれと願い出た。それがおまきの知る太一の境遇だ。

「伯父さんは厳しい人だったから早く家を出たかったんです。けど、いざ世間に出たら、もっと厳しい、いや冷たい人間ばかりだった。兄弟子は怠けているのに偉そうだし、店の主人もお内儀さんもろくすっぽ口も利いてくれないような人たちだった。珍しく口を開くときは、親がいないからそんなふうに捻《ね》じ曲がっているんだ、って言われました」

で、どこに勤めても長続きしなかったそうだ。そうして、賭場で用心棒みたようなことをやることになった。

「まだ十七かそこらのガキのくせして、刃物なんざ振り回していたんです。そんな馬鹿なガキを拾ってくれたのが利助親分でした。菓子を作れるんならうちに来いって。まあ、このまま博徒になるよりいいか、嫌になったらまた辞めればいいやくらいに思ってました」

捻じ曲がっているって言われているうちに本当に捻じ曲がっちまったんでしょうね、と太一は乾いた笑いを洩らした。

梅屋に世話になってからひと月ほど経ったある日、父にここへ連れて来られたという。やはり、こんなふうによく晴れた日の夕方だったそうだ。

――あれが、おめぇの生まれた場所だ。

今見ている島影を指して利助親分はそう言ったんです、と太一は懐かしそうに目を細めた。

「けど、おかしいなって思ったんですよ。おれ、親分に生国《しょうごく》の話なんてしたことがなかったから。けど、後から思えば、親分ならそれくらいのことを調べるだろうなって。前の菓子屋には生国のことは言ってましたし、伯父も未だに本所に住んでますから」

それはともかく、この人は何を言ってるんだろう、としか思わなかったそうだ。

けれど、次の言葉に思い切り頬を張られたような心持ちになった。

――なあ、太一。おめぇが生まれた場所はあんなに綺麗なんだぜ。おめぇはつくづく幸せもんだな。

それまで、自身のことを幸せだなんて、いっぺんも思ったことがなかった。洪水で両親を亡くし、どこへ行っても捻じ曲がっていると言われ、何をしても長続きのしない、こんなおれのどこが幸せなんだと。反駁の言葉が喉元から溢れそうになった。

ところが、海の向こうに浮かぶ青い島影を見ているうちに、胸の底から熱いものが滾々《こんこん》と湧き起こってきた。それが、胸奥に仕舞われていた思い出だとわかるのに刻はかからなかった。母の柔らかな胸。父の大きくごつごつした手。太一を覗き込む二組の柔らかな眼差し。確かな思い出が美しい色と温《ぬく》みを持って、手で摑めるくらいのところまで姿を現した。思い出の中では、父も母も嬉しそうに笑っていた。

ああ、そうか。二人はあの場所で出会って、あの場所でおれは生まれたんだ。

だから、おれはここにいるんだ。

己の始まりを知っていること。それは、確かに幸せなことなんだ。

「不思議でした。ずっと胸の中でくすぶっていたものが綺麗に消えたんです。毎日をつまらなくしていたのはおれ自身だったんだって。そう思えました」

白い歯がこぼれた。その笑みがさらに深くなる。

「で、しばらくしてから、親分はこう言ったんです」

――おまきの生まれた場所は紫雲寺ってところなんだ。だから、あいつにとっていっとう綺麗な場所は紫雲寺なんだ。

思いがけぬ言に、おまきは強く胸を衝かれた。そして、今日と同じ美しい景色の中で佇む父の姿がくっきりと思い浮かんだ。そのときの父はどんな顔をしていたのだろう。

――おれはおめぇを命懸けで守るからな。

六歳のとき、父に言われた言葉を思い出せば、温かいもので胸がいっぱいになる。

ああ、そうか。そういうことか。太一がここへ連れてきてくれたのは、太一自身のことを言うためじゃなかった。

お父っつぁんの遺した言葉をあたしに手渡すためだ。

あたしの始まりを。

何よりも大事なことを、伝えるためだ。

「ありがとう、太一」

最果ての先にはこんなに綺麗なものがあったんだ。いや、最果てだなんてあたしが勝手に思っていただけだ。美しい景色はどこから始まってもいい。だとしたら、最果てなんてこの世にはないのかもしれない。

終わりのない始まりだけの世界。そう考えればずっと幸せな気持ちになれる。

この広大な海の先にも上総や安房があって、そして、その先にはさらに茫洋《ぼうよう》たる海があって——

さらに、その先にはもっと美しい景色が続いている。

七

亀吉は、もう何日もお父っつぁんと口を利いていない。

喧嘩した翌日には、おさと姉ちゃんが手習所の終わる頃に紫雲寺まで迎えにきたので、亀吉の家出はたった一晩で終わったのだが、お父っつぁんとの冷たい喧嘩はまだ続いているのだ。

紫雲寺から永代寺門前東町の家まで帰る道すがら、

——あんたが出て行った後、梅屋の太一さんが来るまで、お父っつぁんったら落ち着かなくて大変だったのよ。

おさと姉ちゃんが、渋柿をうっかり口にしたような面持ちで言った。居間に座っていたと思ったら、いきなり立ち上がって表に出たり若い衆に怒鳴り散らしたり。もう大変だったんだよと。

——だから、あんまりお父っつぁんに心配掛けちゃ駄目よ。来年にはあたしだっていなくなるんだから。

来春、十八歳になるおさと姉ちゃんは神田《かんだ》の瀬戸物屋に嫁に行く。お父っつぁんの知り合いが縁を結んでくれたそうだ。相手はきりっとした男前で、どうやら姉ちゃんの一目惚れらしい。瀬戸物の商いなんてまったくわからないから心配だわ、とか何とか言ってるけれど、飴細工《あめざいく》がとろけたみたいな甘い甘い顔をしている。

そう言えば、おまき親分はおさと姉ちゃんと同い歳だったな。ってことは、おさと姉ちゃんも丙午生まれになるわけだけれど、きちんと嫁ぎ先が見つかったのは、やっぱり、お父っつぁんの人徳、いや、山野屋って看板があるからなんだろうか——

——おめぇは跡継ぎなんだ。山野屋の看板を背負ってくって決まってるんだ。

不意にお父っつぁんの言葉が甦り、ずしりと胸に落ちてきた。

「亀吉っちゃん、どうしました」

勘のいい要の案じ声で物思いから解かれる。手習いが終わり、紫雲寺から春木屋へ行く途中だった。

「いや、どうもしないよ。早く行かないと日が暮れちまうな」

今日は灰白の雲がかかった低い空だ。その空を見ているうち、胸底で看板の重みがごとりと音を立てた。

「なあ、要。算術本に載せる問いを考えてきたかい」

胸の重さを振り切るように要に問う。

「はい。もちろんです。旅人算と鶏兎《けいと》算と、後は円の大きさを求める――」

「ああ、わかった、わかった。何だか頭が痛くなりそうだい」

亀吉がそこで止めると、要はくすくすと笑った。

ああ、やっぱり要といるのがいっとう楽しいな。とりあえず、お父っつぁんのことは忘れよう。

よし走るぜ、と亀吉は要の手を握り、曇り空の下を駆け始めた。

春木屋に着く頃には細かい雨がぽつぽつと降ってきて、店先の立版古はすっかり片付けられていた。何だ、つまんないな、と思っていると、やはり仏頂面をしたひなが立っているのが目に入った。弁慶縞《べんけいじま》の着物に鮮やかな山吹色の帯を締めている。すると、二つ歳上の女子が幼く見えてきて、

「ひな、残念だったな、立版古」

からかい口調になった。

背後から話しかけたからだろう、ひなは一瞬驚いたように目を瞠ったが、

「何よ。ガキのくせして」

いーっだ、と歯をむいた。白い八重歯が覗き、いっそう子どもっぽくなる。

「そっちこそ、ガキじゃねぇか」

亀吉が言い返すと、つんとそっぽを向き、裏口へと続く庇間《ひあわい》へと身を翻した。店の裏手は母屋になっていて、そこの一間で作業をしていいと仁さんからは言われているのだ。

だが、狭い庇間を要と二人で駆けていくのはいささか難しい。亀吉と要がもたもたしているうち、ひなはどんどん先へ行ってしまう。ちぇっ、と舌打ちをすると、

「亀吉っちゃん、先に行っても構いませんよ。わたしはゆっくり行きますから」

要が淡々と言った。紫雲寺の中ならともかく、こんな場所に要を置いていくわけにはいかない。

「あんな女子、先に行かせときゃいいさ」

胸の中の焦りをなだめつつゆっくりと歩く。どうしておれはひなに張り合おうとしているんだろう。馬鹿みてぇだ、と心の中で呟きつつ視線を上げると、庇間を抜けたひなが振り返ってこちらを見つめていた。なぜだろう。ひなのほうが広い場所にいるはずなのに、細く狭い場所に立っているみたいだ。小糠雨《こぬかあめ》の向こうで鮮やかな山吹色

はぼやけ、頬には涙が伝っているように見える。

するとと、何を思ったのか、ひなが駆けて戻ってきた。間近で見るともちろん泣いてなんかいない。むしろ怒ったような目をして白い手をすっと差し出した。

何のつもりだ？

戸惑っているうち、ひなは亀吉の手を取り、ゆっくりと歩き出した。狭い壁と壁との間を三人で手をつないで進んでいく恰好だ。

「本が売れなきゃ、あたしも困るからさ」

前を向いたまま、ぶっきらぼうな口調でひなが言った。だが、そんな物言いとは裏腹にその手はしっとりと柔らかくて、亀吉の心の臓はとくんとくんと高い音を立てていた。

「ごめんください」

勝手口から入ると、土間で厨仕事をしている女中さんが相好を崩した。茹《ゆ》で上がった鮮やかな青菜を両の手で絞っている。

「ああ、旦那様から聞いてるから。お入り」

おっ母さんより少し上くらいかな、四十路《よそじ》は過ぎているだろう。丸顔が福々しく肉《しし》置《お》きのたくましい人で、ことに腰の辺りがどっしりとしている。前垂れで濡れた手を拭くと、亀吉たちを奥へと案内してくれた。

通された部屋は母屋の最奥だった。十畳の座敷は壁一面書架になっていて、紙と墨のにおいが満ちている。

「ここには——大きな書架がありますか」

要が目をしばたたきながら問うと、

「わかるの？」

ひなが大きな目を瞠った。

「おい、要をなめんなよ。そんじょそこらのぼんくらより、よっぽどものが見えるんだぜ」

どうしてだろう。つい伝法《でんぽう》な物言いになってしまった。

「馬鹿にしたんじゃないよ」ひなが強くかぶりを振った。「感心したんだ。仁さんからも話は聞いたよ。難しい本の内容もいっぺん読んでもらったら憶えちゃうって」

確かに要を見つめる目に愚弄するような色はない。

「そうさ。要は——」

「そんなことはないですよ。忘れることも多々あります」

珍しく要が亀吉の言葉を遮った。いや、珍しくむきになっている。

「ふうん。けど、そのおでこ、賢そうだよ」

にっこり笑うと、ひなは人差し指で要の額を突いた。あ、と声を上げて要が両手で額を押さえた。色白の頬がほんのりと桜色に染まっている。どうやら、ひなに調子を狂わされているのは亀吉だけではないようだ。

「じゃ、やろうか。あんたたちはガキだから、あんまり遅くまでできないでしょ」

またぞろぶっきらぼうな物言いをすると、部屋の隅へ文箱《ふばこ》を取りに行った。鮮やかな山吹色の夏帯が目を打った。いや、山吹色じゃなく日回りの色だ。

――あたし、ひまわり組がいい。

ひなは日回り草が好きなのかな。

そんなことを思いながら亀吉が要と一緒に腰を下ろすと、

「まずは、どんな問題を載せるかだよね」

それによって絵が決まるもの、と文箱を手にしてひなが前に座った。黒漆の蓋を開けると、濃い墨のにおいがぷんと立ち上る。中には立派な硯《すずり》と墨が収められていた。

「こんなのはどうでしょう」

要が持参してきた手習帳を開いた。

図が描かれている。一本の直線に対して大小二つの円がそれぞれ一点で接するように並んだもので、二つの円は外側で接している。円のそれぞれの直径は大円が二十四寸、小円が六寸だ。直線上に並ぶ、二つの円の接点の間の長さを求める問いだ。

「ねえ、この図、あんたが描いたの？」

「はい」

と要が頷けば、

「へえ」

ひなは心底感心したように目を見開いている。

おい、こんなの要にはお茶の子さいさいなんだぜ。なめんなよ。

最前と同じようなせりふが飛び出しそうになったが、ぐっとこらえた。要は膝をきちんと揃えて座り、にこにこと笑っている。嬉しいのか。うん、嬉しいんだろう。ま、いっか。要が嬉しいのなら。それに、日回り組として三人でやる以上、ぎくしゃくしているのは得策じゃないもんな。

そんなふうに亀吉が得心した途端、

「ねえ、あんた目が見えないのにさ、どうやって図を描いたり算術を解いたりするの」

ひながずけずけと訊く。

おい、もう少し言葉を選べよ、と亀吉は物言いをつけたくなったのだが、当の要はにこにこしながらひなの問いに答えた。

「最初に頭の中に大体の図を思い浮かべ、それを手で測りながら紙に落としていきます」

「へえ。でも、よく曲がらないね」

「そうですか。曲がってないですか」

細い首を傾《かし》げる。

「うん。たいして曲がってないよ。で、この解はどうやって求めるの」

「先ず、大小二つの円、それぞれの中心から接点を結ぶ線を引きます。それから、円の中心同士を線で結んで――」

「ああ、わかった、わかった」

とひなは苦笑し、次の紙をめくった。今度は文字がつづられている。美しい手蹟《しゅせき》は美緒先生のものだ。要が口頭で伝えたものを代筆してくれたのだろう。仮名くらいなら要も書けるが、長い文はさすがに難しい。

――鶏と兎《うさぎ》を合わせ、百羽いた時の足の合計が二百七十二本とするならば、鶏と兎はそれぞれ何羽いるでしょう。

「鶏兎算だね。これは何となくわかる。けど、数が大きすぎるよ。もっと小さい数からいこう」

ひなが物言いをつける。うん、確かに百は多いぞ、要。

「これでも、易しくしたつもりなんですが」

要が頭をかいた。こういうところは可愛げがないんだよな。

「ぜんぜん、易しくないぜ、要。とりあえず、鶏と兎を合わせて十羽からいこうぜ」

亀吉が口を挟むと、いいね、とひながくすりと笑った。

「十羽ですか。じゃあ、足の数は両方で三十二本にしましょう」

渋々といった態で要が折れた。足の総数が三十二本とすらりと出るのがすごい。

「じゃあ、亀、それで解いてみな」

ひなが手習帳を目で指した。

「おれ？」

「そう、おれ」

手習帳を目で指した後、ひなは墨を磨《す》り始めた。

「何だよ。要が解いてくれよ」

「何言ってんの」と墨を持ったまま、ひなが呆《あき》れたように首をすくめた。「要は解けるに決まってるじゃないか」

そりゃそうだけど。おれは算術がムカデの次に苦手なんだよ。いっとう苦手なのは幽霊だけどさ。でも、そんなこと、女子の前で言えるわけがない。

言えぬ言葉を呑み込んで、亀吉は手習帳を手に取った。

「えっと、十のうち、全部が鶏だとしたら、足の数は二十本だよな。足の総数は三十二本だから、三十二から二十を引くと十二。そんで、そんで——なあ、どうするんだっけ」

要に救いを求めると、

「その十二は兎の足の余った分です。兎の足は四ありますから、四引く二で、二で割れば兎の数が出ます」

すらすらと答える。

「ああ、そうだった。十二を二で割ると六。だから兎の数は六羽だ。鶏は四羽だな」

「ご名答です」

要がにこりと笑う。

だが、ひなはうーんと難しい顔をしている。

あれ？　間違ってる？　そんなことないよな、要。

「そうだ！」

ひながぽんと膝を叩いた。硯の海に筆を浸し、すらすらと筆を走らせていく。

あっという間に鶴と亀の絵が完成した。速い。そして、上手い。

だが、しかし――

「何で、鶴と亀なんだ」

「鶏と兎より、こっちのほうがいいと思わない。だって」

あんたは亀吉なんだもん、とけらけら笑う。

「馬鹿言うない。亀吉だから亀なんてさ。大体、鶏兎算って名がついてるんだぜ」

笑われたのが悔しくて亀吉は異を唱えた。

「二本足と四本足なら何でもいいの。鶴と亀のが縁起がいいし」

ねえ、要、とひなが同意を求めると、

「はい。つるかめ算のほうが語呂もいいですし」

嬉しげにこくこくと頷く。

「要までひでぇや」

と言いながら、ひなの絵を見下ろすと〝亀〟と目が合った。目玉がくりっと大きくて何とも言えない愛嬌《あいきょう》がある。ま、これならいいか。

「しょうがねぇな。そいじゃ、おれさまの名を貸してやらぁ」

大事に使えよ、とせいぜい胸を張る。

「では、鶏兎算改め、つるかめ算にしましょう。亀吉っちゃんもひなさんの描いた亀が気に入ったようなので、これで行きましょう」

「おいおい。おれは気に入ったなんて一言も言ってないぜ」

本当は気に入ってる。この〝亀〟は滅法界可愛らしい。

「でも、嫌ではないのでしょう」

首を傾げ、要が訊ねる。その口元が今にも笑い出しそうだ。こいつ、おれの胸の内をわかってやがる。

「うん。まあ」

「だったら、いいじゃないですか」

そうだけどさ。何だかひなに全部仕切られてるみたいで、ちょっぴり癪《しゃく》なんだよ。

「じゃあ、決まりです」

ひなさん、どうもありがとう、と要はひなに礼を述べた。ひなの目がまたぞろ見開かれた。礼を述べられて困惑しているようだ。

「要はこういう奴なんだよ」

亀吉が言うと、

「おつむりが優れているだけじゃないんだね」

ここも優れてるんだ、とひなは自らの胸を押さえた。

何だかひならしくない、しんみりした口調に胸を衝かれた。要はと言えば、ひなの言う〝ここ〟がわかっているのだろう、目をぱちぱちさせた後、こほんと咳払《せきばら》いをした。なんだい、ほっぺたが真っ赤じゃないか。

「つるかめ算の解き方ですが」と要は頬を染めたまま話を戻した。「文字だけではわかりにくいので、図で示したらどうでしょう」

ひなさん、筆を貸してください、と要は筆を受け取り、手探りで紙の位置を確かめるとゆっくりと図を描いた。

形の違う長方形を二つ重ねたような図だ。ああ、そうか。重ならずにはみ出した部分が四本足の余った分だ。

「勘で描いているので、少しずれているかもしれませんが」

いや、いや、ほとんどずれていない。毎度のことだが、要の勘のよさには驚かされる。

と、そのときだった。

「何べんも描いたんだね」

しみじみとした声でひなが言った。要がはっとしたように顔を上げる。

「こんなふうになるまで、何べんも何べんもさらったんでしょう」

何べんも何べんも。

その言葉に頬を打たれたような思いがした。

美緒先生が板木屋さんに頼んで彫ってもらった「いろは」の表を、指でなぞる要の姿が甦る。そうだ。勘がいいんじゃない。手に憶えさせたんだ。ひなの言う通り、何べんも手を動かして文字も図も起こせるようになったんだ。亀吉の知らないところでも何べんも何べんもさらったんだ。

したたかに〝打たれた〟頬がみるみる熱くなって、心の奥までかっかとしてくる。

顔が可愛いだけで、口の悪い鼻持ちならない奴。ひなのことをそんなふうに思ったけれど、本当はすごく優しい子なんじゃないか。

「梅奴姐さんがね、稽古は裏切らないよって。頭じゃなくて身に憶えさせるもんだから。だから、上手くなりたいんだったら、手が憶えるまで何べんも何べんも絵筆を動かしなって」

ひなはそう続けた。

ああ、また梅奴姐さんか。

――気丈で、でも情が深くて。姐さんのいいところが、すべて出てるよ。

亀吉の描いた梅奴姐さんの絵をそんなふうに評していたのを思い出した。紫雲寺にいたわけでもないのに、どうして梅奴姐さんとそんなに親しくしているんだろう。

亀吉の疑問に答えるように、

「あたしね、梅奴姐さんと一緒に暮らしてるの。いや、違うかな。梅奴姐さんに拾ってもらったの」

ひなはにこりと笑った。大きな目がたわむと、輝きを放つ夏の光が見えなくなった。

「梅奴姐さんと住んでるのかい」

まさかそこまでとは思わなかった。

「うん。住んでるって言っても、ここ一年くらいだけど。あたし、親きょうだいがいないから」

唇に笑みを象《かたど》ったまま淡々と言う。

「へえ」

頷きを返しながら、あまり根掘り葉掘り訊くのも悪いような気がして、その先へは進めなかった。

血縁の頼りない子どもは亀吉の周囲にたくさんいる。要やおまき親分もそうだし、太一さんもそうだ。紫雲寺の習い子にも何人かいる。だから、親やきょうだいがいることや、毎日おまんまが食えることは決して当たり前ではないのだ、と亀吉はわかっているつもりだ。そして、そんな子どもが心の柔らかな部分に深い傷を負っていることも。要の傷やおまき親分の傷。その痛みをじかに感じることはできないけれど想像することはできる。

だからこそ、この話題を深掘りすればひなの抱えている傷に無造作に触れてしまいそうで怖かった。

で、この本だけどさ、とひなが口調を変えた。湿った気をひと掃きするようなからりとした物言いに、亀吉は内心でほっとした。

「本の題は『つるかめ算術案内』にしようよ」

「いいですね」

要がすぐさま同意する。

「いいぜ」

自らの名がつくのは、面映《おもはゆ》いけれど亀吉も頷いた。

「案内するのは鶴と亀。亀はあたしが描くから、鶴は亀吉が描くんだよ」

「おれが亀を描くよ。亀吉なんだからさ」

すべてを仕切られているようで、少し悔しいから反論してみる。

「だめ」

言下に打ち消された。

「どうしてだよ」

自分でも口が尖っているのがわかる。

「あたしが亀を描きたいの」

駄々っ子みたいな理由だが、夏の陽みたいな目で見つめられると、なぜか言い返せなくなってしまった。

「しょうがねぇな。そいじゃ、亀様を描かせてやるよ」

大人ぶった物言いをしたものの、胸はどきどき、頬がぽっぽしている。そんな亀吉の様子なぞ見えるはずがないのに要がくすりと笑い、

「では、二人には可愛い鶴と亀をお願いしますね。わたしは他の問題を考えますから」

筆を握り、再び手習帳に向き直った。

どうしてだろう。要の頰も桜色に染まっていて、亀吉にはそれが何だかこそばゆいような、嬉しいような気がした。

八

日回り組三人が、春木屋で作業を始めて数日が経った。

だが今日は、亀吉は春木屋には行かないつもりだ。芳庵先生が要を連れて出かけてしまったからだ。いつも一緒にいる要の姿が紫雲寺のどこにも見えないと、胸の中に小さな穴が開いたみたいですうすうする。

やっぱり一人で春木屋へ行こうかな。でも、要がいないとひなと二人きりか。

それも何だか気が重い。というか、勇気が出ない。

かと言って、こんな明るいうちに家に帰るのも気ぶっせいで、亀吉は手習いが終わっても紫雲寺に残って絵を描いている。夕刻までここで粘ったら要が帰ってくるかもしれないし。

そんなところへ、梅奴姐さんがぶらりとやってきた。藍と朱の万筋《まんすじ》の着物に臙脂《えんじ》の帯、手には食い物だろう、紙の包みを抱えている。

「なんだい、しけた面して。亀らしくもない」

ほら、と手渡してくれたのは、しっとりと温かい豆餅だ。いつもなら飛びつく亀吉なのだが、何だか胸の辺りが塞がっているみたいで食指が動かない。だが、せっかく持ってきてくれたのだ。仕方なく亀吉は豆餅をかじった。

「なるほど、恋わずらいか」

うっ、と餅が喉に詰まりそうになった。

「ほう。図星かえ」

姐さんは笑いながら亀吉の背中をとんとんと叩く。

「図星じゃないやい」

けほけほ言いながら返すと、

「はて、恋の相手はどっちだろう？」

すんなりとした首を傾げる。

「どっちって？」

亀吉の問いに梅奴姐さんは答えなかった。その代わり、別のことを言った。

「要はさ、偉い検校《けんぎょう》に会いにいったそうだよ」

「偉い検校？」

まだイガイガする喉で亀吉は問うた。

「そう。塙保己一《はなわほきいち》っていうらしい。要と同じでものすごく物覚えがいいんだって。偉い学者様だって聞くよ。ちょいと変わったお人みたいだね」

普通、目が見えない人は琵琶《びわ》、琴、三弦《さんげん》などの奏法を習得して音曲《おんぎょく》を業とするか、鍼《はり》、按摩《あんま》などを覚えて業とするか、どちらかだという。けれど、塙保己一という人は不器用だったため、いずれも上手くいかなかったそうだ。ただ、その不器用さがゆえに学問の道へ進むことになった。

「人間万事塞翁《さいおう》が馬だね」

何が幸いするかわからない、と梅奴姐さんはにっこり笑う。

「要も学問のほうが向いてるよな」

「そうだね。一度、三味を指南してやったけどいまひとつだったね。耳はいいけど、手先が不器用なんだよ。それでもあの子のことだから、それしか道がないと思えば、必死にやっただろうけど」

だが、芳庵先生に導かれ、学問の畑をせっせと耕し、種を蒔《ま》いている。芽吹いた青葉は次々と花を咲かせるだろう。

「難しい算術を解いてるときなんか、生き生きしてるもんな」

眼差しが寡黙な分、要は表情全体で語る。嬉しいときは頬が上気し、綺麗な桜色に染まる。

――ふうん。そう言えば、けど、そのおでこ、賢そうだよ。

ひなに額をつつかれたとき、そんな顔をしていたっけ。

要はひなを好きなのかな。

思いがけぬことが胸に萌し、亀吉は慌ててそれに蓋をした。

「どうしたんだい？　何だか顔が赤いけど」

顔が赤い？　亀吉は咄嗟《とっさ》に頬に両手を当てた。何でだろう。

「豆餅を食ったからだよ」

わけのわからぬままそう言った。

「そうかえ。それは重畳《ちょうじょう》」

梅奴姐さんはからりと笑い、

「ああ、今日はいい按配《あんばい》だぁ。ここで眠ったら心地いいだろうね」

大きく伸びをした。そのとき、背後でくすりと笑う声がした。

「お餅が喉につかえたら大変だと思って」

美緒先生がにこにこしながら立っていた。淡い藤色の絽に白い帯。優しい色は美緒先生によく似合っていた。手には湯呑みの載った盆を携えている。遅いよ、美緒先生。もう喉につかえちまった。

「あたしもご一緒していいかしら」

「もちろん」

と梅奴姐さんが頷くと、美緒先生は湯呑みを梅奴姐さんと亀吉に渡した後、亀吉の右隣に腰掛けた。女二人に挟まれて、どうにも居心地が悪いと思いながら、麦湯を喉に流し込む。

「ひなちゃんは元気かしら」

美緒先生が梅奴姐さんに訊ねる。それだけで亀吉の心の臓はぴょんと飛び跳ねる。

「そうだね。いっとき、ものすごく落ち込んでてさ。何かあったのかな、って案じてたけど、ここ数日は楽しそうにしてる。昨日なんて生き生きしながら亀の絵を描いてたよ」

ね、亀、と亀吉の肩をぽんと叩く。飛び跳ねた心の臓が胸を突き破って外へ飛び出しそうになった。

「亀の絵って？」

美緒先生が無邪気な声で問うと、

「『つるかめ算術案内』って本を作ってるんだよ。ほら、仁さんとこの」

梅奴姐さんが嬉しそうに答える。

「ああ、これね」

得心したように、美緒先生が亀吉の手習帳を目で指した。そこに描かれているのは鶴だ。最初に描いたのは、ひなに却下されたのだ。

――可愛くないから駄目。

確かにひなの描いた亀の絵は愛嬌があるけどさ。今にも語りだしそうだったよな。

「あら、こんなに可愛い鶴の挿絵が入るのなら子どもたちも喜ぶわね」

美緒先生が微笑みながら手習帳を手に取る。

「ひなの描いた〝亀〟はもっと可愛いんだぜ。目がくりっとしてさ」

つい、口がすべった。

「そうそう。その〝亀〟がね、こっちの亀にそっくりなんだよ」

案の定、梅奴姐さんが嬉しそうに亀吉の肩を叩き、

「なるほど。そういうことか」

美緒先生まで意味ありげな笑みを浮かべ、さり気なく手習帳をめくる。

と、姿を現したのは〝天女〟の梅奴姐さんだった。

「わぁ、綺麗！」

ほら見て、と美緒先生ははしゃぎながら梅奴姐さんに手習帳を渡す。

「衣装競べの絵を描いてくれたんだね。さすがに亀だ」

天女様も子どもみたいにくしゃりと笑み崩れる。

浜梨の柄の絽に淡い鴇色の紗を墨ひといろで描くのはなかなか難しかったから、御本人にお褒めいただけるのは重畳だ——などとにまにましていたら、

「あら、こっちのほうが綺麗じゃないか」

梅奴姐さんの嬉しそうな声に、どれどれ、と美緒さんの声がかぶった。

いけねっ！　うっかりしてた。

「返せよっ！」

亀吉は手習帳をひったくるように奪い取った。頬がみるみる熱くなる。

ひなの絵であった。こちらも墨ひといろだが、弁慶縞の着物に日回り色の帯を頭に浮かべて描いた。鮮やかな黄色がずっと目に焼きついていたから、どうしても絵にしたかったのだ。いつか黄色の顔料を買ってもらって描き直そうと決めていた。

「あらあら、真っ赤になっちゃって」

美緒先生がころころ笑い、

「この子の絵は心がにじみ出るからねぇ。あたしを描いた絵よりずっといいよ」

梅奴姐さんがにやりとする。だから、大人の女は嫌なんだ。でも、何も言い返せずに、亀吉は手習帳を閉じて胸に抱いた。

「おれ、帰る」

立ち上がろうとすると、ごめん、ごめん、と梅奴姐さんに止められた。

「けど、あんまり上手に描けてるからさ、この絵、ひなにも見せてやりなよ」

きっと喜ぶよ、と梅奴姐さんが真面目な顔をする。

そうかな。いや、やっぱりこんなの見せるのは恥ずかしい。けど、ひなのことが気になってしょうがないのは確かなんだ。たぶん、森田屋で見かけたときから。ただ、ひなは意地悪なのか優しいのか、がさつなのか細やかなのか、よくわからない。わからないからわかりたいんだろうな、きっと。

「あの子もさ、亀のことばっかり言ってるよ」

梅奴姐さんが優しい目をして言う。

「ほんとに？」

「ああ、ほんとさ。亀と要といると楽しいってさ」

そんなふうに言われたら、わかりたがりの虫がもぞもぞと動き始め、

「なあ。梅奴姐さんは、どうしてひなと一緒に住んでるんだい」

腹の中の問いを押し出した。

「そんなに気になるかえ」

「そういうわけじゃないけどさ」

なるたけさらりと聞こえるように打ち消した。

「そうだねぇ。あの子に会ったとき、昔のあたしを見ているような気がしちまったのさ」

「昔の梅奴姐さん？」

「そう。子どもの頃のあたしさ」

子どもの頃のあたしって。

「どんなだったんだい？」

「聞きたいかえ」

綺麗な目で見つめられて、どぎまぎしながら亀吉はこくりと頷いた。

「ふうん、けど、本当に聞きたいのはあたしのことじゃなくてひなのことだろう」

亀吉の頬はなお火照る。言い返せば余計に頬が熱くなりそうで、亀吉は湯呑みの茶をがぶりと飲んだ。

梅奴姐さんは、あははと声を立てて笑い、

「あの子のことはあの子から直《じか》にお聞き。当人のいないところで話すのは筋違いだからね。けど、あたしのことなら話してやるよ。そうすれば——」

そこでいったん切った。綺麗な目は庭の入り口に立つ石榴の木に注がれている。

「そうすれば？」

亀吉が問うても梅奴姐さんは答えなかった。代わりにゆっくりと瞬きをして呟くように言った。

「りつはね」

一瞬、なんのことかわからなかった。化粧気のない横顔を見ているうち、ああ、「りつ」というのは梅奴姐さんの名だったと思い出した。ごくたまにだけれど、仁さんが「おりつ」と呼んでいるのを聞いたことがあったから。

「いつもあそこにいたんだ。あそこから手習いを見てたんだ」

石榴の青葉がさやさやと音を立てる。美緒先生が音もなく立ち上がり、そっと座敷を出ていった。

もう二十年近く前の話だよ、と梅奴姐さんは綺麗な目を細めた。

＊

満開の桜の花を見上げながら、りつが紫雲寺の門をくぐると、子どもたちの元気な声が響いてきた。

ああ、今日も楽しそうだ。

りつはちびた下駄の足を速め、庫裡のほうへと向かった。

声はますます大きくなる。暖かな春の風が待ち構えていたみたいに、りつの頬を優しく撫でていく。

いぬもあるけば――

ああ、いぬぼうカルタだ。

ぼうにあたる。

口の中だけでそっと呟くと、りつは石榴の木陰にそっと隠れた。

ろんより――

師匠の声に合わせ、

しょうこ。

子どもたちの澄んだ声が響く。りつも心の中でそっと呟く。いろはにほへ――進んでいくうちにりつの胸が弾んでくる。好きなのは「る」の札だ。

わくわくしながら待っていると、袂をくいっと引っ張られた。

びくりとして振り向くと、切り髪の幼女が澄んだ目でこちらを見上げていた。歳は三つか四つくらいだろうか。まだ手習いには通えないくらいの小さな子だ。この寺の子だろうか。それにしても色白で綺麗な子だ。麻の葉紋様の赤い着物がよく似合っている。

「中に入らないの？」

幼女は小首を傾げ、開け放たれた座敷を指差した。ああ、やっぱりここの子かもしれない。こんな場所でこっそり覗き見していると知られたら――もう二度と来られなくなってしまう。

「あたし、ここの習い子じゃないの」

そいじゃね、と去ろうとしたが幼女は袂をしっかり摑んで離さない。強引に振り払ったら転んでしまいそうだ。りつが困ったな、と思っていると、

「ね、みおと行こう」

りつの袂を小さな手で強く引いた。

「けど――」

りつは自身の着物を見下ろした。足は毎日濯いでいるけれど、着たきり雀だから藍縞の襟の辺りは垢《あか》じみているし、短い裾は擦り切れている。八歳にもなればりつにだって世の中のことが多少はわかる。お金がないと学びたくても学べないことや、汚い恰好をしていたら人に嫌がられることなどを世間に教えられる。湯屋に行ったのはいつだったろう。汚いだけでなく、きっとにおうだろうから、この子と一緒だったとしても追い返されてしまうだろう。

それに――今朝のおっ母さんはひどく具合が悪そうだった。具合の悪いときは機嫌も悪い。こんなところで油を売っていたと知られたらきっと叱られる。近所の子を子守りすればお駄賃がもらえるもの。やっぱり帰ろう。

りつがそう思って、屈んで幼女の手を引き剝がそうとしたときだった。

「みお？　どうした？」

涼やかな声がした。ああ、あれはお師匠様の声だ。遠くからしか姿は見ていないから、お顔はわからないけれど、朗々とした澄んだ声がりつは大好きだ。視線を上げると、ちょうど縁先からお師匠様が庭下駄を突っかけて、こちらに向かって歩いてくるところだった。青々とした剃髪《ていはつ》に白鼠《しろねず》色の小袖姿が清々《すがすが》しく、薄汚れた自らの着物が俄かに恥ずかしくなった。

「ととさま！」

握っていた袂を離して幼女が飛び出した。ああ、やはりお師匠様の娘だったか。

逃げなきゃ、と思うのにりつの足はすくんでしまい、動けなかった。

「みおと遊んでくれたのかな」

お師匠様は屈んでりつに視線を合わせた。でも。りつはその目を真っ直ぐに見られない。

違います。あたしはここで覗いていました。

お金もないのに、ここでこっそり、お師匠様の指南を盗み聞きしていました。

ごめんなさい。でも、お師匠様の声を聞くのが楽しかったんです。

そんな思いで胸がいっぱいになったけれど、ひとつも言葉にはできず、黙ったまま深々と頭を下げた。

ごめんなさい。もう明日からは来ません。だから許してください。

心の中で詫びながら、地面にくっついたような足を引き剝がし、山門に向かって駆け出した。

と、そのときである。

「待ちなさい」

凜とした声に襟髪を掴まれた。恐る恐る振り返ると、こちらを真っ直ぐに見つめる眼差しにぶつかった。初めて正面から見るお師匠様の目は優しい色をしていた。叱られるんじゃないの。りつが当惑していると、

「名は？」

お師匠様は柔らかな声色で問うた。その柔らかさに導かれるように、

「りつです」

自らの名がするりと出た。

「りつか。おまえはここで、学んでいたんだね」

ひとつ頷くと、お師匠様はそう言った。

学んでいた？　盗み聞きじゃなく、あたしはここで学んでいたの？

お師匠様の眼差しを見つめながら、りつは自問自答した。

「いぬもあるけば？」

りつから目を離さぬままお師匠様は訊いた。

「ぼうに、あたる」

りつの唇から自然と言葉がこぼれ落ちた。

「ろんより？」お師匠様は続ける。

「しょうこ！」今度はみおが答えた。

「よし、偉いな」

お師匠様は娘の頭を撫でると、微笑んだ。その微笑みが今度はりつに投げられる。

「るりもはりも？」

刹那、りつの胸を熱いものが突き上げた。

どうして？

どうして、この人はあたしの好きな言葉がわかったんだろう。

「るり」も「はり」もりつは知らない。見たことはない。けれど、それが美しい玉だということだけは知っている。照らせば輝く「るり」と「はり」。どんな色をしているんだろう。それはどこにあるんだろう。想像するだけで胸が震えた。

「りつ？」

お師匠様の呼ぶ声が近くなった。俯くりつの手に大きな手が触れ、優しく包み込む。温かく乾いた手に涙がこぼれそうになった。でも、泣いちゃいけない。問いの答えをきちんと言わなくちゃいけない。

盗み聞きをしていたのではなく、学んでいたのだと伝えるために。

学ぶことが、心から楽しかったのだと伝えるために。

今にもつぶれそうな胸にそっと手を当て、りつは息をひとつ吐く。

「照らせば、光る」

大事なものを手渡すようにして、りつは答えた。

「よくできた」

ありがとう、と温みのこもった声がした。どうしてお礼を言われるの。ありがとうと言いたいのはりつのほうなのに。

不思議に思って顔を上げると、お師匠様は嬉しそうに笑った。

「りつもおいで。中で一緒に学ぼう」

みおの手を握って立ち上がる。

「おいで」

とみおも屈託なく笑う。

でも――

「あたし、硯も筆もありません」

だから、ここでいいです、と言おうとした。そのときだった。お師匠様が再び屈んだ。

澄んだ目がりつを真っ直ぐに見つめる。

「硯も筆も要らない。要るのは学びたいという心だけだ」

その心が、光り輝く瑠璃と玻璃になるんだ――

＊

木々がざわっと啼《な》いた。肌に当たるひんやりした風で亀吉は我に返った。夢を見ていたような不思議な心持ちで顔を上げると、梅奴姐さんはまだ石榴の木の辺りを見つめていた。

「そのお師匠様ってのが、芳庵先生の息子さんの真庵《しんあん》先生、つまり美緒さんの父親でね。残念ながら十一年前に、まだ三十五歳って若さで亡くなっちまった。あたしがお座敷に出たての頃だったかねぇ。三味を聞いてもらうことも踊りを見てもらうこともできなかった」

微笑みながら話しているけれど、梅奴姐さんの横顔は、見ている亀吉の胸が引き絞られるくらいに寂しそうだった。

「それから四年の間、あたしはここで学ばせてもらった。毎日来ることはできなかったけれど楽しかったよ。芳庵先生や真庵先生から習うことすべてがきらきら輝いていてね。あたしにはすべて宝物だったんだ。それは――」

まだ、ここにあるんだ、と梅奴姐さんは万筋の胸の辺りを右手でそっと押さえた。少女のような楚々《そそ》とした仕草を見て亀吉は思った。

真庵先生は、ここで瑠璃を見つけたんだ。そうして、それに光を与えた。優しく柔らかな光を。だから梅奴姐さんはこんなに美しく輝いている。すると、先日仁さんに言われたことが胸の中でくっきりと立ち上がった。

――瑠璃も玻璃も照らさなきゃ、光らない。だから、おれはおめぇらにちょいと光を当ててやる。

仁さんは「ちょいと」と軽く言ったけれど、決して軽くないことに亀吉はようやく気づいたのだ。仁さんも梅奴姐さんも紫雲寺で、この場所で確かな光をもらったんだ。最初はもらった光かもしれない。でも、その光を借りて、自らの光を大きくしたのは仁さんだし、梅奴姐さんだ。そうして、大きくなった光を今度は惜しげもなく亀吉たちに分けてくれている。

光は――この場所から始まったのだ。

芳庵先生や真庵先生から、梅奴姐さんや仁さんに手渡され、そうして今、亀吉の手の中にある。だから、この光を大事にしなくてはいけない。消してはいけない。

どうして梅奴姐さんが自らのことを話してくれたのか。今、わかった。

「おれ」

思わず言葉がこぼれ落ちた。

梅奴姐さんがこちらを向いた。その面差しにひなが重なる。夏の陽みたいな強い光をたたえた眼差しがひとつになる。

「すげぇ本を作る。要とひなと一緒に、誰が読んでも楽しめる算術本を作ってやる」

「そうかえ。楽しみにしてるよ」

梅奴姐さんは柔らかく微笑み、再び石榴の木に目を当てた。

九

「ごめんくださぁい」

亀吉の大きな声が三和土《たたき》に響いた。八丁堀の飯倉の屋敷である。

お父っつぁんとの喧嘩はどうなったのだろう、とおまきが気になっているところへ、

――おまき親分、森田屋の殺しはどうなった？

亀吉と要が梅屋に現れたのだ。

父親と喧嘩をし、梅屋を頼ってきた日以来、半月ほど会っていなかったので少し気まずかったが、憑《つ》きものでも落ちたかのようにさっぱりした顔をしていたのでおまきはほっとした。春木屋に頼まれた算術本の仕事が忙しくも楽しいようである。

お父っつぁんとは仲直りしたの？

思わず言いさした問いをおまきは慌てて呑み込んだ。

下手なことを言って、また気まずくなったら大変だ。将来のことを考えたら色々あるだろうが、とりあえず算術本については父親の源一郎も認めているのだし、今は目の前のことに注力すればいい。

――何しろ要の仕事が速いからさ。おれとひなはそれに挿絵をつけるだけなんだ。

ぼやいているのか、自慢しているのかわからぬ口調で、ただ、ものすごく嬉しそうな面持ちで亀吉は報告してくれた。隣でそれを聞く要も頬を染め、実に幸せそうに見えた。

今日は飯倉様を訪ねようと思っているの、とおまきが二人に告げると、

――なんでおれたちを誘ってくれないのさ。

亀吉はぷりぷり怒った。

ああ、よかった、いつもの亀吉だとおまきも安心し、二人を連れてこうして八丁堀まで足を運んだというわけである。

太一も誘ったのだが、店が忙しく、

——亀坊たちが来たんならちょうどいい。三人で行ってくだせぇ。

天突きでところてんを押しながら言った。今日は暑くなったので、ところてんの出がいいのだ。

さて、亀吉の元気な訪《おとな》い声に、

「はぁい」

奥から応えたのは、飯倉家の女中、おきみである。

「いらっしゃい。旦那様も坊っちゃんもお待ちですよ」

目を細めて出迎えてくれた。

おきみに案内され、よく磨きこまれた廊下を進んでいくと、

「あっ！　亀ちゃんと要ちゃんだ」

待ちきれなかったのか、息子の信太郎《しんたろう》が飛び出してきて、

「うわぁ、二人とも大きくなりましたねぇ」

きらきらした目で亀吉と要を見上げた。かく言う信太郎こそ、以前に比べて背丈が伸びており、藍地に矢絣《やがすり》の紬が白皙《はくせき》にきりりと映っている。子どもは少し見ない間に大きくなるんだと思えば、微笑ましくもあり寂しくもある。

中へ入ると、息子がいるからか飯倉は決まり悪げな面持ちでおまきたちを出迎えた。

「ご苦労だったな」

飯倉と並んで座れば、そこはやはり父と子、端整な目鼻立ちがよく似ている。男子はやはり父親に似るのかしら、と亀吉の十年後に思いを馳《は》せれば、そこには源一郎の造作の大きな面差しがあった。

「これがどうしても、というのでな」

横に座る息子を目で指せば、

「わたしもいずれはお役目を継ぐかもしれませんから」

澄ました顔で答える。

継ぐかもしれない。ということは、別の道も考えているのだろうか。怪訝に思い、飯倉を見たが、いつもと変わらぬ淡々とした表情をしている。亀吉父子が色々あるように、同心父子にも色々あるのだろう。皆何かを抱えて生きているのだ。

そんなところへ、

「いらっしゃい」

茶を運んできたのは、飯倉の妻、志乃《しの》である。

思わず声を上げそうになったのは、以前に比して壮健そうに見えたからだ。白地になよ竹紋様の夏紬が透き通るような肌に映えている。相変わらず美しいのだが、青みを帯びていた肌は桜色になり、頬の辺りが少しふっくらとしたようだ。そう言えば、鼻を押さえるほどに強烈だった薬湯のにおいもしない。そして、春に訪れたときは何も飾られていなかった床の間には、一朶《いちだ》の白い紫陽花が楚々とした風情で俯いている。たおやかな花容は志乃の美しさをそのまま借りたようでもあった。

「ご無沙汰しております」

おまきが辞儀をすると、亀吉と要もそれに続いた。

「こちらこそ。皆さん、お変わりなく――いえ、少しの間に大人びたみたいで」

志乃は柔らかく微笑んだ後、

「ことに、おまきさん、綺麗になりましたね」

笑みを深くした。

「いえ、相変わらず、かようないでたちで」

今日も、身につけているのは細縞の小袖に紺のたっつけ袴だ。

「そうそう。相変わらずのはねっ返り親分です」

亀吉が大仰に肩をすくめ、座に笑いが広がる。

「こら、はねっ返りとは何よ」

亀吉を横目で睨みながら、志乃の褒め言葉を笑いに変えてくれてよかった、とおまきはほっとしていた。あんなに美しい人に褒められたら何と返していいかわからない。

でも――このいでたちの意味は少し変わったかな、と思う。

以前は鎧《よろい》だった。丙午生まれの女は幸福になれない。そんなあきらめを覆い隠すために無理にまとっていたガチガチの鎧。

でも、今は違う。

これが、あたしだ。

父の思いを引き継ぎ、卯吉が好きになってくれたあたし。

だから、これでいい。

そんなことを思いながら顔を上げると、志乃と目が合った。その目が優しくたわむ。

それでいいのよ、と美しい人に言ってもらえた気がして嬉しくなった。

「ゆっくりしていってちょうだいね」

志乃は茶を置くと、静かに退出した。

「で、何かわかったか」

飯倉が茶を口に含んでから訊ねた。和やかだった座が引き締まる。

「はい」

おまきは頷き、平次と関わりがあった三人の女について、かいつまんで話した。

同じ長屋の女房、おれん。乾物屋の娘、お結。

そして、佃町、通称「あひる」に住む、おくめ。

「三人とも、平次に心底から惚れていたみたいです」

あれが演技だとしたら、皆相当な役者だ。

「偶々《たまたま》だったのか、どうかはわかりませんが」

要が思慮深く眉をひそめた。皆の目がびいどろみたいな硬く光る目に集まる。

「どの人も、殺された平次さんに助けてもらっていますね」

乾物屋のお結は男にしつこく声を掛けられているところ、あひるに住んでいるおくめも岡場所で「風体の悪い」男に絡まれているところをそれぞれ救ってもらっている。

「でも、同じ長屋のおれんは？」

おまきはおれんの細面《ほそおもて》を思い出しながら問うた。亭主が亡くなった後にねんごろになったようなことを言っていた。となれば、平次に救われたと言えるのだろうか。

「あくまでも推察ですが、おれんさんという方は、ご亭主を亡くして心の傷を負っていたかもしれません。そこへ優しい言葉を掛けられたとすれば、それもまた〝救われた〟と言えるのではないでしょうか」

要がいつもながら淡々と答えた。言われて見ればそうかもしれない。三人とも平次に救われ、惚れた。ならば、なおのこと三人が殺《や》ったとは思えない。

そうかもな、と亀吉が呟くように言ったところへ、そうでしょうか、と信太郎の声が続いた。

「平次という人が優しいとは、わたしには思えないのですが」

ねえ、父上、と真っ直ぐに父親を見上げている。

そんな無邪気な顔を見ると、こんな話を八歳の子に聞かせていていいのだろうか、と心配になる。そもそも、亀吉と要もあまりこの件には関わらせたくなかったのだが、結局こうなってしまった。

「そうだな。おれから見ると、いかさま野郎という気がするな」

飯倉が息子の言を辛辣《しんらつ》な言葉で言い換えれば、

「どうしていかさま野郎なんだい」

亀吉が訝しげに眉根を寄せる。

「どうしてかというと――」

「何人もの女子を、だまくらかしているからですよね」

父親の言を信太郎がさらりと引き取った。

飯倉が、困じたような何とも言えぬ顔になる。〝だまくらかして〟の真の意味を、八歳の子がどこまでわかっているかは別として、なかなかやるじゃないか、と笑いだしそうになる。是非お役目を継いで、江戸の町を悪人から守ってくれることを切に願う。

「断じることはできませんが――」要の面持ちが真剣になった。「三人のうちの誰かが科人だとしたら〝だまくらかされている〟のに気づいて殺ったのかもしれませんね。表と裏の落差があればあるほど、裏を知ったときの落胆は大きくなりますから」

その落胆の大きさが憎しみに変わってもおかしくはないということか。

「でも、太一と一緒に話を聞いた感じでは、三人とも平次に他に女がいるとは気づいていないようでした。心底信じきっているような」

おまきは女たちの顔を手繰り寄せる。皆、涙を流し、早く科人を捕まえて欲しいと言っていた。あれが演技だったとはどうしても思えない。

「こうなると、手がかりは石黄になるか。三人の中で毒物を手に入れやすいのは、乾物屋の娘か。ある程度、金はあるだろうし――」

「石黄ってのが毒物だったのかい」

どこか不満げな面持ちで亀吉が訊ねた。そうだった。家出のことや、その後、なかなか会う機会がなかったこともあり、二人には毒物のことを言うのを忘れていたのだ。

「ごめん、伝えてなくて」とおまきは慌てて詫びた。「蛇の嚙み傷なんかに効く薬らしいんだけど」

「何となくは聞いたことがあるけど。石黄ってことは、黄色い石ってことか」

要は知ってるか、と亀吉は要に水を向ける。

「黄色い石ですか。鉱石には毒が多いと聞いたことはありますが」

それ以上は、と首を横に振った。

「そうか。まあ、広く解毒に使われている薬らしい」

飯倉の言に、毒をもって毒を制すということですね、と要は頷き、先を続けた。

「よく考えれば身近なところに毒はたくさんあります。トリカブトや福寿草などはよく知られています。他にもその身に毒を秘めた草木はたくさんあるそうです。草は虫に食われぬよう、虫は鳥に食われぬよう、毒をその身に隠し持つのでしょうね」

要の言はいつも示唆に富む。毒を身の内に隠し持っているのは草や虫だけではない。

平次を殺《あや》めた人間も、その心に〝毒〟を抱いていたのだろう。〝毒〟は内側からじわじわと染み出して、やがて自身の心をも蝕《むしば》んでいく。だから、耐え切れずにその毒を吐き出したのか。鮮やかな黄色の毒物に託して。

だが、そんなことで自身の〝毒〟は消えるのだろうか。人を傷つければ、また別の〝毒〟が生じるのではないだろうか。

毒は毒を生む。それだけじゃない。新たに生まれた毒は濃く苦い。

「で、もう一点伝えねばならんことがあった」

飯倉が語調を変えた。

「仏さんは森田屋に来てまだ一年ほどしか経っていないらしい。その前は本所の上総《かずさ》屋《や》という料理屋にいたそうだ。そっちのほうまで遡《さかのぼ》って当たってみるか。〝だまくらかされている〟者が他にもいるかもしれん」

だまくらかされている。息子の借り物の言葉だからか、飯倉が口にすると妙に浮いている。飯倉本人もそうとわかっているのか、面映げに鼻の横をかいている。隣では信太郎が神妙を装っているが、その口元は今にも笑い出しそうだった。

その日の夕方遅く、暖簾を仕舞った梅屋の小上がりである。

「手がかりはやっぱり石黄になりますか――」

太一が呟くように言い、顎に手を当てた。腰高窓からは夕闇が忍び込み、小上がりは薄暗くなっている。

「ええ」おまきは角行灯《かくあんどん》に火を入れながら頷いた。「飯倉様は蛇の噛み傷なんかによく効くって言ってたじゃない」

灯《あか》りが宵闇を柔らかく追いやり、太一の表情が明るく浮かび上がった。

「解毒薬って言ってましたね。どこかで聞いたことがあるんだよな」

どこだったっけかな、と顎に手を当てたまま眉を思慮深く寄せた。そんな表情をすると、二十歳よりもずっと大人に見える。いや、大人なのだ。養い親とはいえ、優しい父母の懐でぬくぬくと育ったおまきに比べれば、四歳で親と死に別れ、十歳で世間の荒波に放り出された太一は大人にならざるを得なかった。

――まだ十七かそこらのガキのくせして、刃物なんざ振り回していたんです。

世間には陽の当たらぬ深く冷たい闇もあったことだろう。でも、その闇に、太一がどっぷり浸《つ》からなくてよかったと心から思う。

母の話では、父も賭場で働いていたことがあったそうだ。そこから引っ張り出してくれたのが、やはり岡っ引きの親分とそのおかみさんだった。その二人にもらった恩に報いるために、父は太一を手元に引き取ったのだろう。太一だけじゃない。父は捨て子のおまきも引き取り、大事に大事に育ててくれた。

「お嬢さん？」

太一が訝しげにこちらを見ていた。

「ごめん、ちょっと考え事してた。で、石黄について、どこで聞いたか思い出した？」

「ええ、まあ」

太一はなぜか困じたような顔になった。明らかに言いづらそうである。もしかしたら、賭場にいた頃に耳にしたのかもしれなかった。

「梅屋に来る前のこと？」

さりげなく促してみると、

「ええ、確かなことではないですが、〝瘡っかき〟の薬だっていうのを、賭場の兄さんたちから聞いたような――」

申し訳なさそうな顔になった。

瘡っかき。黴毒《ばいどく》（梅毒）に罹《かか》った者のことだ。岡場所では当たり前の病だと聞く。髪が抜けたり皮膚に瘡ができたりして、病が進めば骨まで毒に冒され、命を落としてしまうこともあるそうだ。

「ただ、いずれにしても、高直な薬でしょうから、そうやすやすと手に入るとは思えません」

太一が溜息交じりに続けた。

先日当たった三人の女たちに黴毒に罹った様子はなかったように思う。三人ともに抜けるように色が白く、すべすべの肌をしていた。

瘡っかき。それにしてもひどい呼称だ——と思ったときだった。

——よかったね。おくめちゃん。

おくめの隣に住む、おさちという女の声が耳奥から甦った。血色の悪い顔やかさぶたが剝がれ落ちた地肌が思い浮かぶ。

「ねえ、太一。おくめさんの隣人だけど——」

「おれも同じことを思ってました。ただ、あの人が高直な薬を手にできるとは思えない。仮にそうだとしても、薬として処方されているものですから、大量に飲ませなければ殺すことはできないんじゃないでしょうか」

言われて見ればその通りだ。何より、おさちが平次を殺す理由が思い当たらない。平次に袖にされたか、という思案もすぐに消えた。女にだらしない平次であっても、明らかに病のおさちに手を出すことはないように思えたのだ。

「でも、もういっぺんおくめさんを当たってみようか」

この間は泣き崩れてしまい、さほど詳しい話を聞けなかったのである。平次が以前勤めていたという本所のほうも気になるが、そちらは飯倉と中間の朔次郎に任せよう。

「そうですね。今度は近所の人たちにも話を聞いてみましょうか。平次って男の別の顔が見えるかもしれません」

さて、厨の片付けを終えちまいましょう、と太一は身軽に立ち上がった。

十

その日、手習いを終えた亀吉《かめきち》は一人で春木屋《はるきや》のある長谷川町《はせがわちょう》へ向かっていた。

大名屋敷の建ち並ぶ、浜町川岸《はまちょうがし》を駆けているうち、ひやりとした寂しさがふっと心に忍び込んで足を止めた。さらさらと乾いた左手に目を落とし、開いては閉じる。

いつもなら、要《かなめ》と手をつないで駆けるので手のひらが汗ばんでいるのだ。

——亀吉っちゃん。申し訳ないのですが、今日はまた、芳庵《ほうあん》先生と一緒に番町《ばんちょう》に行くことになっているのです。

番町とは「和学講談所」のある場所だ。梅奴姐《うめやっこねえ》さんの言っていた偉い検校《けんぎょう》、塙保《はなわほ》己一《きいち》がお上に願い出て設立された学問所だという。和学というものが、亀吉にはよくわからないけれど、『古事記《こじき》』や六国史《りっこくし》と呼ばれる『日本書紀《にほんしょき》』を始めとする昔の史書を学ぶそうだ。塙保己一は賀茂真淵《かものまぶち》という名の知れた国学者の門下だったらしい。そんな話を美緒《みお》先生から聞き、番町に行くのは、紫雲寺《しうんじ》では物足りない要には有り難いことなのだと亀吉は無理にでも思うようにした。その一方で、要はそれで幸せなのだろうか、という疑念もある。

でも、そんなことは要には訊《き》けない。そして、二人でわくわくするような読本《よみほん》を刊行したい、という将来の夢も打ち明けられなくなってしまうのだ。

こうして口に出せない思いは積もり積もって、亀吉の心の底にとろりとした澱《おり》となって沈んでいる。

積もり積もっている澱はそれだけじゃない。お父っつぁんとは、まだ冷たい戦《いくさ》のさなかであり、まったく口を利いていないのだ。

――意地っ張りのところまでそっくりねぇ。

おさと姉ちゃんは呆《あき》れた顔で言うけれど、

――絵師にはならせねぇ、断じてならせねぇ。

横暴なお父っつぁんには、断じて頭を下げるわけにはいかなかった。

そんなわけで、いつもは楽しい春木屋行きも今日は足が弾まないのである。

――一緒に行けなくてすみません。

要は至極済まなそうな面持ちで詫《わ》びた後、

――『つるかめ算術案内』に載せる問いの解釈はまとめておきましたので、ひなさんと一緒に挿絵を進めてください。

亀吉に手習帳を差し出した。ぱらぱらとめくってみると、円やら三角やらの図の他に、鶏兎《けいと》算から旅人《たびびと》算、それに、絹盗人《きぬぬすびと》算なんてものまでどっさり書かれていた。

――こんなにたくさん、載せられねぇよ。

胸底に溜《た》まった澱のせいか、つい意地悪な物言いをしてしまった。

――そうですよね。つい、夢中になってしまって。

要は泣きそうな顔で笑った。その面持ちに胸を衝《つ》かれた。あのとき、そう、二月にもこんな顔をしたことがあった。

――そろそろ手を離してください。

要が亀吉にそう言ったのは、今年の二月、利助《りすけ》大親分が見つかる直前のことだった。

要の胸中を詳しくは知らない。だが、あの事件は亀吉自身、色々なことを考える端緒となった。人が生まれながらに背負っているものや心の奥深くに仕舞っているものだ。それらは途轍《とてつ》もなく重かったり、傷だらけだったりする。

とりわけ、亀吉の胸に刺さったのは「愛着《あいじゃく》」の話である。

要は最初「捨吉《すてきち》」という名だった。厄を捨てて吉を拾う。そんな意味で付けられる名だということは亀吉も知っている。実際、捨松《すてまつ》というのも習い子にいる。だが、要の場合はそうではない。捨てられた子だからその名なのだ、と旅芸人の大人たちに言われて育ったそうだ。そんな要に芳庵先生はこう訊《たず》ねたという。

――おまえは、その名に愛着があるか。

愛着とは何か、と要は芳庵先生に問い直した。

愛着というのは、そのものを大事と思い、手放したくない心のことだ。煩悩のひとつとされ、心から切り離さねばならぬもの。その一方で、それがなければ人は生きてはいけぬとも芳庵先生は言ったという。

仕事、金、故郷、人。

誰でも何かに愛着を持っている。

でも、要は愛着という言葉を知らなかっただけではない。その心すら知らなかったのだ。

亀吉はそのことに強く驚いた。少なくとも亀吉には手放したくないと思うものがたくさんあったからだ。おっ母さんにお父っつぁん、三人の姉ちゃん。他愛無《たわいな》いことで喧嘩《けんか》もするけれど、誰もが大事な人で、自分から離れていったら悲しくなるだろう。

飯倉やおまき親分の前で、切ない来し方を淡々と語る要を見ているうち、最初に生じた驚きは亀吉の内側でだんだんわけのわからぬものになっていった。怒りとも悲しみとももどかしさともつかぬもの、何と呼んでいいのかわからぬ思いに変じたのである。

初めて会ったとき、亀吉の目には要の周囲に砂地が見えた。果てのない乾いた味気ない砂地だ。その砂地に要はぽつんと立っていた。独りぼっちで心細げに佇《たたず》んでいた。だから、亀吉は要の手を摑《つか》み、茫漠《ぼうばく》とした砂地から引っ張り出してやりたいと強く思ったのだ。でも、そんなふうに考えること自体、不遜なことだったのかもしれない。どうやったって、亀吉は要の砂地に、同じ場所に降りることはできないのではないか。要の手を摑んでいるつもりで、実際は水をたっぷり含んだ肥沃な場所から手を伸ばすふりをして、満足しているだけなのではないか。

そんな亀吉の心の中に要は気づいたのだろう。

だから、手を離して欲しいと言ったのだ。

あれから三月《みつき》近くが経《た》ち、相変わらず亀吉は表に出るときは要と手をつなぐ。でも、今までとは何かが違う。

要とこのままずっと一緒にいることはできないのだろうか——

「おい、亀！　ぼんやり歩いてると、棒に当たっちまうよ！」

前方から大きな声がして亀吉は飛び上がった。

「何をそんなにたまげてるのさ」

見れば、前からひなが歩いてくる。その後ろには用心棒よろしく、丸太ん棒の寛二《かんじ》と鼠花火《ねずみはなび》の栄太《えいた》を従えている。ちょうど高砂橋《たかさごばし》の辺りだった。

「ここで会えてちょうどよかった。今日は仁《じん》さんところじゃなく、栄太んちに行こうって話してたんだ。一緒に行こうよ」

「どうして栄太のところに行くのさ」

亀吉が問うと、

「栄太の家、って言ってもお祖父《じい》ちゃんちらしいけど、庭が綺麗《きれい》なんだって。ほら、『つるかめ算術案内』に花売りの問いもあるしさ。花を挿絵に入れようって言ってたじゃないか」

丸い唇を尖《とが》らせてひなが言う。

花売りの問いというのは、

――桃、桜、椿《つばき》、柳の四種の花から三種を選んで売るとき、その組み合わせは何通りあるか。

っていうような問いだ。これくらいなら、四通りだと亀吉にもわかるが、数が多くなるともうお手上げだ。

で、それを楽しく伝えるために、案内役の亀と鶴《つる》に花売りの恰好《かっこう》をさせようということになっていた。

まあ、桃も桜も椿も柳も見なくたっておれは描けるけどさ。ひなが行くんならついていかなきゃしょうがない。本当のところ、ぱちぱちと危なっかしい栄太に心を開いたわけじゃない。でも、仁さんの言葉によれば、こいつもお父っつぁんが金持ちらしいから、ほんの少しだけ興味はあった。いいよ、と亀吉が頷《うなず》くと、ひなはほっとしたように笑い、

「で、じいちゃんの家はどこなんだい」

栄太を振り返った。何だ、意気揚々と男二人を従えておきながら、行き先を聞いていなかったのか。

「本所《ほんじょ》だよ」

栄太の答えを聞き、ひなが大きな目を瞠《みは》った。

「何だい、その面《つら》は」

栄太が眉根を寄せると、

「いや、昔、本所に住んでたことがあったから。けど、本所って言ったって広いもんね」

ひなは形のよい唇の端を引き上げた。亀吉の目にも無理に笑ったように見えた。

――あたし、親きょうだいがいないから。

ひなはそんなふうに言っていたけれど、本所に住んでいた頃は独りぼっちではなかったのだろうか。

――あの子のことはあの子から直《じか》にお聞き。

梅奴姐さんはそう言ったけれど、胸の一番柔らかいところにいきなり手を伸ばすとなんかできるわけがない。そこに大きな傷があったらどうするんだ。

「そいじゃ、行くか」

早くしないと陽《ひ》が沈んじまうからな、と栄太が空を振り仰いだ。つられて首をもたげると、少し黄色みを帯びた夏の陽が亀吉の目を刺した。その拍子に青いにおいが鼻をかすめた。

ああ、夏の香りだ。視線を戻すと、川岸の柳が風にさらさらと揺れている。水面《みなも》に映る柳の葉は水の中を泳ぐちっぽけな魚の群れに見えた。

本所相生町《あいおいちょう》は回向院《えこういん》の南に当たる。竪川《たてかわ》沿いとあって、辺りには味噌《みそ》屋や醬油《しょうゆ》屋などが建ち並んでいた。その繁華な大通りから一本奥へと入った裏通りに栄太の祖父の家はあった。

竹の枝折戸《しおりど》からは小路《こみち》が続き、その両脇には沈丁花《じんちょうげ》の低木が植えられているので、春になれば庭はむせ返るほどの甘い香りに包まれることだろう。茅葺《かやぶき》屋根の鄙《ひな》びた造りの家だが、よく見ると檜《ひのき》をふんだんに用いた、なかなか凝った普請《ふしん》である。

お父っつぁんがここにいれば、これはどこそこの檜で、とかうるさいんだろうなと思っていると、

「何だよ。にやにやして。山源《やまげん》の屋敷はこんなもんじゃねぇ、とでも言いてぇのか」

栄太が肩をぶつけてきた。やっぱり鼠花火だ。

「いや、そんなことねぇよ。立派な檜だって思っただけだい」

亀吉が言い返すと、

「何だよ、むきになりやがって。冗談だよ」

へらりと笑い、肩をいからせると栄太は先に立って歩き出した。

青い踏み石の先には格子戸があり、その先に開け放された戸があった。

「遠慮なく上がれよ」

ぶっきらぼうに言い、栄太は下駄を脱いで先に上がり框《がまち》に立った。廊下の先には磨きこまれた美しい広縁が続いており、庭に面して部屋が三つ並んでいる。

「本当だ。綺麗」

広縁に立ち、ひなが歓声を上げる。

眼前にあるのは生垣に使えそうなほどの背の高い躑躅《つつじ》である。手入れがいいのか、葉は青々として夏の明るい光を弾《はじ》き返していた。

「ひと月ほど前なら、まだ花が見られたんだけどな」

栄太が残念そうに言う。

「何色の花？」

ひなの問いに、赤だ、と栄太が答えると、

「さながら真紅の滝だったよ」

後を引き取ったのは寛二である。手前には池があるから、水鏡に緋色《ひいろ》が映ってそれはそれは美しかったんだ、と細い目をさらに細くした。

「根津《ねづ》にも、こんな背の高いのはないんだ」

と寛二は我が事のように胸を張った。根津権現《ごんげん》社のことだろう。行ったことはない
が、躑躅の名所だというくらいは亀吉でも知っている。躑躅は江戸っ子に人気の花だ。

そう言えば、森田屋《もりたや》の裏にも躑躅があったことを思い出した。

まで立派ではないけれど、それなりに背の高かった躑躅だ。枝についたまま茶色く枯れた花が亀吉の眼裏《まなうら》に残っている。

「こいつ、花が好きだろう。盛りのときは、ここへ毎日のようにきて、飽きもせずにいつまでも躑躅を眺めては筆を走らせてたのさ」

たかが躑躅なのによ、と栄太が鼻の横をほりほりと掻《か》いた。

「たかが躑躅で悪かったのぉ」

塩辛声に振り向くと、いつからそこにいたのか、小柄な老人が立っていた。

「何だよ、祖父ちゃん。いるならいるって言ってくれよ」

栄太が素《す》っ頓狂《とんきょう》な声を上げる。どうやら栄太の祖父らしい。半白の髷《まげ》は歳の割に豊かだし、仕立てのよい利休茶色《りきゅうちゃいろ》の夏紬《なつつむぎ》をまとっているからか、小柄な割に貫禄《かんろく》がある。

「何を言うておる。ここはわしの家じゃ。いるに決まっておる」

孫に反論したものの、すぐに相好を崩し、

「はて、初顔かな」

腰を屈《かが》めてひなと亀吉を交互に見た。

「ああ、仁さんとこで知り合ったんだ。ひなと亀吉」

栄太の声に、ふむ、と祖父は頷くと、

「ゆっくりしていったらいい」

わしは少し出てくるから、と広縁を戸口のほうへ去っていった。

「祖父ちゃんは、うるさくないんだ」

そう言って肩をすくめると、栄太は一番手前の部屋に入った。祖父ちゃんは、ということは、お父っつぁんはうるさいんだろうか。

ふと見ると、ひなはまだ庭を眺めていた。何を考えているんだろう、と思ったとき、

「花売りの問いに躑躅は無理だね」

不意にこちらを向いた。眸《ひとみ》に燃えるような緋色が覗《のぞ》いたような気がしたが、たわんだ目の奥にすぐに隠れた。今のは何だったんだろう。訊きたい気持ちを抑え、亀吉は栄太と寛二の後に続いた。

部屋は見事に散らかっていた。隅には書が無造作に積まれ、文机《ふづくえ》の周囲は反故紙《ほごがみ》で畳の色が見えないほどだ。まあ、亀吉の部屋も同じようなものだが。違うのは、散らかった紙を埋めているのが文字ではなく絵だということくらいだ。

「適当に紙を除けて座ってくれよ」と栄太は文机の前にどっかと座《ど》った。「で、おめえら、どれくらい進んだ？」

ひなと亀吉を交互に見やる。

「結構進んだよ。要の仕事が速いからね。あたしたちがもっと気張んなきゃね、亀、とひなが大きな目でこちらを見る。

その呼び方はガキ扱いされているようで腹立たしいが、まあな、とせいぜい大人ぶって頷きを返す。

「おれらもぼちぼちさ。まあ、寛二の絵はおめぇらの描くもんとはまったく違うだろうけど」

栄太が目配せすると、寛二は画帳を手に取り、ひなと亀吉の前で広げてみせた。

「うわっ！」

思わず大きな声が出てしまった。

河原の絵だった。裸の子どもが石を積み、その傍らで目のぎょろりとした小鬼がそれを壊すべく虎視眈々《こしたんたん》と狙っている。うねる川には霧が立ち、その中ほどに架かった橋を大勢の人が渡っていく。墨ひといろのはずなのに、小鬼の口の毒々しい赤や濁った黄色の目が見えるようだった。

「賽《さい》の河原?」

ひなが問うと、そうさ、と栄太が頷いた。

「怖い話なのかい」

小鬼の恐ろしい形相から目を離し、亀吉は訊《き》いた。亀吉は恐ろしい話が苦手だ。春の事件の際、御竹蔵《おたけぐら》の辺りでおまき親分が「置いてけ堀」の話をしたときは正直、びびっちまった。けど、ひなの前でそんな醜態は見せられないから、平静を装う。

「いや、全然、怖《こえ》ぇ話じゃねぇよ」

栄太が笑いながら言う。

「けど、賽の河原だろ。親より先に死んだ子どもは親不孝だってんで、そこでいつまでも石を積む場所じゃねぇのかい」

亀吉がどこかで誰かに聞いた話をすると、

「賽の河原に行った子どもが人の心を読めるようになってこの世に戻ってくるのさ。で、難事件を次々に解決するって話を書いてるんだ。この絵は冒頭の挿絵だ」

栄太は文机の上から紙を一枚取って差し出した。

——九歳の竜太郎《りゅうたろう》はおずおずと辺りを見渡した。見たことのない河原である。辺りは深い霧で覆われており、川がどこにあるかも不明だが、確かに水音はするし足元には大小の丸い石が転がっている。歩き出せば、裸足《はだし》に当たる石の感触は綿を踏んでいるようで手ごたえがない——

文字はへたくそだが文章は上手《うま》い。河原の様子が目に浮かぶようだ。

「どうだい」

栄太が腕を組んで挑むように問うた。

「うめぇな」

素直な言葉が亀吉の口からこぼれ落ちた。栄太は一瞬だけ、案外そうに口を半開きにしたが、すぐに「そうだろ、そうだろ」と小さな顔をくしゃくしゃにして笑った。

「絵に色はつけないんだな」

亀吉が素朴な問いを投げかけると、

「読本の挿絵には色はつけねぇのさ。けど、もったいねぇよな。寛二の使う色はどきりとするのにさ」

栄太が残念そうに口元を歪《ゆが》めた。

亀吉は寛二の描いた美人画を思い浮かべた。女の身にまとった紫の着物と黄色の朝顔の組み合わせがやけに生々しかった。そんな亀吉の胸中を読んだように、

「あの黄色い朝顔はなかなかよかったしな」

栄太が水を向けると、寛二は嬉《うれ》しそうに答えた。

「まあな。あれはとっておきの石黄《せきおう》を使ったんだ」

せきおう――その響きに頭の奥をこつんと衝かれた。

「石黄だって！」

思わず叫んでいた。

「何だよ。そんなに驚いて」

栄太が訝《いぶか》しげに眉をひそめる。

「石黄って薬じゃねぇのか」

まさか顔料とは。知らぬ間に前のめりになっていた。

「ああ、薬でもあるな。うちにはいっぱいあるよ。蛇の嚙《か》み傷によく効くんだ。猛毒さ」

栄太は苦笑した。

「うちにはって、おまえんち――」

「そうさ」

と栄太が亀吉の言を途中で引き取った。

「うちは薬種屋なんだ。だから、仁さんとこに出入りしてるのを見て、親父《おやじ》はいい顔をしないんだ。ま、弟がいるから、おれがこんなふうにふらふらしてても何とかなるだろうけどな。けど、石黄が顔料にも使われることを知らねぇってのは、絵師を志すもんとしては情けねぇな」

くすくすと笑う栄太の言葉に反論したのは寛二だ。

「けど、亀吉はまだ十一歳だろう。顔料のことなんか知らなくて当然だよ。おれだって、仁さんのところに来るまでは墨絵しか描いたことがなかったから」

実は、亀吉は顔料を使ったことがある。要のために川の絵を描いたときだ。緑青《ろくしょう》と藍と臙脂《えんじ》、それと波を光らせるのに胡粉《ごふん》と雲母《うんも》を使った。仁さんに揃《そろ》えてもらい、顔料の使い方も教えてもらった。顔料が高直《こうじき》だとはわかっていたが、要のために絵を描きたいからと頼んだらお父っつぁんは快く金を出してくれた。

だが、よく考えれば木々の葉を描くために用いた緑青は孔雀石《くじゃくいし》、つまり石から採れるという。名は体を表す。石黄はその名の通り、薬種としての使い道のみならず、黄色の顔料として使われるのだろう。

となれば、平次《へいじ》を殺した科人《とがにん》は絵師や筆屋、画材屋などもあり得るのか――

「ねえねえ。そんなことよりさ」

亀吉の思案にひなの声が割り込んだ。妙にはしゃいだような、いや、どこか作ったような口調に聞こえた。

「石を積んでる子。どうしてこんなに小さいの？」

寛二の絵を指差している。

まあ、石黄のことは後で考えるか。明日、要とおまき親分に報《しら》せよう。

気を取り直して、亀吉は賽の河原の絵に視線を戻した。

ひなの言う通りだった。その横に立つのが主人公の少年、九歳の竜太郎だとしたら、石を積む子どもは確かに小さすぎる。まるで生まれたての赤ん坊くらいに。しかも、その目は目玉がくり貫《ぬ》かれたみたいに真っ黒だった。まるで木の洞《うろ》だ。

「ああ、それは水子だから小さく描いたんだ。この世の光を見ないうちに葬られたから目玉がないのさ」

寛二の代わりに栄太が淡々と返した。

「水子――」

ひなはそこで絶句し、俯《うつむ》いて絵の中の子どもにそっと手を触れた。

「水子は成仏できないんだってさ」

寛二が静かな声で言い足した。

「どうして」

ひなが顔を上げる。その目には燃えるような色が浮かんでいる。躑躅を見ていたときもこんな目をしていた。

「この世で徳を積んでないからだとさ」

答えたのは栄太である。

「けど、しょうがないじゃないか。死にたくて死んだわけじゃない。その子だって、生まれたかったはずだよ。生まれてお天道様《てんとうさま》を見たかったはずだ。おっ母さんに抱かれたかった。綺麗なものも見たかった。美味《おい》しい物だって食べたかった。それなのに、どうして、どうして――」

「おい、ひな、どうした」

栄太の声でひなは我に返ったように口を噤《つぐ》んだ。

「ああ、ごめん。知り合いに、子を流しちゃった人がいたからさ。つい」

ごめんね、とひなは俯いた。炎を思わせる目の色は見えなくなった。長い睫《まつげ》が上気した頰に淡い影を作り、華奢《きゃしゃ》な肩はひどく頼りなげに映る。

――どうして、どうして――

叫ぶような声が亀吉の耳奥でいつまでも鳴っていた。知り合い、とひなは言ったが、知り合いくらいであんなに度を失うだろうか。

「ああ、そうだ」寛二が思い出したように口を開いた。「おれ、水子が成仏できる方法を思い出したよ」

慰めるような言葉にひながゆっくりと顔を上げた。寛二を見上げる目には期待の色が浮かんでいる。

「親が子の代わりに徳を積めばいいんだってさ。親が善行に励むんだ。そうすれば、子は成仏できるらしい」

寛二が言い終えた途端、どうしてだろう、ひなの目に落胆の色が浮かんだ。栄太も寛二も亀吉と同じことを感じたのか、訝しげにひなを見つめている。

「そうか。そうなんだ」

その人に伝えとくよ、とひなは笑った。

「よし、あたしたちもいい絵を描こう」

ね、亀、と八重歯をこぼしたまま亀吉の背をばしんと叩《たた》く。その仕草はいつも通りのはずなのに、笑みだけが無理に貼り付けたように思えた。

知り合いと言ったが、本当は血縁なのかもしれない。それがひなの身の上と、どんな関わりがあるのかはわからないが、やはり、ひなは心の柔らかい部分に深い傷を負っているのだろう。でも、当人がその傷を笑顔の裏に隠してしまった以上、亀吉がそこに手を触れることはできない。できるのは、作りものの笑顔に合わせることだけだ。

「合点承知、のすけだい」

気張って勢いよく返したつもりなのに、無様に舌がもつれた。

栄太の祖父の家を辞し、御船蔵《おふなぐら》の辺りに差し掛かる頃には夏の陽は大きく傾いていた。だが、地面には昼間の熱が残り、道端の草がむっとするような青いにおいを吐き出している。よく考えたら、衣装競《いしょうくら》べから既に二十日以上が経っているのだ。お父っつぁんの言うように、季節が十日で変わるとしたら、あのとき要と感じた夏と、今ここにある夏は違うのだろう。梅雨《つゆ》が明ければまた別の夏が顔を出す。

そんなことを考えていると、

「遅くなっちゃったけど六ツ（午後六時）の鐘が鳴る前に家に着くかな？」

ひなが心配そうな口調でこちらを向いた。

斜陽が照り映えているせいで眸が濃い金色に見える。でも、今度は燃えるような色じゃなく静かで透き通った色、心細げな色だ。おまき親分みたいだな、と亀吉は思う。目が大きいから眸がよく喋《しゃべ》るんだ。怒ったり悲しんだりがっかりしたり心細くなったり、心の中がすぐにわかってしまう。わかったところで、何もできないのがもどかし

く、

「へっちゃらだい。遅くなったって」

ひなの眸から目を逸《そ》らしながら答えた。水面には夕陽を砕いたような光が散らばり、亀吉の目を射貫《いぬ》く。

——あの子のことはあの子から直にお聞き。

梅奴姐さんの言を胸の奥からそっと手繰《たぐ》り寄せる。

でも、どこからどう聞いたらいいんだろう。

親きょうだいがいないのはどうして？

梅奴姐さんと住んでいるのはどうして？

水子のことであんなに怒ったのはどうして？

どれも軽々しくは口に出せない問いだ。大人だったらきっと不躾《ぶしつけ》な問いだと言うんだろうな。でも、気になる。わからないからわかりたい。梅奴姐さんや美緒先生にそんなことを言ったら、きっとまたからかわれるだろうけど。

「案じてくれる親がいるのって幸せなことだよ」

ひなの声にぼんやりと紗《しゃ》がかかった。ものすごく遠くから聞こえたような気がして亀吉ははっとして立ち止まった。小名木《おなぎ》川はとうに越え、仙台堀《せんだいぼり》川にかかる上ノ橋《かみのはし》を渡り終えたところだった。振り返れば、その橋の袂《たもと》でひなは立ち止まり、こちらを見ている。

「あたしんち、ううん、梅奴さんのうち、この近くなの」

そう言ったくせに、じゃあね、とは言わないし、その場を去ることもしない。どこか名残惜しげな眼差《まなざ》しで亀吉を見つめている。

話を聞いてよ。

お喋りな眸がそんなふうに呟《つぶや》いた。

亀吉は数歩戻ると、ひなを真《ま》っ直《す》ぐに見る。

「梅奴姐さんと住んでいるのは、どうしてなんだい？」

心の中で畳んだばかりの問いを、ひとつだけ取り出した。

ひなはゆっくりと瞬《まばた》きをし、しばらく亀吉の目を見つめた後に言った。

「あたしね、死のうと思ったの」

明るい口調だった。あたしね、寝坊したの。遅れてごめんね。まるでそんなせりふでも告げるように。

「どうして死のうとしたのさ」

だから、亀吉もなるべく淡々と訊いた。どうして寝坊したのさ。そんなふうに聞こえるように。

「大好きな小夜《さよ》姉ちゃんがいなくなったから」

答える声も淡々としていた。でも、川面《かわも》を見つめる眸は胸が締め付けられるほどに悲しげな色を湛《たた》えている。その色から決して逃げ出さないように、亀吉はその場に足を踏んばって立っていた。

＊

ひなっていう名はあたしがつけたんだからね。

それが、小夜姉ちゃんの口癖だった。

〈ひな〉は「日向《ひなた》」の〈ひな〉だ。ひなが生まれたときに小夜姉ちゃんは既に十歳になっていて、妹ができることを心待ちにしていたそうだ。ちょうど夏の盛りの頃で、土手で見た黄色い日回りの花から思いついたという。

お日様に向かって咲く花みたいに、強く綺麗になってほしい。

そんな小夜姉ちゃんの言におっ母さんとお父っつぁんは諸手《もろて》を挙げて賛成し、みんなの願い通り、ひなは病とは無縁の強い子になった。

ひなのお父っつぁんは回向院の裏に筆屋を構えていた。小僧が一人いるだけの小さな店だったがこつこつとお得意様を増やし、手堅い商いをやっていた。だが、ひなに強さを全部与えてしまったのか、お父っつぁんは肺病にかかって命を落とし、その悲しみが癒えぬまま、三月《みつき》後にはおっ母さんが流行《はや》り病で亡くなった。ひなが五歳、小夜姉ちゃんが十五歳のときだった。それから小夜姉ちゃんは両親の代わりとなってひなを育ててくれたのだ。

ひながいるせいで、姉ちゃんは嫁に行き遅れてしまったのかもしれない。そんなことを思ったのはひなが十一歳、小夜姉ちゃんが二十一歳のときのことだ。ひなの周囲にいる女子《おなご》は大体、二十歳《はたち》になる前に嫁いでいたから。

「姉ちゃんはお嫁に行かなくていいの」

朝餉《あさげ》を食べながら姉ちゃんに訊いてみると、

「いいの、いいの。ひなが大きくなってからで」

姉ちゃんはころころと笑った。

「ひなはもう大きいよ」

声が尖るのが自分でもわかった。せっかく姉ちゃんを思って口にしたことなのに、子どもだとあしらわれたのが気に入らなかった。

「そう？　姉ちゃんにはまだまだ〝ひな〟に見えるけどな。口を開けてぴいぴい鳴いている鳥の雛《ひな》」

「ひどいよ。もう十一歳だもの。来年はどこか奉公に出るよ」

味噌汁だって作れるし、とお椀《わん》を目で指した。大根の葉と油揚げの味噌汁はひなが作った。ちょっと味が薄いのはご愛嬌《あいきょう》。

「そうだね。味噌汁は上手になった」

でもね、と姉ちゃんは箸と椀をそっと膳に戻し、ひなとは違う切れ長のすっとした目で真っ直ぐに見つめた。大事なことを話すとき、小夜姉ちゃんはいつもこんなふうにひなを見る。だから、ひなも持っていた椀と箸を置き、背筋を伸ばした。

「絵はまだまだ。ひなは絵師になりたいんだろう」

そう言って、ひなの手をそっと取った。その手は懸命に生きている人の手だ。姉ちゃんは料理屋の仲居をしているから洗いものもするし、時には重い物も担ぐそうだ。着物から覗くうなじは秋のお月様みたいに白くて綺麗だけれど、指先はところどころささくれている。

「うん。けど、あたし女だし。絵師なんて無理だよ」

いつまでも姉ちゃんにおんぶしてもらっちゃいけない。絵は諦める。

「無理じゃないよ」

ひなの手を握る手に力がこもり、ひなははっとした。

「無理じゃない。だって、ひなの絵には心があるもの」

「心？」

「そう、心。墨ひといろなのに色が見える。あったかい色。だから、見ている方も心があったかくなるんだ」

「でも、どうすればいいの。どうすれば絵師になれるの？」

頑是無《がんぜな》い年齢はとうに越したから、ひなにも何となくわかる。この世にはどんなに願っても叶《かな》わないことがあるって。

「お客さんに本屋さんがいるから訊いてみるよ。きっと絵師を紹介してくれる。そこのお弟子さんになればいい」

「でも、おあしは？　おあしが掛かるんじゃないの？」

「それも何とかする。あんたは何も心配しなくていいから」

姉ちゃんはそう言って、握った手を揺らした。

お父っつぁんとおっ母さんが死んだときも姉ちゃんはこんなふうにしてくれた。泣きじゃくるひなの手を包むようにして握りながら、

——だいじょうぶだよ。だいじょうぶ。ひなにはあたしがいるもの。

そう言って、何べんも何べんも揺らした。

でも、本当は小夜姉ちゃんこそ泣きたかったんだと思う。心細くて声を上げて泣きたかったんだ。両親が立て続けに亡くなった年、姉ちゃんはまだ十五歳だった。今、十一歳のひながその歳《とし》になるのは四年も先だけれど、十五歳がさほど大人ではないことくらい想像できる。だから、ひなは思いの丈をこめてこう言った。

「姉ちゃん、姉ちゃんに好いた人ができたら、いつでもお嫁に行ってね。ひなに遠慮しなくていいからね」

姉ちゃんにも好きな人ができて、絵師を紹介してくれる本屋さんが現れる。

その両方が叶いますように。

そんなふうにひなは願い、氏神様にも毎日お参りしたけれど、ひなに絵師を紹介してくれる本屋さんも姉ちゃんの好きな人もなかなか現れなかった。ただ、近所の団扇《うちわ》屋さんが、団扇絵の仕事をくれるようになったので、ほんの少しだけれど姉ちゃんを楽にすることができた。暇があれば色々な絵、ことに花の好きなひなは季節の花や樹木を描いた。

でも、日回り草だけは描かなかった。いつか姉ちゃんがお嫁に行くときに描こう、姉ちゃんとひなの好きな、お天道様に向かって咲く元気な花をお祝いに贈ろう、と決めていたからだ。そのときは、墨ひといろではなく鮮やかな黄色の顔料を使って大きな花を描きたい。そう考えて、団扇屋さんの手間賃の中からひなは少しずつおあしを貯《た》めていた。

けれど、ひなの夢は叶わなかった。

お嫁に行く姉ちゃんのために、黄色い顔料で日回りの花を描く。

ひなが絵師になることよりも、遥《はる》かに簡単だと思っていた夢、そんなささやかな夢さえも神様は叶えてくださらなかった。いや、神様はその夢をひなから未来永劫《えいごう》奪ってしまった。

姉ちゃんは死んでしまった。お嫁に行く前に、ひなの描く日回り草を見る前に息を引き取ってしまった。腹の中にやや子がいるのに無理して働いたために、やや子と一緒にあの世へと旅立ってしまった。

お父っつぁんもおっ母さんも姉ちゃんもいない。もう、誰もひなの日回り草を見てくれる人はいないのだ。

小夜姉ちゃんの初七日を終えた晩、ひなは独りぼっちで表を歩いていた。夜空には満月が皓々《こうこう》と輝いていて、目の前の道は夢のように明るいから少しも怖くなかった。

その明るさに導かれるように歩いていると、いつの間にか堀沿いの道になっていた。

ふと見ると、堀には一艘《そう》の小船が浮かんでいる。月明かりのせいなのか、船は星をちりばめたみたいにきらきらと輝き、そこから人が数人手を振っているのだった。おいでおいで、とひなに向かって言っているみたいに。

ああ、あれは姉ちゃんたちだ。おっ母さんとお父っつぁんと姉ちゃんと、姉ちゃんのやや子。みんながひなを呼んでいるのだ。ひなもこっちにおいで、と。

小夜姉ちゃん、ひなも行くからね。

ひなは船に手を振り返し、地面を蹴って駆け出した。

でも、なかなか船は近くならない。走っても走ってもいつまでも遠く白く輝いているだけだ。いや、どんどん遠ざかっていくようだ。

待って、待って、みんなひなを置いていかないで。

あたしも行きたい。みんなと一緒に行きたいの。

思い切って堀に飛び込もうとしたときだった。ひなの体がふわりと宙に浮くのと同時に後ろから強い力で抱きとめられていた。

「行っちゃいけない」

凛《りん》とした声だった。

はっとして振り返ると、そこにいたのは女人《にょにん》だった。月明かりで肌は透き通るように白く、切れ長の大きな目は青く潤んでいた。まるで月から降りてきた天女様みたいに美しい。あまりの美しさにひなが茫然《ぼうぜん》としていると、その人はひなを抱く腕に力をこめて言った。

「あれは、あんたが乗る船じゃない」

船――ああ、そうだ。我に返って水面を見ると、白銀《しろがね》色の小船の姿は既になかった。ただ、月の照った水面に白く細い一筋の跡がどこまでも引かれている。船が星のかけらをひとつずつ落としていったかのように、どこまでも続いている。あの一筋を追っていけば姉ちゃんたちに追いつくかもしれない。まだ間に合うかもしれない。

「行かせて、お願いだから、行かせて」

いやいやをするようにひなが抗《あらが》うと、その人はひなの身を背後からさらに強く抱きしめた。

あんたは行っちゃいけない。あの船は。

「――あんたを呼びにきたんじゃないんだ。お別れに来たんだよ」

お別れに――

ああ、そうか。手を振っていたのはさようならだったのか。

だから、駆けても駆けても船には追いつかなかったんだ。

美しい人に抱きかかえられながら、ひなは白銀色の一筋を長いこと眺めていた。

きらきら光る波は細く長くどこまでも続くように思われたけれど、やがて藍色の水に溶けるように消えた。

＊

斜陽の照り映えた水面に白い航跡が映り、亀吉ははっとした。だが、堀を進むのは小船ではなくたくさんの樽《たる》を積んだ荷足船《にたりぶね》だった。

「その人が梅奴姐さんだったのかい」

まだ夢の中にいるような心持ちで亀吉は訊いた。

「うん。そう。どこをどうやって歩いたのか、覚えてないけど、小名木川の近くまで来てた。梅奴姐さんはその日はたまたま船の上でお座敷だったんだって」

小夜姉ちゃんが梅奴姐さんに引き合わせてくれたのかもしれないね、とひなは小さくなっていく荷足船を見つめたまま答えた。

ひなの言葉を聞きながら、亀吉は頭の中でばらばらになったものを綺麗に並べ直していた。ひなの話の中で、ひとつ腑《ふ》に落ちぬことがあったのである。亡くなった姉たちが小船でお別れに来た。そんな幽霊譚《たん》を妙だと思っているのではない。この世には不可思議なことはたくさんある。亀吉は幽霊に遭ったことはないが、魂みたいなものは感じたことがある。おまき親分が利助大親分を捜し当てたのもそれに近いのではないか。あれは偶々《たまたま》ではなく、おまき親分の呼ぶ声に利助大親分が応えたように思われるのだ。

おまき、ここにいるぞと。

だから、白銀色の小船を見たのは本当の話なのだろう。

今、亀吉の胸に引っ掛かっているのは、

——お嫁に行く前に、ひなの描く日回り草を見る前に息を引き取ってしまった。腹の中にやや子がいるのに無理して働いたために——

ひながそう言ったことだ。

お嫁に行かないのに身ごもってしまったのか。ってことは、お嫁に行く話はあったのかもしれない。少なくとも、好いた相手はいたのだ。

「お腹《なか》にやや子がいたって言ったけど、父親はどうしたんだい」

亀吉の問いにひなは一瞬詰まった。忙《せわ》しなく目を泳がせた後、

「誰だか知らないの。あたし、姉ちゃんが身ごもっていることも知らなかったから。お腹もあんまり目立たなかったし、仲居の仕事も死ぬ間際までやってたから」

馬鹿だよね、とひなは唇をきつく噛んだ。

馬鹿だよね。馬鹿だよね。

その言葉が夕風に乗って、いつまでも亀吉の耳の辺りを頼りなく漂っている。

馬鹿なのは、やや子のことを妹に告げなかった姉なのか。

それとも、姉の異変に気づけなかったひななのか。

あるいは――

そこまで考えたとき、

――何人もの女子を、だまくらかしているからですよね。

信太郎《しんたろう》の無邪気な声が耳奥から甦《よみがえ》り、潰れた饅頭《まんじゅう》から覗いていた粉末の鮮やかな黄色が思い浮かんだ。あの黄色が薬ではなく、顔料だとしたら。

――ねえねえ。そんなことよりさ。

石黄の話になったとき、ひなの様子はおかしくなかっただろうか。どこか作ったようないつもと違う声色をしていなかったか。

そう言えば、衣装競べの三日前には森田屋にいたのに、どうして本番では姿を見かけなかったのだろう。いや、亀吉が知らぬだけで控えの間か二階のどこかにいたのかもしれない。きっとそうだ、と思いながらも頭の中がちかちかする。ひなの好きな色。日回り色をした帯の色。鮮やかな黄色が亀吉の頭の中で明滅する。

——でも、日回り草だけは描かなかった。いつか姉ちゃんがお嫁に行くときに描こうと決めていたからだ。

ひなの言葉が頭の中をものすごい速さで回り始める。ぐるぐるぐるぐると不穏な音を立てながら。

もしも、小夜の腹の子が平次の子だったら——

まさか。そんなことがあるはずがない。姉の相手が誰だかなんて知らない。ひなだってそう言ってたじゃないか。

でも、何かが引っ掛かっている、ぐるぐる回る頭の中で見落としている大事なことがあるような気がする。

ひなと小夜と平次を結ぶ何かが。

見落としているものはすぐそこにあるような気がするのに、それを拾いたいような拾いたくないような心持ちだった。恐る恐るひなを見ると、大きな目は藍に沈み始めた水面に注がれている。そこに宿っているのはいつもの夏の陽ではなく、月の光のような仄《ほの》かに青い色だ。悲しい色だ。

よく喋る眸を見ても、亀吉は何と返したらいいのかわからずに、ただ拳を握り締めてその場に立っていた。

十一

やけに肌寒い。おまきは歩きながら二の腕をさすった。昨日はむしむししていたのに一転してひやっとした梅雨寒である。早く梅雨が明けないかしら、とお天道様を恋しがっていると、がたくり橋の向こうから「あま〜い、あま〜い」と売り声を張り上げながら歩いてくる甘酒売りが目に入った。

甘酒売りは夏の風物詩だ。だが、こんなひんやりとした日にも飲みたくなる。見れば男の担ぐ天秤棒《てんびんぼう》は痛々しいほどに大きくたわんでいた。それもそのはず、棒の片方には甘酒の入った釜、もう片方には茶碗《ちゃわん》の入った箱がぶら下がっているのだ。さぞ重いだろうと思えば、余計に呼び止めたくもなるが先《ま》ずは用を済ませてからだ。帰りに会ったら買ってやろうと決め、「あま〜い」の声をやり過ごし、

「今日は、海の向こうの景色が見えないね」

おまきは横を歩く太一《たいち》を見上げた。

「そうですね。まあ、そういう日もありますよ」

でも、ほら、と太一は空を指差した。薄い雲の切れ間から初夏の陽が覗き、淡い光の帯が幾本も重なり合って降りている。

「あ、ほんとだ。晴れるかな」

「うん、晴れますね」

太一は眩《まぶ》しそうに目を細めると、

「でも、曇った日や雨の日があるから、晴れた日が有り難いんでしょうね」

淡々と続けた。その横顔は最初にここへ来たときと同様大人びて見える。いや、大人になったのだ。父が死に、女手だけになった梅屋を支えようと、見えないところでずいぶん気を張ってくれているのだろう。母やおまきが土砂降りの日や大風の日を過ごすことができたのも、太一がいてくれたからだ。

「そうだね。ほんとにお天道様は有り難い」

空から視線を外すと、おまきは太一へ笑みを返した。

橋を渡り終え、娼家の建ち並ぶ小路を抜ければおくめの住む久兵衛《きゅうべえ》長屋である。長屋の木戸をくぐり抜けると、今日は肌寒いからか溝《どぶ》のにおいは先日よりも少しましだった。

棟割《むねわり》長屋の九軒目がおくめ、いっとう奥がおさちの部屋だが、いずれも油障子は閉まっている。

暮れ六ツにはまだ早い。一膳飯屋で働いていると言っていたが、夜も仕事はあるのだろうか、とそっと油障子を叩くと、おくめの白い顔がすぐに覗いた。おまきと見て取るや、ぼんやりと薄膜の張ったような目にちかりと光が点《と》る。

「科人が捕まったのかい！」

白い手がおまきの手首を摑んだ。ひんやりとした感触に驚きつつ、

「いいえ、まだ」

おまきが首を横に振ると、大きな眸に影が差した。手は離れたが、まだおまきの手首には陶器のような冷たさが残っている。

「この間はあまり話が聞けなかったから。よかったら、平次さんとのことをもう少し聞かせてもらえないでしょうか」

丁重に頼むと、翳《かげ》った眸に今度は怒りの色が浮かんだ。

「そんなこと聞いてどうするんだよ。言っとくけど、おれは、殺《や》ってないかんな」

挑むように細い顎をぐいと反らした。

「わかってます。でも、おくめさんの話が科人を見つける糸口になるかもしれませんから」

おまきの言におくめは唇をすぼめ、しばらく思案した後、入れ、とばかりに顎をしゃくった。

敷居をまたいだ途端、異様なにおいが鼻をついた。太一も太い眉を不快そうに寄せている。その面持ちに気づいたのか、

「くせぇだろ。煎じ薬をこさえてたんだ。さっちゃんが病でさ。店のお客さんがヨモギとドクダミを煎じたもんが、肌荒れに効くって言うもんだから」

なるほど。強烈なのはドクダミか。

「今日は肌寒いから、余計に具合がよくねぇみてぇでさ」

寒そうに首をすくめると、おくめは下駄を脱いだ。前回同様、おまきは太一と上がり框に浅く腰を掛けた。

「で、何を訊きてぇんだい」

綺麗な顔には似合わぬ伝法《でんぽう》な口調で問う。

「平次さんがここに来るのを、おくめさんは、たまぁに、と言ってましたけど。どれくらいですか」

〝たまぁに〟が十日にいっぺんなのか、それとも、半月にいっぺんなのか、あるいは、ひと月にいっぺんなのか、その辺の捉え方は人によって違うのではないか。

「十日にいっぺんくらいだったかな。けど、続けて来てくれたこともあった。なかなか来られないときは忙しいからって言ってたよ。ほら、板場の仕事は夜もあるだろ」

子どもが言い訳するように口を尖らせる。

「平次さんが最後にこちらへ来たのはいつですか」

衣装競べは四月の十七日だった。もうひと月ほど前のことだ。

「いって——四月の初めくらいかな。はっきりとは憶《おぼ》えてないよ」

「おくめさんは、平次さんのどこが好きだったんです」

今度は太一が問うた。

「どこって——こないだも言ったじゃねぇか。助けてくれたし、優しかったんだよ」

何べんも同じことを訊くなよ、とすべの眉間《みけん》に皺《しわ》を寄せる。

「どんなふうに優しかったんですか」

おまきが問うと、一転しておくめが片笑みを浮かべた。ぞくりとするほど艶《えん》な眼差しにおまきがたじろぐと、

「あんた、男を知らねぇだろう」

微笑《ほほえ》みながら勝ち誇ったように告げた。頰がかっと熱くなった。あまりのことに二の句を継げずにいると、今度は一転して童女のようにけらけらと笑った。

「図星だね。まあ、そういう顔してらぁ」

そういう顔って——言い返そうにも頰の熱は耳朶《みみたぶ》まで回り、舌までもつれそうになる。

「あんたにはわからないだろうけど、閨《ねや》でのあの人はとろけるくらいに優しかったのさ」

だが、そんな平次の裏の顔——信太郎の言葉を借りれば〝だまくらかされて〟いたことをこの娘は知らないのだ。そう思えば頰の熱さがすっと引いていく。

けらけら笑う女に向かって、太一が少し居住まいを正した。

「酷なことを言うようですが」

端然とした口調だった。

「酷なことってなんだい？」

「平次さんには他に女がいたようです」

太一が言い終えるや否や、おくめの頰にさっと朱が走った。

「そんなの知ってたさ」

今度はすねた子どものようにそっぽを向いた。まとっていた妖艶な鎧《よろい》が剝がれ落ちる。口で言うほど蓮っ葉《はすぱ》な娘ではないのかもしれない。死者を罵倒する気はさらさらないが、平次という男を知れば知るほど腹立たしくなる。

とうに知ってたんだよ、とおくめは呟くように言った後、

「それでもよかったんだ。おれといるときは優しかったから。平次さんは聞き上手だったんだ」

ゆっくりと瞬きをした。青みを帯びた大きな目を縁取っているのは、見惚《みと》れるほどに長く黒い睫だった。

「聞き上手、ですか？」

美しい目に引き込まれそうになりながらおまきは問う。

「そう。おれの繰言《くりごと》を嫌な顔ひとつせずに聞いてくれた。おれと兄ぃが江戸に出てきたのは、村から逃げてきたからなんさ」

養蚕で生きる村だったそうだ。おくめの家の近くには大きな桑の木があった。大人が五人手をつないでもまだ届かないくらいの太い幹で、他の桑が霜害で枯れても、大桑は枯れなかった。

大桑様がいる限り、村は安泰だ。

そう言って、村の民は大桑をご神木として崇《あが》め奉っていたという。

ところが、四年前の晩春。大桑に異変が起きた。青葉がうっすらと白く透け始めたと思ったら、あっという間に葉が縮れ始め、茶色くなってついには枯れてしまった。

「妙な病にかかったんだべな。そうしたら、辺りの桑もおんなじになっちまって。あっという間に枯れちまった」

養蚕で食う村にとって桑の葉は命の綱と言ってもいい。だから、ことさら用心するのは霜害なのだという。なかでも八十八夜を迎える頃の晩霜は厄介で、気の緩みにつけこむ朝の急な冷え込みには若い葉はひとたまりもない。大桑様はそんな霜害にはびくともしなかったのに、いつの間にか身の内に忍び込んだ病には屈してしまった。

「その後、大桑様はどうなったんですか」

この話が平次との寝物語とどうつながるのかわからない。が、おまきは話の先を促した。

「焼かれちまったさ。他の桑に病をうつしたからな。ご神木だってさんざんもてはやしていたくせにさ。途端に疫病神扱いだもんな」

人間なんてそんなもんさ、とおくめは美しい顔を大仰にしかめた。

ご神木が疫病神へ。何ともやりきれない結末だ。

「で、おれはこんな面してるからさ。そんときは十二だったんだけど、女郎屋に売られることになったんだ」

四年前で十二。ということは、おまきよりひとつ歳下の十六歳ということになる。

――あんた、男を知らねぇだろう。

妖艶な笑みはやはり精一杯の鎧だったのだろう。生まれ故郷を捨て、恃《たの》みにしていた兄に捨てられたときに出会った優しい男。その男の裏の顔に気づいても、気づかぬふりをすることで、今にも崩れそうな我が身を支えてきたのかもしれない。

「でも、おれは嫌だって言ったんだ。女郎屋なんかに行くのは真っ平だって。そしたら、兄ぃが伝手《つて》があるから江戸に逃げようって言ってくれた。で、ここにいるんだ」

「生国《しょうごく》でお父さんやお母さんはどうしてるんですか?」

おまきが訊ねると、おくめは唇を引き結び、知らねぇ、と首を横に振った。

――兄ぃはおれを大事にしてくれてたんだ。だから、いつか戻ってくるって信じて、ここにいるんだ。

――それに、ここを出たってどこへも行くところがねぇから。

以前に聞いたおくめの言が胸に甦った。しくりとした微《かす》かな痛みを伴って。

おまき自身、赤子の頃に紫雲寺の門前に捨てられた。要が捨てられたのも物心がつく前だ。だが、おくめは違う。

——人間なんてそんなもんさ。

人の世の理不尽をわかる歳になってから親に売られそうになり、ついには兄にも置き去りにされた。その歳で信じていたものに捨てられるというのは、いったいどんな気持ちなのだろう。おまきが痛む胸に手を当てたときだった。

おくめが切なげにおまきを見た。輪郭のくっきりした眸は澄んでいて、まるでおまきの心の奥まで見透かしてしまいそうだ。

「国を出るときからずっと——」

と、おくめは薄い胸に静かに手を当てる。同じ仕草に、鏡を覗き込んでいるような心持ちになった。

「ここが、痛かったんだ。ずっとずっと痛かった」

絞り出すような声に胸がずきりと痛む。最前よりももっと強く、もっと深い場所を鋭いもので刺し貫かれたように。

胸に手を当てたままおくめは続ける。

「兄ぃがいなくなってから、ここが余計に痛かった。けど、痛いのはしょうがねぇって思ってた」

しょうがねぇって――どういうこと。

声に出さぬ問いに答えるかのように、おくめはひとつ頷くと先を続けた。

「ばあちゃんが言ってたんだ。おまんまが食えねぇのも、売り飛ばされるのも、全部おれのせいだって。おれが、宿世《すくせ》で悪いことをしたからなんだと」

おれの運命は変えられないんだと――

おまきの心の臓が高く鳴った。刺し貫かれたところから血がどくどくと噴き出すような音がする。

違う。それは違う――

声を上げようとするおまきを制するように、おくめの声は続く。

「でも、平次さんに会ってから、ここが痛くなくなったんさ。ああ、ばあちゃんの言うことは間違ってる。平次さんに運命を変えてもらえる。そう思ったんだ。けど、平次さんは死んじまった。おれみてぇな運の悪い女と一緒にいたせいだ――」

そこでおくめは唇を噛んだ。

おれみてぇな運の悪い女と一緒にいたせいだ――

おくめの言がおまきの胸の柔らかな場所を容赦なく抉《えぐ》る。

あたしのせい。あたしのせいで、お父っつぁんは死んだのかもしれない。

丙午《ひのえうま》生まれの女を拾ったから。縁起の悪い子どもをわざわざ手元に引き取って育てたから。

おまえのせいだ。おまえのせいだ。

おくめの言葉はいつしかおまき自身を責める言葉となっていた。先の尖った錐《きり》となって柔らかな部分を抉る。そこから、とうに葬り去ったと思っていたものが姿を現し、暴れそうになる。

「変えられますよ」

凛とした声で我に返った。

横を見ると、太一の目はおくめに真っ直ぐに向けられていた。

おくめが大きな目を瞠る。その目には何かにすがりつくような色が浮かんでいた。

「変えられる？」

「へえ。変えられます。人に変えてもらうんじゃなくて、てめぇで変えるんです。てめぇのことは、てめぇでしか変えられません」

太一はきっぱりと言った。

がたくり橋を渡り終えたところでおまきは足を止めた。

空を覆っていた薄い雲は風で吹き飛ばされたように消え、西空は残照で赤々と染まっていた。この空なら島影が見えたかもしれない。でも、今日はあの場所に行かなくてもいい。

太一にこの言葉をもらったから。

「どうしました、お嬢さん？」

おまきの下駄の音が止まったことに気づいたのだろう。太一が振り返った。その目が強い光を宿しているのがわかる。

「ありがとう。太一」

おまきはその場で丁寧に頭を下げた。

「おれは何もしてませんよ」

「ううん」

してくれたよ。もう少しで嫌な自分に戻りそうだったのを止めてくれた。

「何だか妙だな。お嬢さんに礼を言われることなんざ、してませんけど」

太一は心底困《こう》じたように頭をかいた。

「とにかく。ありがとう」

「まあ、お嬢さんがそう言うんなら、そういうことにしておきます。けど、おさちさんってのは」

ずいぶんと具合が悪そうでしたね、と数歩戻っておまきの横に並んだ。

おくめに話を聞いた後、隣のおさちの部屋にも訪《おとな》いを入れたのである。

頷きを返しながら、おまきはおさちのくすんだ顔を手繰り寄せた。肌は血色が悪いのを通り越して鉛を思わせるような色になっていた。胸もやられているのか、喋るたびにぜいぜいと苦しそうに喘《あえ》いでいた。初めて見たときは、そこまで悪そうではなかったのに。もし太一の見立て通りに黴毒《ばいどく》だとしたら、完治するのは難しいのだろうか。

ために、あまり長居はできなかったのだが、平次のことに触れると、

――おくめちゃんが本当に可哀相《かわいそう》でね。

おさちは俯いて涙ぐんだ。

おくめと平次は夫婦になる約束を交わしていたそうである。あたしの分までおくめちゃんには幸せになって欲しかった、とおさちは袂で目元を押さえた。

あたしはね、女郎上がりなんですよ、とおさちは淡々と自らの来し方を話してくれた。

十五で売られたが、二十五歳で年季明けを迎える直前に体を壊してしまったそうだ。

仕方ないから年季明け前に実家に帰してやると、楼主《ろうしゅ》には恩着せがましく言われたが、

厄介払いであることは間違いない。病みついた年増女郎《としま》を置いておくほどのゆとりなぞ安女郎屋にはないのだ。実家は上総《かずさ》の貧しい百姓だが両親は既に他界し、兄夫婦とその子どもが住まう家にもちろん居場所はなく、そこまで帰れる体力もあるかどうか。幸い、手先が器用なので今はお針の仕事で食っているものの、近頃は具合が悪いのでそれもなかなか進まない。こんな歳だし病身とあっては嫁にもらってくれる男もいない。

そんなことを訥々《とつとつ》と話した後、

――まあ、男の嫌なところを散々見ちまいましたから。男なんざ、もう懲り懲りですけどね。

おさちは苦い笑いを洩《も》らした。

――平次さんのことはどう思いました？

おまきは率直な問いを投げかけてみた。表の顔は優しかったようだから、おさちと平次のつながりも考えたのである。もしかしたら、病の女に思わせぶりな言葉を掛けたかもしれない。

――ああいう優しい男に限って案外冷たいもんです。最初はおくめちゃんを足繁《あししげ》く訪ねてきましたけど、そのうち間遠になっちまってね。たぶん、他に女ができたんでしょうね。ただ、おくめちゃんの幸せに水を差すようなことはすまいと、余計なことは言いませんでした。まあ、一緒になっても苦労させられたかもしれませんね。

おさちはそんなふうに答えた後、

——けど、しょうがないんですよねぇ。あたしもおくめちゃんも運が悪いんです。生まれながらの悪運を背負って生きてるようなもんですから。

溜息《ためいき》を混ぜたような声色で言った。

「もしかしたら、おくめさんとおさちさんは、二人でそういう話をしているのかもしれないわね」

おさちの嘆き声を思い出しながらおまきが言うと、

「そういう話ってのは？」

太一が怪訝《けげん》そうな声で訊ねた。

「運命は変えられないんだって、おくめさんが言ってたでしょう」

あのときのおくめの眸は何かに憑《つ》かれているような色をしていた。青く澄み切って綺麗だったけれど、何だか魂を抜き取られたように虚《うつ》ろだった。あの眸におまきの心も惑わされそうになったのだ。あそこまで美しい女というのは、男だけでなく女の心をもかき乱すのかもしれない。

「ああ、そうでしたね。二人して互いの傷を舐《な》め合っているのかもしれません。同病相憐《あわ》れむってやつか」

何だかつらいな、と太一の声が沈んだ。

運が悪いと言えば、そうなのかもしれない。おくめもおさちも。ひょっとすると、丙午生まれのおまきや大洪水で両親を喪《うしな》った太一も。

だが、その太一はこう言った。真っ直ぐな目をして言い切った。

――てめぇのことは、てめぇでしか変えられません。

四歳で両親と死に別れた不遇を嘆くのではなく、己の生まれた場所を知っていることを、両親の思い出が胸にあることを幸福と思う。

そんなふうに太一は己を変えたのだ。

「ねえ、太一。せっかくここまで来たんだから、おっ母さんに美味しいものでも買って帰ろうか。どこか知らない？」

西空の火照《ほて》りは鎮まり、足元からは藍闇がうっすらと立ち始めている。店仕舞いをしたのか、残念ながら甘酒売りの姿は見当たらない。

「そいじゃ、田中屋《たなかや》にしましょうか。あそこのきんつばはべらぼうに美味《うま》いんで」

嬉しそうな声が響いた。

「田中屋？　ああ、黒江町《くろえちょう》の菓子屋だ。おけいちゃんっていう看板娘のいる。何だか、怪しいなぁ」

おまきが突っ込むと、

「いや、まあ。でこちんですけど、目がくりっとして。あれ、おれ、何を言ってんだろう」

宵闇の中でもそうとわかるほど太一は真っ赤になった。それを見て、おまきの唇から笑いが洩れる。一緒になろうと卯吉に言われた日のことまで思い出し、心がじわりと温《ぬく》もった。

幸せはちゃんとここにある、とおまきは胸にそっと手を当てた。

「べらぼうに美味しいきんつばね。よし」

閉まっちゃうからすぐに行こう、とおまきは地面を蹴って駆け出した。お嬢さん、待ってくださいよ、と太一の声が追いかけてくる。八幡宮《はちまんぐう》前の通りは夜の色に染まり始め、箱屋を従えた芸者が足を急がせていた。料理屋もぽつぽつと灯《あか》りを点し始めている。

自分のことは自分でしか変えられない。

明日、卯吉に文を書こう。

卯吉さん、息災ですか。

商いは上手くいってますか。

江《え》の島《しま》はどんなところですか。

海と空は綺麗ですか。

人は優しいですか。

あたしは――

そう、あたしは、今日も元気に深川《ふかがわ》の町を駆けています。

十二

梅雨が明けた、小座敷の腰高窓から吹き込む風は、真夏のお天道様に干されてからりとしている。

「よし。いい出来だ」

仁さんの朗らかな声が響き渡った。亀吉と要に算術本の話があってからひと月半ほどが経っている。初めて取り組んだものなので、ひと月半が早かったのか遅かったのかよくわからないけれど、とりあえず草稿は完成した。

「だろ？　要の解釈がいいんだよ。ほら」

と亀吉は図を指した。鶏兎算改め、つるかめ算を長方形で表したものだ。大小ふたつの長方形を重ね、はみ出したところが亀の足の余った分になる。

「なるほど、これなら子どももわかるな」

仁さんが腕を組み、ふむふむと頷いた。

「けどさ。ちゃんと噛みごたえのある問題も載せてるぜ。要ほどじゃなくても、算術の好きな、おつむりのいい子どもはいるからさ」

亀吉は横に座る要を見た。気配に気づいたのか、こちらを見てにこりと笑う。今日は二人揃って春木屋に来られたのだ。

「亀と鶴の挿絵が愛らしくていいな。誰が考えたんだ？」

「ひなだよ。亀吉が描くんだから、亀の絵にしようって。そのくせ、おれには亀を描かせてくれないんだぜ。ずりぃよ」

ひなの名を口にすると、胸に甘酸っぱいものが流れる。心地よいのに、それを消してしまいたいような、妙な心持ちをごまかしたくて亀吉はことさら唇を尖らせた。

そのひなはここにいない。もちろん誘ったのだが、団扇絵の仕事に追われているからとすげなく断られた。真夏を迎え、繁忙だということは亀吉にも想像がつくけれど、それだけじゃないような気がする。亀吉に自らの来し方を話してしまったから、気まずいのかもしれなかった。

「なるほど。〝亀〟の絵にしようってか」

仁さんが含み笑いをしながらすぐ傍《そば》の用箪笥《ようだんす》から紙を取り出す。

いい絵だろう、と目の前に広げて見せたのは、子どもが亀を川に放している彩色絵だ。放生会《ほうじょうえ》を題材に取ったものだろう。だが、亀吉が今まで見た数々の絵とはどこかが違う。屈んだ子どもと亀が異様に大きくくっきりと描かれているのに対し、川に浮かぶ船や対岸の樹木はわざと小さくぼかして描いている。

「蘭画の手法だ。遠近法というらしい」

仁さんが手妻の種明かしをするように言った。

遠近法——対岸の樹木を小さく淡く描いているから遠くにあるように見えるのか。

「客に蘭画を好む御仁がいてな。偶《たま》さかひながその絵を見たんだが、こんなのが描きたいって言って、見よう見まねで色々と描いていたみたいだ。で、いい絵ができたから見てくれって、近頃持ってきたのがこれだ」

上手い。でも、どうして今の時季にこんな絵を描くんだろう。

「放生会を描いたもんだろう。けど、時季が早いよな」

なあ、要、と水を向けると、

「はい。もともとは殺生《せっしょう》を戒めるものとして、生け捕った魚や鳥獣を池や野に放すところから生まれたようですね。仏教儀礼ですが、各地の八幡様で秋に行われています。俳諧でも秋の季題になっていますね」

すらすらと答えた。

「殺生を戒めると言っても、今は儀礼よりも商いの種になっちまってる。亀売りから買った亀を川に放して、それを亀売りがとっつかまえて、また客に売ってるんだからな」

仁さんが苦い笑いを洩らした。

「でも。放生会の絵なら、亀でなくても鶴だっていいじゃねぇか」

なあ、要、とまたぞろ話を振る。

「鶴と言えば、源頼朝《みなもとのよりとも》公は氏神である鶴岡《つるがおか》八幡宮の放生会に際し、由比《ゆい》ガ浜《はま》で千羽の鶴を放ったそうですよ。奥州《おうしゅう》合戦の死者を悼《いた》むためとも伝えられているようですが。まあ、異母弟である、義経《よしつね》まで死に追い込んでいますからね」

こちらはまた真面目に答える。

「ったく間抜けだな、おめぇらは」

仁さんが呆れたように肩をすくめた。要も珍しくぽかんとした顔をしているし、亀吉も仁さんの言いたいことがわからない。

「わからねぇか?」

仁さんが亀吉の顔を覗き込む。

「うん。わかんないよ。おれらのどこが間抜けなのさ」

教えてくれよ、と亀吉が問うと、

「あのな、女子ってのは理屈じゃねぇんだよ。ひなはな、鶴じゃなく〝亀〟が描きたかったんだよ。あいつは、おれの前じゃ、亀吉の絵をべた褒めだからな」

仁さんがいたずらっぽい目で亀吉を見る。頰がかっと熱を持ち、耳まで回る。

「なんだい。こっちもまんざらでもねぇってか」

仁さんの言で、背中までかっかしてきやがった。

「そんなんじゃねぇよ。あいつ、歳上だからって威張りやがって」

なあ、要、とみたび同意を求めたが、

「そうですか。ひなさんは、わたしには至極丁寧ですよ」

今度ばかりは涼しい顔であっさりと裏切られた。それを聞いた仁さんはいっそうにやにやしている。

「何だよ。そんなんじゃねぇからな」

何がそんなんじゃねぇのか、亀吉自身もよくわからないのだが、仁さんにからかわれているのだけはわかる。けれど、亀吉が口を尖らせれば尖らせるほど仁さんは嬉しそうで、

「まあ、仲良きことは麗しきかな」

と歌うように言い、日回り組でもう一、二冊作ってもらおうかな、などと嘯《うそぶ》いている。

「仲がいいわけじゃねぇからな」

打ち消せば打ち消すほどに頰は火照ってくる。

「亀はともかく、ひなさんはどうしてこの時季に放生会を題材にして絵を描いたのでしょうね」

思い出したように要が最初の疑問を口にした。束《つか》の間《ま》、沈黙が落ちる。腰高窓から土のにおいを含んだ夏の風が吹き込み、亀吉の火照った頰を少し冷ました。

「まあ、あいつも大事な人を亡くしてるからな」

仁さんがしみじみとした口調で返した。

大事な人とは小夜姉さんのことだ。小夜姉さんの死を悼むために放生会を題材にし

て描いたのか。腑に落ちるようで腑に落ちない。心のどこかに何かが引っ掛かってい
る。

「どうしました？　亀吉っちゃん」

亀吉の疑念に気づいたのか、要の案じる声がした。それで引っ掛かっているものがすとんと落ちる。そうだ。要がさっき披露したうんちくに手掛かりがあった。

頼朝が千羽の鶴を由比ガ浜に放したのは、

——奥州合戦の死者を悼むためとも伝えられているようですが。

だが、頼朝の本音は別のところにあったんじゃないのか。

——異母弟である、義経まで死に追い込んでいますからね。

そう、人を殺したやましさだ。中でも、異母弟である義経を自害に追い込んだ己の心の苦しさを拭い去るためじゃないのか。〝死者を悼む〟とは言《い》い条《じょう》、本当のところは自らが楽になるために千羽もの鶴を放したのかもしれない。

そこまで考えたとき、

——馬鹿だよね。

切なげなひなの言葉が甦った。

あれはやはり、ひな自身に向けられた言葉ではなかったか。

姉の仇討《あだう》ちとは言え、人を殺《あや》めてしまったことへのやましさから来る言葉。馬鹿だよね。あたしったら馬鹿だよね。人を殺めるなんて本当に馬鹿だよね。

そう言いながら、この放生会の絵を描いたのではないか。

いや、待て。馬鹿なのはおれだ。何を物騒なことを考えているんだ。ひなが平次を殺ったなんて、そんな証左はどこにもない。

胸底で頭をもたげた苦い推察に亀吉は無理やり蓋をする。

「女子ってのは理屈じゃねぇ、って仁さんが言ったじゃねぇか。あいつは、何も考えてねぇんだよ」

怒ったような物言いになってしまった。すると、要の見えぬ目がこちらを向いた。

亀吉の語気にいつもと違うものを感じたのだろう、日頃は寡黙なはずの眸は、明らかに訝しげな色をしている。

「そっか。亀吉がそう言うんならそうなんだろう」

仁さんは苦笑し、

「ああ、そうだ。これも見るかい。よく描けてるぜ」

もう一枚の絵を差し出した。

目に飛び込んできたものを見て、亀吉は大きく息を呑《の》んだ。

それは、衣装競べの絵だった。檜の橋の上で梅奴姐さんが舞っている図だ。仰向いた凜とした横顔もすらりと伸びた指先も深川一の芸者らしく見惚れるほどに美しい。艶墨、薄墨と墨の濃淡で奥行きを出しているのだが、光の描写にだけ烏賊《いか》墨が用いられていた。烏賊墨は乾くとごく薄い茶色になる。淡く透き通った色の向こう側では卯の花の花びらが散っている。風の動くさままで見えるようだった。

「どうだい？　ぐうの音も出ないか」

仁さんがからかうような口調で言った。

「あ、ああ。うめぇな」

亀吉はようやくそれだけを言った。最前蓋をしたばかりの苦い塊が、またぞろ頭をもたげ、喉の辺りまでせり上がってくる。

「これ――いつ描いたんだい」

祈るような思いで訊ねた。仁さんは怪訝な顔をしたが、

「持ってきたのは衣装競べの翌日だ。本番を観《み》ながら大体の線を描いて、その晩に仕上げたって言ってたな。あいつは筆が速いから――」

途中から仁さんの言葉が耳を滑っていく。喉元の苦いものが膨れていくのがわかった。

亀吉は空唾を飲み込み、絵の中の梅奴姐さんを凝視した。どれほど見ても、あの日、亀吉が見た梅奴姐さんとは違うのだ。

梅奴姐さんはこんなふうには踊らなかった。檜の橋に光はこんなふうには当たっていなかった。ただ、それは見る角度によって多少は変わるかもしれない。二階の座敷もあるし、三方に向いている庭だから、場所によっては正面から見るのとは違って映るかもしれない。

けれど、着物がここまで違うはずはない。

亀吉は目がいい。ことに美しいものは決して忘れない。今、ここで衣装競べのときの梅奴姐さんをもういっぺん描いてみろ、と言われれば誰よりも正しく描く自信がある。何べんだって同じものを描ける。

あの日、梅奴姐さんが着ていたのは、浜梨の花を配した紫の絽《ろ》だ。その上に淡い鴇《とき》色《いろ》の紗《しゃ》を羽織っていた。夕刻の浜に降りてきた天女かと見紛《みまが》うほどの、美しく儚《はかな》げな装いだった。

だが、絵の中の梅奴姐さんが着ているのはそうではなかった。

衣装競べの三日前に着ていた着物。本当は当日に着る予定だったけれど、誰かに切られてしまった着物。

流水紋《りゅうすいもん》に卯の花を散らした黒地の小紋だった。

この世には既にない小紋。それは悲しいほどに美しかった。

春木屋を出た途端、夏の陽が亀吉の目を刺した。昼の七ツ（午後四時）はとうに過ぎているはずなのに、黄色みを帯びた陽は中空でまだまだ勢いを放っている。

「亀吉っちゃん。何か、厄介事でもありましたか」

歩き出してしばらくすると要が訊ねた。びくりとしたが、

「何もねぇよ」

声に精一杯の平静をまとわせて亀吉は返した。

「嘘《うそ》です」

言下に打ち消された。思わず亀吉の歩が止まる。

あまりにきっぱりとした物言いに、すぐには何と言っていいのかわからず、亀吉は足元に視線を落とした。斜陽の照り映えた地面にはちっぽけな影がふたつ並んでいる。

その影を見つめながら亀吉は問うた。

「何で、そう思うんだい」

「何で、わからないと思うんですか」

ぴしりと問い返された。

はっとして顔を上げると、見えぬ目は真っ直ぐにこちらを向いていた。そうだよな。要の目は人の見えないものが見えるんだ。こちらが隠そうとすればするほど、透徹した眸はそれを掬《すく》い取ってしまう。

「今日の亀吉っちゃんは、話し方が違います。歩き方が違います。何より、握っている手が違います。こんなに」

汗ばんでいます、と要はにこりと笑った。その笑みに胸を衝かれる。でも、どこからどうやって話したらいいのか、わからない。ひなが平次殺しの科人かもしれないなんて、なんの根拠もないのに、どうやって話したらいいんだろう。

「ひなさんのことですね。でも、それだけじゃない。近頃の亀吉っちゃんは亀吉っちゃん自身のことも迷っているのではないですか」

唇に柔らかな笑みを象《かたど》ったまま、要は問いを投げた。

おれ自身のこと——絵師になること。お父っつぁんと喧嘩したこと。要と組んで読本を作りたいこと。色々なことがごたまぜになって、自分自身でも整理がついていない。

どうして、そんなことまでわかるんだろう。

「わたしも迷っていましたから」と要は小さく息を吐いた。「だから、番町でのことを亀吉っちゃんに詳しく話していません」

ああ、そうだった。番町に行くってだけで、他には何も言ってくれないから、何だか要が遠くに行っちまったような気がしていた。偉い検校だとか和学講談所とか、梅奴姐さんや美緒先生からは聞いていたけれど、要の口から直に聞くことはなかった。寂しかったけれど、賢い要は紫雲寺で学ぶのじゃ物足りないんだと思うようにして、それ以上先へと考えることをやめていた。

でも、本当はちゃんと考えなければいけなかったんだ。亀吉が考えるのをやめても季節は足を止めてくれない。白雲木《はくうんぼく》の花はとうに散り、真夏の熱い風が空を悠々と吹き渡っている。今日の空は明日には違う空になるんだ。そうして、日を重ねるうちに秋を迎え、三冬《みふゆ》を越せば十二歳の春が来る。

要の言葉に何と返していいのかわからず、亀吉は堀のほうへ目を向けた。立っているのは難波橋《なにわばし》の袂である。水面には夏の光が無数の模様を象っていて、小波が立つたびに小さくなったり大きくなったりと形を変えた。

「紫雲寺を出て、和学講談所で学ばないかと言われています」

紫雲寺を出て——その言に心の臓がぎゅっと摑まれた。

「いつ、出るんだい」

光の模様から目を外し、恐る恐る訊ねると、

「わたしは——」

要は途中で言葉を切り、ゆらゆらと揺らめく水面の光へと見えぬ目を向けた。さざめく水の動きに息を合わせるようにしていたが、やがてゆっくりと亀吉へと向き直った。

「紫雲寺を出たくないと思いました。なぜだかわかりますか」

わかるよ。わからないはずがない。だって、紫雲寺は、要の生まれた場所だから。捨吉という名を捨てて、新しく生まれ変わった場所だから。

あそこは、どこよりも光に満ちた場所だから。

「芳庵先生のおっしゃった、愛着の意味が実感としてようやくわかったような気がするのです。わたしは紫雲寺という場所を手放したくない。そう思ったのです」

手放したくない。

その言葉が亀吉の心の柔らかな場所に食い込んでいく。

要があの場所を手放さずに済む方法——それは芳庵先生の跡を継げばいいのではないか。芳庵先生だって要なら——

「要なら、芳庵先生の跡を継げるじゃないか」

心の中の言葉がそのまま転がり落ちた。要ははっとした面持ちになったが、すぐに小さく首を横に振った。

「だめです。わたしは芳庵先生の跡は継げません」

「どうしてだい。芳庵先生なら、きっと――」

「芳庵先生がおっしゃったのです」

おまえはここにいつまでもいてはいけないと。

胸が詰まった。初めて愛着を持った場所なのに、大切な場所なのに、そんなふうに言われるなんてどんなにかつらかっただろう。

「わたしも、おこがましいと思いつつ、お願いしてみたのです。必死に精進《しょうじん》いたしますから、紫雲寺に置いてくださいと。すると、芳庵先生はおっしゃいました」

この場所にいたいというおまえの思いはわかる。だが、人にはそれぞれ分《ぶん》というものがある。

分とは?

そうさな。身の丈といってもよいかもしれぬ。たいていの人間は身の丈にあった着物を着ているだろう。何をどう間違ったのか、窮屈な着物を着ている者もいれば、ぶかぶかの着物を着ている者もおる。ま、いずれにしても、合わぬものを身にまとっておるのは苦しいものだ。

「芳庵先生は着物に喩《たと》えられましたが、容《い》れものと言ってもいいかもしれません。わたしは紫雲寺という容れものには小さすぎる。最初はそう言われたのだと――」

「でも、芳庵先生が言ったのは反対の意味だったんだろう。紫雲寺は」

要には小さすぎるんだ、と亀吉は要の目を見つめた。芳庵先生ほどの大人物が要のすごさをわからぬはずがない。

紫雲寺よりもっと大きな場所へ。もっともっと輝きを増せる場所へ。

そう考えて、芳庵先生は和学講談所へ連れて行ったんだ。

「わたしは、芳庵先生が思うほど大きくはありません。それに――」

「それに？」

「容れものとは、見た目だけではないように思ったのです。大きいか小さいかではなく、そこにいることが心地よいかどうかのほうが大事ではないかと」

そうだ。心地よいかどうか。それはとても大事なことだ。

要はしばらく思案するように目を細めていたが、思い切ったように顔を上げた。

「実は、紫雲寺にいたい理由はもうひとつあるんです」

もうひとつ？

「はい。わたしは、亀吉っちゃんとずっとつながっていたいのです。憶えていますか。初めて会った日のことを」

もちろん、憶えているよ。

返答を言葉にすることはできなかった。亀吉っちゃんとずっとつながっていたい。その言葉の重みで胸がつぶれそうになってしまったからだ。

だから、亀吉は黙って手を握り直した。頷きが見えなくても、きっとわかってくれると信じながら。

要はひとつ頷いた後、言葉を続けた。

「前にも話しましたが、旅芸人の一座にいた頃、面倒を見てくれる兄さんみたいな人がいました」

もしかしたら、わたしはその人に愛着めいたものを覚えていたのかもしれません、と要は遠くに目を向けた。

でも、いつの間にかその人はいなくなってしまった。捨てられたのか、売られたのか、わからない。けれど、要の前から消えてしまった。

「そのときから、わたしは誰かとつながることをあきらめたのでしょう。つながれば、いつか切れてしまう。そのときの痛みが恐ろしかったから、もう人とつながることはやめにしようと、幼心に思ったのかもしれません。でも、亀吉っちゃんの手は温かくて力強かった。もう一度、この手を信じてみようと思えるほどに」

——これが石榴《ざくろ》だよ。これが、萩《はぎ》の花。秋になったら白い花が咲くよ。これは梅。この石の陰にはよく青蛙《あおがえる》がやってくるんだ。それから、それから——

よかった。そう思ってくれてよかった。広大無辺な乾いた砂地から要を引っ張り出したいなんて、不遜なことだと思っていた。でも、ちゃんと引っ張り出せたんだ。ちっぽけな手を力強いと思ってくれていたんだ。だったら——

「読本を一緒に作らないか。要が話を考えて、おれが絵を描く。そうすれば——」

「それは、心地よい容れものですね」

そこで亀吉の言葉は遮《さえぎ》られた。要は微笑んでいる。でも、賛成はしない。いいですね、そうしましょう、とは言わない。駄目なのか。

要は小さく息を吐くと、先を続けた。

「心地よいほうがいい。そんな生意気なことを言ったわたしに芳庵先生はこんなふうにおっしゃいました」

——のう、要。心地よい、というのは大事なことだ。だが、すべてのものさしを

〝心地よい〟にしてしまったら、人の世は回らなくなってしまう。ときにはしんどいことも経験せねばならぬ。言い方を変えれば、世の中には〝こうしたい〟より〝こうすべき〟が重んじられることもある。

その言葉に、亀吉は頭をがつんと殴られたような気がした。

〝こうしたい〟より〝こうすべき〟。

それは、芳庵先生が要に言ったことでもあり、要が亀吉に言いたいことでもあるのだ。

どうしたいか、だけじゃなく、どうすべきなのか。

以前に亀吉自身が言ったじゃないか。卯の花長屋の差配さんが「恩送り」という言葉を口にしたときのことだ。

――どうして恩をくれた人に返さないで、他の人に送るんだい。

そんな亀吉の問いに、

――そうすれば、みんなが幸せになれるからさ。恩がぐるぐる廻《まわ》るんだ。

差配さんはそんなふうに答え、そして、お父っつぁんに向かって亀吉は言ったのだ。

――おれがお父っつぁんの代わりに恩を送ればいいんだね。

要は透き通った目で真っ直ぐにこちらを見上げている。その肩越しに最前とは違う貌《かお》をした水面が揺れている。あちこちに散らばった光の色はいつの間にか濃くなっていた。

「たぶん、わたしは来年、紫雲寺を出ると思います。でも、この手の温かさと力強さはどこにいても忘れません。だから、手を離しても大丈夫です」

——ねえ、亀吉。あんたは絵師になりたいの？　それとも要と一緒にいたいの？

おまき親分に見抜かれていたこと。

自分でも薄々気づいていたこと。

要と一緒にいたい。その裏にある思い上がった心。要を幸せにしてやりたい。そんな独りよがりな思いを、敏《さと》い要がわからないはずがないじゃないか。

おれがそんなことを考えなくても、要は自分で幸せになれるんだ。

誰よりも光り輝く瑠璃《るり》なんだから。

紫雲寺で受け取った光をもっともっと大きくして、たくさんの人に渡してやることができるんだから。

「ごめんな。要」

要の気持ちも考えずに軽々しいことを、いや、勝手なことを言って。

「どうして謝るんですか」

そんなしょんぼりした声、亀吉っちゃんらしくないですよ、と要はくすりと笑った。

「でも、ちょっとだけ、芳庵先生に反論したいんです。〝こうしたい〟と〝こうすべき〟を両立させることだってできると思うんです。たとえば、亀吉っちゃん」

「おれ？」

「はい。亀吉っちゃんなら、材木問屋の主人をやりながら、絵師になれます。いずれも立派にできます」

だって、亀吉っちゃんですから。

くしゃりと笑った。それは、泣きたいほど屈託のない笑顔で、つい涙がこぼれそうになってしまった。でも、要が笑っているのに泣くわけにはいかない。

「あったぼうよ」

精一杯、顎を反らし、亀吉は自らの胸を拳で叩いた。その拍子に、涙が頬を伝う。この涙も要はきっと見えているんだろうな、と思いながら拳で涙を拭う。

泣いている場合ではなかった。もうひとつの厄介事を話さなくては。

「で、ひなのことだけど」

「わかっています。森田屋の件にひなさんが絡んでいると考えているのですね」

驚いた。まさかそこまでわかっているなんて。

「仁さんのところで、放生会の話をしたでしょう。あのとき、亀吉っちゃんの様子がおかしかったですから」

それに、と要はそこでいったん切った。何かを考えるように目を細めていたが、

「ひなさんが描いたという、梅奴さんの絵。あれを見たときの様子も変でした」

どんなふうに？

「いつもなら、わたしに教えてくれるでしょう。こんな絵で、こんなふうに描いてあるよと。ところが、何も言わなかった。それは言わなかったのではなく、言えなかったのでしょう？」

ぞくぞくした。毎度のことながら、要のおつむりのよさには驚かされる。

芳庵先生、申し訳ないけど、やっぱり紫雲寺は要には小せぇや。

「うん。その通りだ。言えなかったんだ。だって、あの絵の梅奴姐さんはこの世には既にない着物を着てたからさ」

切られたっていう黒の小紋だ、と亀吉は告げた。

「なるほど。つまり、ひなさんは衣装競べを観ていないのに、観たと仁さんに言ったということですね」

要の口調は淡々としていたが、びいどろみたいな目は悲しげに揺れていた。

紫雲寺に要を送り、亀吉が門前東町に戻ったときには既に陽が沈んでいた。裏木戸へ回ると、藍玉を溶かし込んだような夕闇に大きな影が立っているのが見えた。あ、と思う間もなく、

「陽が沈む前に帰って来いって言ってるだろうがっ！」

宵闇を震わすほどの大声が投げつけられた。その途端、胸底から熱いものがこみ上げてくる。

やっぱり、お父っつぁんは、こうでなくっちゃ。

冷たい戦なんて今日で終わらせてやる。

亀吉は仁王像のような影に向かって駆け寄ると、両足を踏ん張った。

「六ツの鐘が鳴る前だろ！　鐘の音なんか、おれは聞いてないやい！」

負けじと声を張り上げる。

「何をぉ――」

「お父っつぁん！」

叱り声を遮って、亀吉は父親の足元に座った。地べたである。でも、構わない。今、ここで言わなければ、後ではきっと上手く言えない。怒鳴られ、怒鳴り返した勢いを

借りなければ、いや、要にもらった言葉の熱を借りなければ。

——だって、亀吉っちゃんですから。

心のこもった大切な言葉が熱々のうちに言わなければいけない。

これは、亀吉だけの思いではなく、要の切なる思いでもあるのだから。

「お願いがあります」

夕闇の中でもお父っつぁんの顔が引き締まるのがわかった。唇が一文字に引き結ばれ、頷きが返ってきた。

「おれを、山野屋の跡継ぎとして鍛えてくださいっ！」

精一杯の声を張り上げた。お父っつぁんが大きな目を丸くした。唇がほどけ、半開きになっている。

「祖父ちゃんみたいに、お父っつぁんみたいに、深川の人のために働ける、立派な材木問屋になりたい。だから、お願いします。おれをびしびし鍛えてください」

そうしないと要に負けちまう。紫雲寺を出て立派な学者になるだろう、要に。

「それで——いいのか」

ほどけた唇から言葉がこぼれ落ちた。

「はい。そうなりたいんです」

亀吉は父を真っ直ぐに見上げた。目が合う。ああ、お父っつぁんの目だ。すべてを包み込むような温かく優しい目だ。何があったって、亀吉を守ってくれる。真剣に話せばわかってくれる。だって、おれのお父っつぁんなんだから。

「絵はどうするんだ」

亀吉を見下ろしたままお父っつぁんは問うた。

〝こうしたい〟と〝こうすべき〟を両立させる──要はそんなふうに言った。でも、そうじゃない。

材木問屋と絵師。おれはどちらにもなりたいんだ。どちらもしたいことなんだ。

いや、そうじゃない。

お父っつぁんみたいに、芳庵先生みたいに、仁さんみたいに、梅奴姐さんみたいに。

誰かに光を渡せる人間になりたいんだ。小さくてもいい。暗闇を照らす光を渡せるような人間になってみせる。

「絵はやめない。一生描き続ける。商いも一生やり続ける。どっちもやる。だって、おれは」

お父っつぁんの子だから。

お願いします、と頭を下げたとき、地面に黒々とした大きな影が映った。

そろそろと顔を上げると、眼前にあったのは大きな目だった。その中に映っているのは亀吉だ。小さな亀吉が映っている。あまりにもちっぽけで、心細くて心の臓までもきゅっと縮んでしまいそうだ。すると、大きな目が柔らかくたわんだ。

「よし、手加減しねぇからな」

途端にちっぽけな亀吉は消えた。いや、消えたんじゃない。お父っつぁんの懐《ふところ》に包まれたんだ。

よし、ってことは――

「いいのかい。お父っつぁん」

「いいも何も、おめぇが決めたことだ。男に二言はねぇからな。商いも絵もいい加減にやろうもんなら、そんときは容赦なく勘当するからな」

覚悟しとけよ、とお父っつぁんは亀吉の手を摑んで、自らも立ち上がった。その手の大きさに、縮みそうだった心の臓がふわりと元に戻る。日向にごろんと寝転んだみたいに総身がほかほかと温かくなる。

でも、お父っつぁんは家の中に入ろうとしなかった。首をもたげ、空を見ている。刻々と夜に近づく空を見上げたまま、

「おれはな。火消しになりたかったんだよ」

呟くように言った。亀吉ではなく、空に話しかけているみたいに。

「火消しに？」

「ああ、そうさ。だが、親父に止められた。おめぇは山野屋の跡取り息子だってな」

亀吉の祖父ちゃんは一代で山野屋を大きくした。宝暦《ほうれき》の頃、江戸に大きな火事があったそうだ。神田の足袋屋さんから出た火が春のならい風でどんどん広がって、深川まで飛び火したという。その大火をきっかけにして店が大きくなったと言っていた。ただ、人の不幸を喜んだわけではない。焼けた町を元に戻すために。儲《もう》けは二の次にして材木を安く出したそうだ。それが今の山野屋につながっているらしい。

「お父っつぁんは、どうして火消しになりたかったんだい」

「火をものともしない屈強な男らに憧れてたんだろうな」

おれも若かったからな、と空から視線を転じ、からりと笑う。

どうして火消しをあきらめたんだい。

続く問いを口に出そうかどうか、躊躇《ためら》っていると、

「江戸は火事が多いだろう」

お父っつぁんが言葉を継ぎ、亀吉は問いの代わりに、うん、と頷いた。

ことに、冬から春にかけて火事は頻発する。乾いた風を味方につけ、炎は瞬く間に

緋色の怪物になる。町中を熱い舌で舐めつくし、家や財産ばかりか、大事な命までも呑み込んでしまう。だから、火を出した者には厳しい罰が下されるのだ。

「おれは、火事を何とかしたかった」お父っつぁんはまた空を見上げた。「けどな、祖父ちゃんにこう言われたんだ」

——どうしても、火消しになりたいなら止めん。山野屋は一代で終わっても構わん。だが、火事に立ち向かえるのは、火消しだけではあるまい。

淡々とした物言いだったそうだ。それなのに、思い切り頬を殴られたような心持ちになったんだ、とお父っつぁんは言った。薄っぺらでちっぽけな義俠心《ぎきょうしん》を胸の奥から引きずり出され、ほら、見てみろ、と父親に言われたような気がしたと。

「火消しは立派な仕事だ。命を懸けて炎と戦う。火消しが纏《まとい》を持つのは知ってるだろう」

こちらを向いたお父っつぁんの目は、空の色を写し取ったみたいに深い藍色をしていた。その目を見ながら亀吉はこくりと頷いた。

「纏は火消しが組の印として持つもんだが、それだけじゃない。消火の目印にするもんだ。ここまでだ、ここまで壊せば大丈夫だって屋根の上から振るんだ」

亀吉は相模屋《さがみや》の寮が燃えたときのことを手繰り寄せた。

炎は恐ろしかった。燃え盛っている場所は遠かったけれど、それでも、炎の色と熱を孕《はら》んだ風、火消したちが屋敷を破壊する音などがいっしょくたになって亀吉のいるところまで襲ってきた。要はもっと恐ろしかったと思う。炎の姿が見えないのに、凶暴な音ばかりが耳に流れこんできたのだから。

ことに火消したちの怒号は凄《すさ》まじかった。

——壊せ！　壊せ！　ここまで壊しちまえば大丈夫だ！

屋根に上っていた纏持ちの声が甦り、はっとした。

「火消しは家を壊す——」

そうだ、とお父っつぁんが深々と頷いた。

「火消したちは壊して火を消す。人のために壊すんだ。けど、壊したもんはまた作らなきゃならねぇ。おれが持つべきなのは」

纏じゃねぇって気づいたんだよ、とお父っつぁんはまた空を見上げた。六尺近くもあるから、お父っつぁんの顔はさらに遠くなった。でも、たくましい腕はその温みを感じ取れるくらいにすぐ近くにある。

「おれは不器用だから、山源の印半纏《しるしばんてん》しか羽織れなかった。けど、亀吉。おめぇはおれとは違う。人のために印半纏を羽織って、人のために絵筆も握りな」

「人のために絵筆を？」

「そうだ。いつだったか、要のために絵を描きたいから顔料を買ってくれって言っただろう。こういっちゃ何だが、目の見えねぇ要にどんな絵を描くんだって思ったんだ。だが、丁寧に筆を重ねて描いた絵を見て、おれはてめぇの了見の狭さに気づいたんだよ。ああ、これは確かに要のための絵だってな」

お父っつぁんは面映《おもはゆ》げに言った後、

「お、一番星だ」

と子どもみたいな声を上げた。

その眼差しの先には宵の明星が輝いている。今日はよく晴れていたからか、青藍の空でひときわ輝きを放つ星はいつもよりずっと大きく見える。

人のために印半纏を羽織る。

人のために絵筆を握る。

亀吉が大きく息を吸い込んだとき、

「あら、ずいぶん遅いと思ったら、二人で何やってるんだか」

背後から声がした。振り向けばおっ母さんがにこにこしながら立っている。

ずいぶん遅いと思ったら——

ああ、そうか。今日、ここにお父っつぁんが立っていたのは偶々じゃなかったんだ。亀吉が今日、自らの思いをぶつけようとしたことをお父っつぁんは知っていたのかもしれない。だから、ここで亀吉を待っていてくれたのだ。きっとそうだ。だって、おれのお父っつぁんだから。

「よし、飯にするか」

お父っつぁんは亀吉の頭を乱暴に撫《な》でた。その手は大きくてずしりと重い。壊れたものを何べんも生まれ変わらせた手だ。いつか自分もこんな手になりたい。いや、必ずなってみせる。

でも、その前にやらなきゃいけないことがある。

ひなのことだ。

ひなの描いた梅奴姐さんはなぜ黒の小紋を着ているのか。

——なるほど。つまり、ひなさんは衣装競べを観ていないのに、観たと仁さんに言ったということですね。

要が言った通り、ひなは衣装競べを観ていないのだろう。衣装の切られたことも知らずに、黒の小紋を着たはずだと思い込んで、梅奴姐さんの姿を想像で描いたのではないか。

さらに、ひなが科人だと推察するもうひとつの事柄。

石黄が顔料にも使われることに亀吉が触れると、そのようですね、と要は頷いた。

どうやら既に調べていたようだ。

そして、要を前にしてもうひとつ大事なことを思い出した。ぐるぐる渦巻く頭の中で引っ掛かっていたもの。

ひなとひなの姉と平次を結ぶ線だ。

――その前は本所の上総屋という料理屋にいたそうだ。

確か、飯倉様はそう言っていた。

そして、ひなは、

――いや、昔、本所に住んでたことがあったから。

栄太のじいちゃんの住まいを聞いて驚いた面持ちをしていた。

亀吉の頭の中はまだぐるぐる渦を巻いている。平次殺しにひなが関わっているなんて、信じたくはない。でも、もしかしたら、と思う気持ちをどうしても否定できない。

渦巻く頭の中を要にそっくりそのまま告げると、

――おまき姉さんに相談してみましょう。

そんなふうに言った。

そうだよな。何を一人でぐるぐるうじうじと悩んでいたんだろう。

要とおれはおまき親分の手下だったんだ。そして、おまき親分の上には飯倉様もいる。

自らに言い聞かせると、亀吉は「山源」の文字を染め抜いた印半纏の背を追った。

十三

おまきと太一が二度目におくめを訪ねてから、ひと月近くが経った。だが、平次殺しの件は膠着《こうちゃく》したままだ。本所界隈《かいわい》を当たっている飯倉からも、これと言ってめぼしい話はない。平次とつながりのあったらしい女たちに何人か当たってみたが、どれも決め手に欠けるという。女たちは皆、衣装競べ当日は本所にいたことがわかっている。

今日辺り、八丁堀を訪ねてみようか、とおまきが思っていると、亀吉と要が梅屋に顔を出した。

「おまき親分、相談してぇことがあるんだ」

開口一番、こちらを見上げた亀吉は、頬の辺りが引き締まり、ずいぶんと大人びて見えた。

「相談って何の件？」

客が数名いる店先でおまきが声をひそめると、

「森田屋の件さ」

亀吉も低い声で返した。だったら、ここじゃ駄目だね、とおまきは母と太一に店を任せ、二人を二階へ連れていった。

「この絵を見て欲しいんだ」

亀吉は引き締まった面持ちのまま、手習帳に挟んでいた紙をおまきの前に広げて見せた。

上手な絵だ。でも、亀吉の筆致ではない。

「衣装競べの絵ね」

おまきは絵を手に取り、細かい部分へと目を這《は》わせる。庭の東側から見た図だとすぐにわかるのは、桜の木が大きく描かれているからだ。檜の花道の中ほどで踊っているのは梅奴だろう。だが、何かがしっくり来ない——

「あ、この衣装——」

「そうさ。衣装競べの三日前におれらが呼ばれたときに着ていた小紋だよ。これって直前に切られたんだよな」

亀吉が真っ直ぐな目をおまきに向けた。

「そうよ。背中から裾にかけてざっくりとね」

流水紋と卯の花の意匠は傷つけられてしまった。もう、あの美しい小紋は誰かに着られることはない。端切れとなって袋物になるのが関の山だ。丹精こめた染師や仕立屋の心を踏みにじるような行為だ。同時に、小紋の命を絶った凶刃はそのまま梅奴へ向けられたかもしれないと思えばぞっとする。

――やった者の心に残ったのは後ろめたさだけだろう。それだけで、充分に仕置きを受けてるんじゃないのかえ。

梅奴はそう言ったが、できれば正直に名乗り出て欲しい。ただ、名乗り出るような人間だったら、そもそもあんなことをしないのかもしれないけれど。

「で、この絵なんだけどさ」

亀吉の声で我に返った。先ずはこの絵だ。

「ひなって子が描いたんだ」

仁さんから借りてきたそうだ。

「ああ、算術本を一緒に作った子だね」

会ったことはないけど、とおまきが言うと、

「衣装競べの三日前に三人で森田屋へ行っただろう。芸者さんたちが本番で着る衣装を試してたじゃないか。あの中にひなはいたんだぜ」

亀吉がどこか収まりのつかぬ表情で言う。

「そうなの？」

「うん。芸者さんたちが派手な恰好をしてたから目立たなかったかもしれないけどさ」

「よく憶えてるわね」

「うん。まあ。おまき親分に少し似てたんだ。大きな目が、こう、吊《つ》り上がってるところとかさ」

亀吉はまなじりを両手で吊り上げた。

「そんなに吊り上がってる？」

「うん。必死になると、そりゃぁ、もう」

亀吉の大袈裟《おおげさ》な声に要がくすりと笑う。それで、亀吉の頬の辺りも少し和らいだ。

だが、いつもと違い、すぐに面持ちを引き締める。

「そのひなの件で相談したいんだ」

と亀吉は続けた。店先では〈森田屋の件〉と言った。だが、今は〈ひなの件〉と言う。要するに、両者はつながっているということか。

おまきは居住まいを正し、訊ねる。

「ひなちゃんは芸者でもないのに、どうしてその場にいたの？」

「梅奴姐さんと一緒に住んでるんだよ。だから、ついて来たんじゃねぇかな。仁さんの話では端《はな》から衣装競べを観にくることになってたみたいだし」

亀吉はそう言った。なるほど、梅奴と一緒に住んでいるのか。だが、平次殺しとひながどうつながるのか。おまきにはまだよくわからない。

「少し整理して話してくれる」

すると、わたしがまとめてもいいですか、と要が亀吉に確かめた。こういう入り組んだ話は亀吉よりも要のほうがいい。

「いいぜ」

亀吉は今にも泣き出しそうな面持ちで頷いた。その表情に胸を衝かれる。と同時に、これは相当に重い相談になるかもしれない、とおまきは覚悟を決めた。

要のまとめてくれた話はこうだ。

両親を幼い頃に亡くしたひなは姉の小夜と本所に住んでいた。姉は本所の料理屋で働いていたが、ひなが十二歳の頃に身ごもり、無理がたたってやや子と一緒に命を落としたという。姉の初七日を終え、堀に入水しようとしたひなを助けてくれたのが梅奴で、以来、二人は一緒に住んでいる。ひなは絵師になるべく春木屋仁右衛門《じんえもん》の下で学んでいるところだ。

一方、殺された平次は一年ほど前まで本所の上総屋という料理屋で働いていた。小夜が身ごもった頃とも一致する。もしかしたら、身ごもった小夜が面倒になり、仕事場を変えたのかもしれない。

平次が殺されたのは衣装競べの終わる頃、たぶん昼の八ツ半（午後三時）から七ツ（午後四時）の間くらいだろう。その頃、ひながどこにいたのかは確かめられていないが、この絵を見ると、梅奴の天女の舞を観ていないのはわかる。衣装が切られたことも知らなかったのだろう。梅奴は現場でもさして騒がなかったし、その後切った者を捜そうともしなかった。嫌なことは早く忘れたかっただろうしさっぱりした気性だから、帰宅してからも、ひなと衣装の件を話題にしなかったのかもしれない。

そして、ひなが科人かもしれないと推察する一番の理由は、平次の握っていた饅頭の中の石黄だ。石黄は薬にも使われるが顔料でもある。高直な顔料であっても、仁右衛門がついているのだ。ひなでも手に入れることはできるだろう。

「いや、顔料については少し違うかもしれねぇ」

そこで亀吉が要の説明を切った。しばらく何かを逡巡《しゅんじゅん》するように唇を噛んでいたが、

「ひなは、黄色の顔料を買うためにおあしを貯めてたんだ」

亀吉が絞り出すような声で言った。

「どうして、黄色の顔料が欲しかったの？」

胸が塞がるような心持ちでおまきは亀吉に問う。

「以前から日回り草を描きたかったらしい」

〈ひな〉という名は「日向」の〈ひな〉から取ったそうだ。ひなが生まれたときに姉の小夜がつけてくれたのだという。

――お日様に向かって咲く花みたいに、強く綺麗になってほしい。

そんな願いをこめて、姉は妹の名付け親になり、もちろん妹はそんな姉を心から慕った。死んだ両親の代わりに慈しんでくれた姉を大事に思っていた。

だから、姉がお嫁に行くときには日回りの花を、お天道様に向かって咲く元気な花を描いて、ひなはお祝いに贈ろうと決めていたのだ。

「でも、お姉さんは不幸にも死んでしまった。いや、相手の男に殺されたとひなちゃんは思っているかもしれないわね」

これだけでひなが科人だと断じるには無理があるが、さりとてこのまま放置してお

くわけにもいかない。

ただ問題は、亀吉と要にとってひなが大事な仲間だということだ。だから、彼らはこれほどまでに逡巡し、苦悩している。それは最前の亀吉の泣き出しそうな面持ちを見ればわかる。

大事な仲間が、人を殺めたかもしれない。

そのことに彼らはおののき、迷い、こうしておまきを訪ねてきたのだ。

どうすればいい。

あたしだったら――

胸の奥を探ったとき、ふと温かな手の感触が指先に触れた。

無実の罪を着せられ、おはるが捕らえられたとき、卯吉がおまきを訪ねてきた。そのとき、自分は何と言い、何をしただろうか。

――小母ちゃんは無実だよ。あんなに優しい人が人を殺めるはずがないもの。

そう言いながら、母が隣にいるのも忘れ、卯吉の手を握った。

でも、あのときとは違う。もしかしたら、ひなは本当に平次を手にかけているかもしれない。たとえ正義を貫くための殺しだとしても、御定法《ごじょうほう》の前では科人として裁かれる。

今のあたしたちにできることは――

「ひなちゃんに、じかに訊ねてごらん」

おまきは亀吉を真っ直ぐに見つめた。

「じかに――」

「そう。ひなちゃん自身の口から真相を聞くのよ」

「でも、本当のことを言うかな」

亀吉が俯いた。膝上の手は固く握り締められている。

「もしかしたら、話してくれるのは本当のことじゃないかもしれない。でも、ひなちゃんに訊けるのは、亀吉しかいないよ。だって、亀吉にお姉さんのことを話してくれたんでしょう」

亀吉がはっと顔を上げた。どんぐり眼《まなこ》は少し潤んでいる。

「そうだよ。そんな大事なことを話してくれたんだもの。ひなちゃんを信じなさい」

「でも――」

「でも？」

「もし、ひなが科人だったら、どうする？」

またぞろ泣き出しそうな顔になった。

「そのときは、飯倉様がいるじゃない」

おまきはにっこりと笑ってみせた。

そう、あたしたちには飯倉がいる。

一見冷たそうで不器用で、でも誠実で真っ直ぐな大人がついている。

真っ直ぐな大人——ふとおくめの美しい顔が思い浮かんだ。

十六歳。大人でもなく子どもでもない。女の鎧をまとった少女。おまきより歳下のあの人の近くに、信の置ける大人はいるのだろうか。隣人のおさちという女をずいぶん慕っていたようだけれど。

恐らく、おくめは科人ではないだろう。平次について話す美しい眸に嘘はなかった。おさちも同様だ。黴毒を患っているからと念のために話を聞いてみたが、あの暮らしで石黄を手に入れられるとは考えられないし、平次に岡惚《おかぼ》れしていたとも思えない。

——男なんざ、もう懲り懲りですけどね。

——ああいう優しい男に限って案外冷たいもんです。

女郎上がりの女の言にはやけに実感がこもっていた。

病に冒されたおさちの先行きは明るくないかもしれない。

でもせめて、おくめのほうは——十六歳の娘がこれから歩む道には陽が当たって欲しい。

太一が言っていたように、自分のことを自分で変えて欲しい。

「おまき親分——」

不安そうな亀吉の声に腕を摑まれ、我に返った。

「大丈夫。あたしと要もついていく。どうやって聞き出すか、今から考えよう」

思わず握った亀吉の手は、冷たく汗ばんでいた。

＊

おくめは溜息をつくと、土瓶の中に入っているものを大ぶりの湯呑みに移した。少し冷ましたので幾分ましになったものの、何とも言えぬにおいが鼻をついた。ドクダミのにおいだ。でも、おさちのためだから仕方ない。

湯呑みを手に持つとおくめは油障子を開けて表に出た。

空はまだ昼間の青みを残しているが、遠くの家々からは淡い灯の色がこぼれている。その色を見ているうち、数日前に再び訪ねてきた十手持ちを気取る娘と、その娘に手下のごとく付き従っていた若い男を思い出した。

ことにあの娘——なんだってあんな目をしているんだろう。まるで夏のお天道様みたいに眸が輝いていて、眩しくて仕方なかった。

娘の目を頭の外へ追いやると、おくめは夕間暮れの空を見上げた。今日は朝から晴れていたから星がよく見えるだろう。でも、自分とおさちは星の隙間の闇にうずくまっているのだ。どうやったって逃れることのできない深い深い闇に。

どうやったって、と口中で呟いたとき。

——人に変えてもらうんじゃなくて、てめぇで変えるんです。

手下の男の声が耳奥で鳴り響いた。

あの男の言ったことは嘘だ、とおくめは思う。だって、平次は死んでしまったもの。虫けらみたいに呆気《あっけ》なく殺されてしまったんだもの。

平次には申し訳ないと思うけれど、それはきっとおくめのせいだ。ばあちゃんが言ったように、おくめが前世で悪いことをしたせいだ。だからおくめの人生は決してよくなることがない。世の中にはそういう人間、おくめのようにどうしたって上手くいかない人間が少なからずいるのだろう。ほら、ここにも——

「さっちゃん、薬ができたよ」

ほとほとと障子を叩く。

「ありがと」

か細い声がした。それでも、返事があったことにおくめはほっとする。とりあえずおさちが今日も生きていることに心から安堵《あんど》する。

そっと障子を開けると、ドクダミよりももっと嫌なにおいが押し寄せてきた。暑いのに閉め切っていたからだろう、瘡《かさ》が湿って膿《うみ》を発しているのだ。おさちの体中に浮いた瘡を思い浮かべると、死、という言葉が脳裏をよぎった。無学なおくめでも何となくわかる。恐らく、おさちはそう長くは生きられまい。気のせいか、初めて十手持ちの小娘が現れた日から、俄《にわ》かに具合が悪くなったような気がする。小娘の眸にひそむ、強い夏の光にやられちまったみたいに。

「具合はどう?」

障子を開けたまま、おくめが仄暗《ほのぐら》い土間に足を踏み入れると、おさちは布団から身を起こそうとした。

「ああ、いいよ。起きなくて。これ、薬だから。寝る前に飲むといいよ」

おくめは下駄を脱いで部屋に上がると、枕頭にそっと湯呑みを置いた。その拍子におさちが激しく咳《せ》き込む。

「大丈夫かい」

背中に触れた途端、おくめは激しく胸を衝かれた。こんなに痩せていたなんて気づかなかった。まるで骨にじかに触れているみたいな。

おくめがしばらく背中をさすってやると、少し落ち着いたのか、

「あれから、岡っ引きの娘は来た？」

おさちは少し身を動かして訊いた。

「いや、来ないよ」

平次が死んだのが四月十七日。その後、娘が平次の話を聞きに来たのは二度だ。一度目は平次が死んでから十日ほど経った頃、二度目は五月の半ばくらいだったろうか。二度目に来たときは、寝付いていたおさちのところにも顔を出したそうだ。

それにしても、こんな病人にまで無理やり話を聞くなんてひどい娘だ。

「もしかして、あの小娘、またぞろやってきたのかい」

おくめが問うと、おさちは首を横に振った。

「けどね――」

おさちはそこで言葉をいったん切った。何かを迷うように眸を宙に泳がせている。

「けど、どうしたのさ」

待ちきれずにおくめが先を促すと、

「言わないでおこうと思ったんだけど、あの娘、先に来たときに、おくめちゃんをずいぶん疑ってたみたい、また聞きに来るって言ってた」

おさちは苦しげに頬を歪めた。

「おれが——あの人を、平次さんを殺したってかい」

殺した。口にすれば苦いものが喉いっぱいに溢《あふ》れ返る。煮詰めている際のドクダミのにおいを思い出して胸が悪くなった。あんなにおれは殺ってないと言ったのに、やはり疑っていたのか。しかも、また話を聞きに来るなんて。

「そんなことあるはずがない、ってあたし言っておいたから。口は悪いけど、おくめちゃんは心根の優しい子だからって」

おさちは喉をぜろぜろさせながら懸命に言葉を紡いだ。

「ありがとう。さっちゃん。おれ、本当に平次さんに惚れてたから。あの人に他に女がいるのは知ってたけどさ、それでもおれみたいな女といてくれるだけで嬉しかったんだ。だから、冗談でも一緒になろうって言ってくれたときはさ——」

そこで喉が詰まった。涙が溢れそうになり、慌てて袂で目頭を押さえる。多くを望んだわけじゃない。たまに会えるだけでよかったんだ。残り物だけどさ、と言ってお菜《かず》を持ってきてくれて、時折泊まってくれて、ふるさとの話を頷きながら聞いてくれて、ただそれだけでよかったんだ。一緒になろうなんて甘い言葉を心から信じていたわけじゃなかった。信じたところで悪運を背負った自分が幸せになれるはずがなかったから。

袂で涙を拭い、視線を戻したおくめははっと息を呑んだ。

おさちが微笑んでいた。何とも幸せそうに唇をほころばせていた。

まるで——おくめの不幸を喜んでいるみたいに。

「あたしね——」

ほころんだ唇が微かに動いた。何だ、喋ろうとして口元が緩んだだけだった。そうだよな。さっちゃんが、誰よりも優しいこの人が、おれの不幸を喜ぶわけがない。

「もうすぐ死ぬと思うの」

重い言葉を、まるで他人事《ひとごと》みたいに淡々と吐き出した。

「何言ってんだよ。大丈夫だよ。そのうちによくなるよ」

おくめは励ます声に力をこめた。

「気休めはいいよ。あたしの体だもの。あたしがいっとうよくわかる。たぶん、罰が当たったんだろうね。あたし、やや子を二回も堕《お》ろしたから。本当は産みたかったんだ。けど、客が取れなくなっちゃうからって、無理やり」

ひどいよね、と溜息と一緒に吐き出した。無理やり闇に葬られたやや子。生きていれば幾つになっているんだろう。想像するだけでおくめの腹の辺りに痛みが走った。

「でも、それはさっちゃんのせいじゃないだろ。そもそも女郎になったのだって、お父っつぁんやおっ母さんのためじゃねぇか」

そうだ。身を削って働いて、男にいたぶられて、子どもまで喪った。それはすべて血縁を助けるためだ。

「だから、罰が当たるなんて言うなよ。それに、さっちゃんがいなくなったら、おれが独りぼっちになっちまうじゃないか」

おくめは瘡だらけの手を握った。

——近頃、髪が抜けて仕方ないんだよね。瘡もあちこちにできてるし。

おさちが嘆いていたのは、春先のことだった。

——暖かくなって汗ばむようになったからだよ。そのうちに治るよ。ドクダミがいいんだって。

そのうちに治る。おれが取ってきてやるよ。

そのときは本当にそう思ったのだ。でも、湯で体を清めてもドクダミの葉を貼っても、煎じたものを飲んでも、おさちの病状はいっこうに回復へと向かわなかった。近頃は、暑いのに湯屋にも行きづらくなっているから、瘡がますますひどくなっている。

　総身を瘡に覆われて死んでいく。

　これが、罰か。

　そもそも罰って何なんだ。

　いったい、誰が決めるんだ。

　怒りとも悲しみともつかぬものが胸を突き上げ、泣かないようにおくめは歯を食いしばった。

「独りぼっちが怖い？」

　おさちがまた微笑んだ。乾いて白っぽくなった唇には笑みが浮かんでいる。思わずその唇から目を逸らすと、

「怖いさ」

　独りぼっちは怖いよ、とおくめは薄暗い部屋で繰り返した。

　兄ぃがいなくなった日も平次が死んだ日も、まるでこの世の終わりみたいに恐ろしかった。だから、おさちが傍にいてくれたことが、何よりもありがたかったのだ。

「だったらさ」

　それまでの消えそうな声ではなかった。はっとしておさちに目を戻すと、今度は笑

っていなかった。ただ、月のない闇夜のような目をしておさちはゆっくりと言った。

あたしと一緒に死のうよ。


おさちの部屋を出ると辺りはとろりとした宵闇が降りていた。短い間に星が姿を現し、青藍の空で輝きを放っている。

雨が降らなくてよかった、とおくめは思う。雨が降ると、体のあちこちが痛んで骨がみしみし啼《な》くんだ、とおさちが言っていたからだ。

ドクダミの煎じ薬を飲ませてやると、少し落ち着いたのか、おさちはすとんと眠りに落ちた。その寝顔は、意地悪そうに微笑んでいた顔とも「一緒に死のう」と告げたお面みたいな顔とも違い、幼い子どものようだった。本当は優しい人なんだ。ただ、死病に心まで蝕《むしば》まれてしまっただけだ。

でも、どうしたらいいんだろう。おれなんかに何ができるんだろう。

おくめが呆《ほう》けたように部屋の前に突っ立っていると、

「おい！　おくめ！」

聞き慣れた声に腕を強く摑まれた。

はっとして声のほうを振り向くと、藍闇の中にがっしりとした影が立っていた。

「兄ぃ！　戻ってきたんか」

おくめは空の湯呑みを摑んだまま懐かしい兄の胸に飛び込んだ。

何で、黙って出ていったんだよぅ。何で、何で、何で――

空いたほうの手で分厚い胸をぽかぽか叩く。ややあって、兄はおくめの腕を摑むと体を離した。

「何を言ってんだ。ちゃんと書き置きをしていっただろう」

腰を屈め、おくめの眸を覗き込むようにした。

「書き置き？」

「ああ、見てねぇのか。家の中に置いていったんだ。房総《ぼうそう》のほうへ行くって。こんな場所にいたってなかなか目が出ねぇ。親しくしてる醬油屋が一緒に行かないかって誘ってくれたんだ。急だったけど、ここでくすぶってるくれぇなら、それに懸けてみようって」

書き置き――そんなものがあっただろうか。なかった気がする。でも、兄ぃがおれに嘘をつくはずはない。

書き置き、書き置き。いったい、どこへ行ったんだろう。

おくめは一年前の夜を必死に手繰り寄せた。

おくめが家を出るとき、兄はまだ眠っていた。船着場で荷を降ろしたり積んだりする仕事だから若くても体にこたえるみたいで、非番の日は昼まで眠っていることが多かった。

その日、夜におくめが帰宅すると兄の姿はなかった。ただ、そんなことは日常茶飯だったので、特段気にすることもなかった。どうせその辺の女郎屋にでもしけこんでいるんだろうと思っていたのだ。だが、兄は数日経っても戻ってくることはなかった。捨てられたかもしれないと思ったけれど、それを認めるのは恐ろしかったから、家移りもせずにおくめはここで待っていた。

よかった。待っていてよかった。兄ぃを信じてよかった。

でも――やっぱり書き置きは見ていない。

「おくめ、聞いてるか」兄の言葉で我に返った。「文だって出したんだぜ」

「文――」

「そうさ。案じるといけねぇから新しい落ち着き先だって書いておいた。ま、いいか。こうして会えたんだから。で、そいつと干鰯《ほしか》の商いを始めたんだ。何とか目処《めど》が立ったからよ。迎えにきたんだ」

書き置き。文。房総。干鰯の商い。迎えにきた。

たくさんの言葉が頭の中で散らかり、渦を巻いていた。

「な、おくめ。こんなじめじめした場所から出よう。おめぇも店を手伝え。房総はいいぞ。あったけぇから人がおおらかだ。海で働く女なんざ、みんな裸だぜ」

あったけぇ場所——いいな。お天道様が優しい場所におれも行きたいな。

うん、行く、と言いさしたとき。

——独りぼっちが怖い？

おさちの湿った声に胸を強く摑まれた。

あれは、おくめへの問いじゃない。おさち自身の心の声だ。

——怖いよ。独りぼっちで死ぬのは怖いよ。

おさちの心は、怖くて寒くてぶるぶる震えているんだ。

「おれは——」

もう少しここにいる、とおくめは兄を見上げた。

「どうして？」

兄の手がおくめの肩を摑む。強く揺する。

「どうしても」

「男か」

兄の声が強張《こわば》った。

「ううん。そうじゃねぇ。男なんかいねぇ」

そう、平次はいなくなってしまった。どれだけ待ってもここに来ることはない。もうその手に触れることも声を聞くこともできない。でも、おれの傍にはいつもさっちゃんがいてくれた。兄ぃがいなくなった晩も、平次が来ない晩も、平次が本当にいなくなった晩も。さっちゃんがいつも傍にいて慰めてくれたんだ。

「だったら何で――」

「さっちゃんが、独りぼっちになっちまう」

「さっちゃん――ああ、隣の女か」

兄は思い出したように呟いた後、吐き捨てた。

「瘡っかきの」

瘡っかき――って。

「おめぇは世間知らずだから知らねぇか。あの女は女郎上がりでな。男をたくさん取ってると病になっちまうんだ。人に聞いた話だから、本当かどうかは知らねぇが、年季明け直前で店を放り出されたって聞いてるぜ」

「けど、一年前は元気だったよ」

兄ぃがいなくなったときは、おれを夜通し慰めてくれたんだ。

最後の言葉は呑み込んだ。

「病が眠ってたんだろうな。けど、また目を覚ましたんだ。あれは、そういう病だから」

眠っていたのに目を覚ました。確かにそんな感じかもしれない。今、病はおさちの中で暴れている。今まで眠っていた分、生気を取り戻しておさちの肉も骨も血もすべてを喰《く》らおうとしている。だからこそ、傍についていてやりたい。

「兄ぃ。さっちゃんのこと、誰に聞いたんだい」

「差配さんさ。妹を連れて出て行くからって、一応挨拶してきたんだ。そしたら、おめぇが隣の女を色々と世話してるって聞いたからよ」

兄は憎々しげな口調で言うと、隣の油障子を鋭い目で睨《ね》めつけた。まるで汚いものでも見るみたいに。

兄ぃ。おれだってさっちゃんみたいになったかもしれないんだよ。あのとき女郎屋に売られていたら、今頃、病にとりつかれて、ぼろぼろになっていたかもしれないんだよ。

そう思えば、今ここで兄についていくわけにはいかなかった。

「おれは、さっちゃんを見捨てられねぇ。ばあちゃんが言ってたように、おれは前世に悪いことをしたんだから。せめて、この世で善いことをしてぇんだ」

たくましい腕にすがりつくと、兄は、呆れた、というように肩をすくめた。

「馬鹿か、おめぇは。あんなの、ばあちゃんの法螺《ほら》に決まってるじゃねぇか」

「法螺?」

思いがけぬ言葉に呆然《ぼうぜん》とした。兄の腕を摑んだ手が滑り落ちる。

「そうだ。おめぇを売り飛ばすための法螺だ。あんなもんは真っ赤な嘘だ。孫を売り飛ばすのがやましいから、あんな作り話をしたんだ。大人ってぇのは汚ぇんだよ」

売り飛ばすための法螺。

じゃあ、おれが前世に悪いことをしたってのは嘘なのか。

でも――だったらどうして平次さんは死んだんだろう。おれが傍にいたから、不運に巻き込まれたんじゃないのか。

「いいか。おくめ。おめぇはあの女の妹でも何でもねぇ、おめぇが死に水を取ってやることなんかねぇんだよ」

さ、三日後の朝には発《た》つからな、と兄はおくめに背を向け、部屋の油障子に手を掛けた。

兄の背が薄暗い部屋の中に消えるのを見つめながら、おくめは房総という場所を想像してみる。

この町の最果てから望める青い島影の中身をそっとかき分けてみる。

あったけぇ場所で、幸福に過ごす自分を思い描いてみる。

でも、どうしてだろう、なかなか上手くいかなかった。

兄ぃにとっては〝あったけぇところ〟でも、おくめにとってもそうとは限らない。

あそこは、海の向こうに浮かぶただの島影だ。

この手で触れることもできないし、温かいか冷たいかもわからない。

ただの青い幻にすぎない。

溜息を呑みくだし、おくめはそっと夜空を見上げた。

東の空には出たばかりの月が顔を覗かせている。歪《いびつ》な月は血を混ぜたような毒々しい色をしていた。でも、雲はない。

よかった。雨はきっと降らない。

朝までずっと晴れているといい。

さっちゃんがぐっすり眠れるように——

十四

まだ朝の五ツ半（午前九時）だというのに、裸の陽が地面にじりじりと照り付けている。

その日、手習所を休んで亀吉は大島町《おおじまちょう》に向かって歩いていた。ただ、隣にいるのは要ではなく、ひなだ。『つるかめ算術案内』の草稿は完成してしまったので、ひなと会う口実を考えた末、一緒に花を観に行くことにしたのである。

小名木川を右手に見ながら五本松の辺りを過ぎると、じきに大島橋が見えてきた。その先には百姓地が広がり、夏大根の青い葉先が元気よく飛び出している。四季を通して作れる大根はお百姓さんにとって頼りになる蔬菜《そさい》らしい。冬は甘くて柔らかい大根も夏はぴりっとした辛味を帯びる。でも、浅漬けにするとしゃきしゃきして美味いんだ。

ぐるぐる渦巻く頭の中に食べ物のことを無理に放り込んでみたが、しゃきしゃき大根の浅漬けは勢いよく回る謎や葛藤に弾き飛ばされてしまった。

おまき親分は「ひなちゃんに、じかに訊ねてごらん」なんて言ったけれど、どうやって訊いたらいいんだろう。まさか「平次を殺したのか」などといきなり訊けるはずがない。

そんな亀吉の頭の中を見透かしているのか、ひなの口数は少ない。

おまき親分に相談した翌日、書架のある春木屋の座敷に行くと、ひなは一心不乱に絵を描いていた。明日大島町に花を観にいかないかと誘うと、

──花を観にいく？　何で亀と行かなきゃならないの。

鼻の頭に思い切り皺を寄せた。

──何でって。花を描くのが好きだって言ってたからさ。

亀吉が粘ると、そんなこと言ったっけか、とひなはとぼけたが結局は頷いてくれた。

夏大根の畑を過ぎると、色彩が溢れる一角が目に飛び込んできた。広い敷地のぐるりに巡らした生垣の向こうでは芙蓉《ふよう》の花が咲き誇っている。ひと色でも綺麗だけれど、紅白で並べるといっそう華やかさを増す。

美しい花に誘われるように竹の枝折戸をくぐると、甘い香りと鳥の声が亀吉たちを出迎えた。

「オオルリだ」

芙蓉の花の前でひなが立ち止まった。

「どこ？」

亀吉が高い声を上げると、ひなは眉をひそめて唇に人差し指を当て、芙蓉の後ろに佇む水木《みずき》の大木を目で指した。

夏の光の中を涼しげに泳ぐ青葉に交じり、ひときわ鮮やかな瑠璃色が目を打った。鳥の名の由来だ。声だけでなく姿もまた美しい。

「瑠璃も玻璃《はり》も、照らせば光る」

ひなが唐突に言った。亀吉が驚いていると、梅奴姐さんの好きな言葉なんだ、とひなは笑った。

知ってるよ。どうしてその言葉を梅奴姐さんが好きなのかも、おれは知ってるんだ。

亀吉は喉元まで出掛かった言葉を押し返した。

亀吉に話してくれたくらいだ。梅奴姐さんはひなにも真庵先生のことを語っているだろう。すると、亀吉の胸にどうにも腑に落ちぬ思いがこみ上げてきた。

梅奴姐さんから受け取った光の尊さを、ひなだってわかっているはずなのに。どうして人を殺めるなんてことを、深い闇に足を踏み入れるなんてことをしてしまったんだろう。

なあ、どうしてだよ。

心の中で問いかける。代わりに返ってきたのはオオルリの美しい鳴き声だった。美しい瑠璃色の鳥は、波立った亀吉の心をなだめるように鳴き、それに合わせて水木の葉もさやさやと音を立てた。青い風が亀吉の頬を撫でていく。そうするうち、亀吉の心は凪《な》いできた。

そうだ。なるようになる。せっかくここまで来たんだから、心ゆくまで綺麗なものを見て聞いて、それから考えよう。それに――いざとなったらおまき親分と要がいる。たぶん、少し遅れてついてきているはずだ。

「ああ、坊っちゃん。ようやく着きましたか」

声に振り向くと、こちらへ向かって小路《こみち》を走ってくるのは、みっしり肉の詰まったころころとした男であった。花の絵を描きたいから植木屋さんを紹介してよ、とお父っつぁんに頼むと、

――大島町に山藤屋《やまふじや》という植木屋があるんだ。森田屋の庭もそこが普請してるんだが、主人に言っといてやるよ。

ちょうど大島町に用があったという若い衆を、ついでに山藤屋まで走らせてくれた。

「お世話になります」

亀吉がぺこりと挨拶をすると、

「いえいえ。手前どもこそ、山野屋さんにはお世話になっております」

山藤屋の主人、市兵衛《いちべえ》と申します、と深々と腰を折る。

「夏より春のほうが見所が多いですが、今だったら芙蓉、あと鉢物は朝顔ですかね。この時分ならまだ咲いているものもあるでしょう」

ご案内しますか、と市兵衛が問うたので、大丈夫です、と亀吉は断った。人のよさそうな丸顔が心なしかほっとしたように見える。山源の跡取り息子だから挨拶に出向いたものの、忙しいので本音では勘弁して欲しいと思っているのかもしれない。

「朝顔の鉢はいっとう奥に並んでおります。では、帰りにはお寄りください」

小路の先に見える茅葺屋根の一構《ひとかま》えへと戻っていった。大きな百姓家を買い取ったものらしく、長い濡《ぬ》れ縁《えん》は一服しながら庭の花木を愛《め》でる客で賑《にぎ》わっている。庭にも芙蓉が植えられているようだ。大きな構えの奥には広い敷地が見え、今は花のない大島桜や梅などが並んでいた。

どちらからともなく一歩を踏み出したとき、背後でひときわ高くオオルリが鳴いた。思わず隣を見ると、ひなもこちらを見ていた。艶やかな口元がふわりとほころんだ。

亀吉は慌てて目を逸らし、

——なるようになる。

心の中で呟くと歩き始めた。

青葉の茂る桜の小路を抜けると、大輪の朝顔がずらりと並んでいた。

「うわぁ、綺麗」

ひなが無邪気な声を上げ、傍に駆け寄る。

よかった、間に合った。しぼんだ朝顔を見たってしょうがないもんな。朝の四ツ(午前十時)になるかならないかというこの時分、山藤屋の広い敷地には、青、白、赤、紫と美しい花が咲き誇っていた。

見てくるね、とひなは言い、腰を屈めたり、立ち上がったりと様々な角度から花を眺めている。そんな様子を見ていると、亀吉の心も軽やかになり、ここへ来た本来の目的を忘れ、あと一刻《いっとき》ほどでしぼんでしまう花々を見て回った。

同じ朝顔だというのに花容は様々で、慎ましやかな佇まいのものもあれば、つんと上を向いた高慢ちきな風情のものもある。十人十色と言うけれど、ここにあるのはまさしく十花十色だ、と思ったときである。ひと鉢に目が留まった。既に買い手がついたのか、名札がついている。

「どうしたの?」

気づけばひなが傍に来ていた。

「これ」

と亀吉がその鉢を指差すと、

「たまたま変化しちまったんだ」

背後からつぶれたような声がした。

振り向くと初老の男が立っていた。山袴《やまばかま》に木綿の筒袖。顔も首もこれ以上は無理というくらいに陽焼けしていて、まなじりには深い皺が刻まれていた。

「変化？」

亀吉が問うと、

「そうだ。朝顔ってぇのは丸い貌をしているもんだが、たまに違うもんができることがある。これは桔梗《ききょう》みてぇに角ができちまった。糸みてぇな花弁のものも見たことがあらぁ」

糸みてぇって、それはもう朝顔って言えるのか。

「朝顔だけじゃねぇな。どの花も決まった型からはみ出しちまうことがある。まあ、人間と同じだ」

男はガラガラ声で笑った。

「でも、これを欲しがる人もいるんだろう」

亀吉は桔梗咲きの朝顔についた名札を目で指した。

「そうさな。変わったもんが欲しいって人間は案外多いな。すると、無理に変化させようって考える輩《やから》も出てくる。まあ、金儲けのために花を無理やりいじるんだな」

花の気持ちも考えずによ、と男は眉間に深い皺を寄せた。

花にも気持ちがあるのか。いや、ないはずがないよな、生きてるんだもの。

「あの、黄色い朝顔はないんですか」

ひなが思い切ったように訊ねた。黄色という言に、亀吉の胸がざわりと鳴った。

「ああ、話には聞くけど、おれは見たことがねぇな。まあ、朝顔には似合わねぇな」

男は朝顔の鉢を見渡しながら答えた。

「似合わないってどういうことですか」

ひながさらに問いを重ねる。男を見上げる大きな目は怒りにも似た色が浮かんでいる。

男は口辺に苦笑いを浮かべて言葉を継いだ。

「おれは黄色が駄目って言ってんじゃねぇよ。花それぞれに相応《ふさわ》しい色があるって言いてぇんだ」

早朝、朝露をこぼしながら花開く朝顔には白や青や紫が似合うだろう。でも、真夏のお天道様を慕うように首を伸ばす日回りは、黄色じゃなきゃ駄目だ。

「そういうことだよ、お嬢ちゃん」

男はにかっと笑った。まなじりの皺がますます深くなる。

「日回りは、ここにあるの」

ひなが男を見上げた。その眼差しの真剣さに何かを感じ取ったのか、男は口元を引き締める。

「ここにはねぇな。あの花は江戸っ子には人気がないからさ。けど、いいもんを見せてやるよ」

ついてきな、と男は再びにかっと笑い、歩き始めた。花のことに詳しいから、ここの花師なのだろう。悪い人ではなさそうだと前を行く男の背を亀吉は追いかけた。

しばらく行くと苗が植えられた木箱が並び、その向こうには大きな納屋が建っていた。こっちだとも、ついて来いとも言わず、男の姿はその納屋の裏手へ吸い込まれるように消えた。亀吉の足もひなの足も自然と速くなる。

納屋の裏手へと回った瞬間。亀吉の目は鮮やかな黄色で埋め尽くされた。

日回り草の群生だった。

黄色い花々は、どれも夏の陽を見上げている。花だけではない。すっくと伸びた茎も、大きく広がった葉も、夏の強い光をひと掬いでも多くその身に取り込もうとしている。そのひたむきな姿に強く胸を打たれた。

「ここに、日回りはなかったんじゃないのかい」

亀吉が男に問うと、

「ああ、山藤屋にはねぇよ。これは売りもんじゃねぇから。だが、おれはこいつが好きなんだ。手もかからねぇし強いし、何より、お天道様を仰ぎ見ているのがいい」

男は目を細めて黄色い花の群れを見た。

「描いてもいいかい」

亀吉の唇からそんな言葉がこぼれ落ちた。

男が訝しげに太い眉を寄せる。が、亀吉が背中の頭陀袋《ずだぶくろ》から手習帳を取り出すと、得心したように大きく頷いた。

「もちろんだ。存分に描いてくれ」

後で見せてくれよ、と亀吉の肩をぽんと叩き、納屋の向こうへと姿を消した。

亀吉は筆と手習帳をひなに渡し、続いて自分の分のそれらを取り出した。墨もたっぷり用意してきた。美しい花を見たらきっと自分もひなも筆を握りたくなると思ったからだ。

納屋の横には大きな銀杏《いちょう》の木が立っていて、ここにおいで、と二人を呼ぶように千鳥の形の青葉をしきりに鳴らしている。大木の根元に腰を下ろし、日回りの群生に挑む。

さやさやと銀杏が葉を揺らす。遠くでオオルリが切なげに歌っている。紙の上を筆が走る。どれもが優しく、どれもが美しい音だった。やがて、それらも知らぬ間に聞こえなくなり、亀吉は温かい静寂の中にいた。目の前にあるのは真っ直ぐに伸びていく黄色の花の群れと、青い夏空だけだ。まるで透明な繭の中にでも包まれたような、しんとした空気に囲まれ、亀吉はひたすら筆を動かしていく。

何も聞こえない。何も考えない。絵と向き合うだけの静かで緩やかな時。

そんな時を破ったのは、ひなの押し殺したような声だった。

はっとして顔を上げるとひなが手を止めて泣いていた。黄色い花の群れを見て幾筋もの涙を流していた。

夢からまだ覚めやらぬ心持ちでひなの手元を見ると、大きな日回りの花が描かれていた。花はひとつだ。群生を見ながら、ひなはたったひとつの花を描いたのだった。

亀吉は自ら描いた絵を見下ろした。そこにはたくさんの日回りが咲いていた。大小さまざまの花が空へと真っ直ぐに伸びている。

同じ場所で同じものを見ているはずなのに、そこにはまったく違う花の姿がある。そう思うと泣き出したくなった。何と言い表していいのかわからないけれど、温かくて切なくて寂しくて仕方ない。自分の絵とひなの絵の両方を抱きしめたいような心持ちになっている。

「知ってるんでしょう」

ひながおもむろにこちらを向いた。目の縁に溜まった大粒の涙がつうとこぼれる。

「あたしがあの人を殺めたって」

知ってるんだよね、とひなは呟き、唇を噛んだ。透き通った涙が赤い唇を濡らしていくのを胸が詰まるような思いで亀吉は眺めた。

あの人を殺めた。

そうかもしれないと思っていた。でも、そうあって欲しくないと思っていた。だから、その言葉は亀吉の耳の中にはすんなり入らずに、離れた場所でふわふわと漂っている。

「衣装競べの絵を亀に見せたって。仁さんがそう言ってたから」

あたしは衣装競べを、梅奴姐さんの踊るのを観ていないんだ、とひなは言い、日回り草の群れを濡れた目で見つめた。

＊

「ひな。今日は夜までばたばたするけど、ごめんね」

衣装競べの当日、梅奴姐さんは森田屋に入るなり、ひなに言った。

「うん、大丈夫。梅奴姐さんの晴れ姿を見たらすぐ家に戻る。仁さんに必ず絵を描けって言われてるから。すぐに仕上げたいもの」

「そうかえ。そいじゃ、せいぜい綺麗に描いておくれね」

「うん」

とひなは頷いた後、少し心配になって梅奴姐さんに訊いてみた。

「着物は黒の小紋を着るんだよね。ほら、流水紋に卯の花を散らした」

「もちろんさ。あれは錦屋ではいっとういい着物らしいからね。せいぜい気張って踊らなきゃ」

梅奴姐さんは今日のお天道様みたいにからりと笑った。中庭に面した廊下にはおりょうさんに菊乃《きくの》さん、三味線弾きの姐さんたちも勢ぞろいしている。皆に向かってひなはぺこりと頭を下げた。

「あたし、邪魔にならないように二階にいるね」

梅奴姐さんに声を掛けると、ひなはそのまま帳場《ちょうば》のほうへ戻り、梯子段《はしごだん》を上った。

ひと気のない二階の廊下には朝の陽が射《さ》し込んでいて、綺麗に掃き清められた座敷からは青畳のにおいが漂ってくる。

手すりから庭を見下ろすと、総檜の橋が朝の陽にきらきらと輝いていた。

――おれを誰だと思ってるんだい。

お父っつぁんに頼めば、一日で仕上げてくれると思う。

衣装競べの三日前、亀吉とかいう子どもがそんなふうに言っていた。一日で仕上げられるもんか。あんなのははったりだと鼻白んだが、本当に仕上げたんだ、とひなは感心しながら美しい橋をしばらく眺めていた。

立派な橋だけれど、亀吉がやったわけじゃない。でも、あの子には、金も力もある立派なお父っつぁんがいるのは確かなんだ。あたしみたいに何もかも奪われてしまった子もいるっていうのに。

神様はどうしてそんな情のないことをなさるんだろう。

あたしが何をしたんだろう。

ひなは拳を握り締め、美しい檜の橋から目を離すと、風呂敷を解いて画帳を取り出した。画帳の下から現れたのは梅の柄の巾着袋だった。中には紙で二重に包んだ石黄が入っている。家に置いてくるのは心配だったから持ってきたのだ。大量に吸い込んだら心の臓がやられると寛二からは聞いていたので、包むときには口元を手ぬぐいで覆い、息を止めた。

ひなは巾着袋を隠すようにして風呂敷を被《かぶ》せると、手すりの傍に座り直した。とりあえず、あの橋の絵だけは描いておこう。梅奴姐さんの黒の小紋は頭の中にしっかり入っているし、踊りは家でしょっちゅう見ている。大きく息を吸うと、ひなは手すりの隙間から見える総檜の橋を紙の上に置き始めた。一日で拵《こしら》えたとは思えぬ立派な橋も、今が盛りと咲く卯の花も朝の光の中では美しく、嫌なことも忘れてひなは絵を描くのに没頭した。

気づけば、階下がずいぶんと騒がしくなっていた。首を伸ばして覗き込むと、ひっつめ髪にたっつけ袴の娘が梅奴姐さんやおりょうさんと話しているのが目に入った。三日前に亀吉って子と一緒に来た娘だ。それにしてもみんな楽しそうだ。ことに梅奴姐さんの笑顔の眩しいこと。

あたしが今からやろうとしていることをあの人が知ったら――

俄かに息苦しくなり、ひなは絵を描くのをやめた。ここまで仕上げておけば大丈夫だ。後は見なくても描ける。大きく息を吐いてから、風呂敷包みに画帳と筆を仕舞うと立ち上がった。

梯子段を下りて、勝手口に向かうと見えない板場のほうからは男衆の忙しげな声が聞こえてくる。そこに平次もいるのだと思えば、苦いかたまりが喉元まで突き上げてくる。ひなは下駄を勢いよく突っかけると表に出た。

途端に見頃の過ぎた躑躅が目に入った。枝についた緋色の花は茶色く変じ、無様にしぼんでいる。見ていると自らの胸までもがくしゃくしゃになりそうで、ひなは花から目を逸らし、裏通りに向かって駆け出していた。

後はどこをどう歩いたのかよく憶えていない。気づけばひなは梅奴姐さんの住まいに戻っていた。手には風呂敷包みの他に、どこかで買った饅頭の包みを持っていた。

華やかな主《あるじ》のいない家はなぜかよそよそしく、土間に残る仄かな川のにおいが常より強いような気がする。船宿だった頃の名残のにおいだ。

ひながここに住み始めて半年ほど経った頃だろうか。

――梅奴姐さんはどうしてここに住んでるの。

そんなふうに訊ねた。暖かな春の日で、二階の部屋には金色の柔らかな陽が真っ直ぐに射し込んでいた。

どうして店仕舞いした船宿なんかに住んでるの？　そんなつもりで訊いたのに、

――ここは気持ちがいいだろう。お座敷前にこうしてお天道様に当たっていると、あたし自身を洗い張りしたような心持ちになるんだ。

梅奴姐さんはそう言った。

――洗い張り？

――そう、洗い張り。白粉《おしろい》も紅もつけてない、素のあたしに戻るのさ。芸者の梅奴じゃなく、〝りつ〟って女にね。

そう言って笑った後、ふと真顔になった。

――あたしは子どもの頃からここに住んでるんだ。正しく言えば、この仕舞屋《しもたや》に住んでいるのは二十四歳からで、五歳から十二歳までは〝ここ〟と言っても表の納屋に住んでたのさ。今は雨風に晒《さら》されて、とても住めるような場所じゃなくなっちまったけどね。

確かに表に納屋はある。けれど、今にも朽ち果てそうな木小屋の壁は隙間だらけで、今はもちろん、昔も人が住めたとはひなには思えなかった。

懐かしいねぇ、と梅奴姐さんは呟き、問わず語りに語ってくれた。

母親が繊弱でまともに働けなかったから、長屋の店賃《たなちん》が払えずに追い出されたのだという。だが、捨てる神あれば拾う神ありで、船宿の主人が納屋でいいなら、とただで貸してくれたそうだ。舫綱《もやいづな》やら網やらが置いてあるから納屋は本当に泥くさかったけれど、その奥に筵《むしろ》を敷いて母親と幼い梅奴姐さんは暮らしていたという。真冬は中にいても凍えそうだったから母子《おやこ》で抱き合って眠った。母親は具合のいいときは船宿で下働きをして、幼い梅奴姐さんは近所で子守りをして糊口《ここう》をしのいだ。そんな折に紫雲寺の真庵先生に出会い、学ぶ幸せを知ったそうだ。束脩《そくしゅう》は要らないと言ってくれたので母親の具合のいいときを見計らい、せっせと通った。あの場所へ行けば、納屋の泥くささも真冬の寒さも忘れることができたから。

——それなのに。どうして、今もこの場所にいるの？　梅奴姐さんにとって、ここはつらい場所じゃないの？

ひなはそんなふうに訊いていた。

梅奴姐さんはすぐには答えずに、しばらく窓の外を見つめていた。

水面には春の陽が穏やかに降り注ぎ、きらきらと輝いている。明るい陽は畳の上にのんびりと寝そべり、梅奴姐さんとひなの足先を優しく温めてくれる。

——あたしが十二のときだったかねぇ。

梅奴姐さんは思い出したように呟いた。

朝起きたら、母親がいなくなっていたそうだ。

まさか、おっ母さんがあたしを置いてどこかに行くはずがない。もしかしたら具合が悪くなってその辺で倒れているんじゃないか。

そう思って、必死になって捜し回った。

まるで気がふれたみたいに母を呼びながら堀沿いを何べんも行き来した。

でも、おっ母さんはどこにも倒れていなかったし、幾日待っても戻ってこなかった。

――器量のいい人だったからね。船宿の客とそうなっちまったようだね。でも、船宿の主人がいい人でね。おまえは器量も声もいいから芸者におなりって。で、運よく菊乃かあさんに見出《みいだ》されて、おまんまをいただきながらみっちり芸を仕込んでもらったのさ。今思えば、悪いことばっかりじゃなかったねぇ。

梅奴姐さんはそんなふうに言ったけれど、やはりひなの疑問は解けなかった。

ここは泥くさく寒いだけじゃない。母親に捨てられた場所なんだ。あたしだったら、こんなところにいない。

そう思ったときだった。

――ここはあたしの始まりの場所なんだ。

梅奴姐さんがにっこり笑った。

――始まりの場所？

――そう。おっ母さんをひどい女だって思うかもしれないけれど、おっ母さんはあたしが十二歳になるまでここで精一杯のことをして育ててくれたんだ。凍えそうな夜は肌をあっためてくれた。固い地べたを嫌がるあたしを抱いてくれた。そんなとき、あたしはいつも思ったもんだよ。ああ、あたしはこのあったかいものから生まれたんだってね。この温みと柔らかさがあたしの始まりなんだって。それを知っているから、あたしは今日までやってこれたのさ。だから、あんたも姉さんとの思い出を大事におしよ。

光の中で微笑んだ梅奴姐さんはものすごく綺麗だった。

ここは――梅奴姐さんの始まりの場所。

ひなは半年前の梅奴姐さんの笑顔を思い出し、船宿の土間に突っ立ったまま泣きそうになった。

あたしは、尊い始まりの場所を汚そうとしている。大好きな梅奴姐さんを裏切ろうとしている。

歯を食いしばって涙をこらえると、ひなは板間に上がり、買ってきた饅頭の包みを開けた。

大ぶりの饅頭が二つ。茶色い皮が艶やかだ。甘いもの好きの平次はきっと喜ぶだろう。

ひなは風呂敷を広げ、手に取った巾着袋の紐《ひも》を慎重に解いた。中から二重に包んだ紙を取り出して恐る恐る開くと、鮮やかな黄色が目を打った。乳鉢で磨った顔料はさらさらの粉末になっている。

本当なら日回りを描くための、小夜姉ちゃんへ贈る絵を描くための顔料だ。

そんな美しい黄色を、人を殺めるために使っていいのだろうか。

それは梅奴姐さんだけでなく、仁さんをも裏切ることになりはしないか。

やっぱりやめよう――逡巡が胸を覆ったときだった。

――ひな。あんたに兄さんができるよ。上総屋の料理人なんだ。優しい人だから、きっとあんたも気に入る。

小夜姉ちゃんの輝くような笑顔が思い浮かんだ。

でも、小夜姉ちゃんが〝兄さん〟を家に連れてくることはなかった。だから、ひなはこっそり上総屋に〝兄さん〟を見にいったのだ。

ちょうど、裏庭で姉ちゃんがその〝兄さん〟と話しているところだった。姉ちゃんはその人のことを「平次さん」と呼んでいて、その声はひなの聞いたことのない甘さを含んでいた。何より、その人と一緒にいる姉ちゃんは幸せそうで、見ているこちらまで嬉しくなったのだ。兄さんができると思えば、女二人で生きていく心細さが消えるような気がした。

そんな日から半年ほどが経った頃、姉ちゃんの顔が暗く翳り始めた。

——何かあったの？

ひなが訊いても何でもないよ、と首を振り、ぎこちなく微笑むだけだった。

そうこうするうち、姉ちゃんの身に異変が起きた。足がぱんぱんに膨れ上がり、色白の綺麗な顔がついにはお月様みたいに黄色くむくんでしまった。それでも、大丈夫、大丈夫、と姉ちゃんは仕事を休まなかった。

でも、ある朝、ついに布団から起き上がれなくなってしまった。差配さんが呼んでくれた医者は、おなかにやや子がいるのに無理をし、腎に毒が回ってしまったのだろう、と沈痛な面持ちで告げた。

それから三日三晩、姉ちゃんは苦しんで苦しんで、顔も腹もぱんぱんに膨れ上がって死んでしまった。お腹にやや子を抱いたままぴくりとも動かなくなってしまった。姉ちゃんの血の巡りが絶えてしまったから、やや子もおなかの中で息絶えてしまったんだ、と医者は言った。

ひなに悲しむ暇はなかった。姉ちゃんのことを〝兄さん〟に報せなきゃ、と思ったからだ。上総屋まで必死に駆け通したけれど、間に合わなかった。ひなの〝兄さん〟になるはずの人はもうそこにはいなかったのだ。少し前に店を辞めたという。

逃げたんだ、とすぐにわかった。夫婦になる約束をしていたのなら、姉ちゃんの腹にやや子がいたことも姉ちゃんの具合が悪かったことも知らないはずがない。でも、姉ちゃんとやや子が厄介になり、本所から逃げてしまったんだ。

そうだ。あの男は〝兄さん〟なんかじゃなかった。

無垢《むく》な小夜姉ちゃんを弄んだんだ。いや、殺したんだ。

あたしから、大事な小夜姉ちゃんと姉ちゃんのやや子を奪ったんだ。

だから、あたしもあの男の命を奪ってやる。

気づいたら、饅頭に切れ目を入れていた。小さなさじを手に取り、黄色い粉を掬う。

今度は手ぬぐいで口は覆わなかった。もしも、この場で石黄を吸い込んで死んでしまうのならそれでもいい。姉ちゃんのところへ行けるのだから。

でも、黄色い粉はひなの心の臓を止めることはなかった。石黄は何事もなく饅頭のひとつに納まり、切れ目も驚くくらい上手くくっつけることができた。

包み直した饅頭を手にし、ひなは再び森田屋へ向かった。梅奴姐さんのことも仁さんのことも忘れよう。

あたしは小夜姉ちゃんとやや子の仇を討つんだ。

＊

頭上で銀杏の枝が風に揺れて亀吉は我に返った。

ひなはまだ日回りの群れを見つめている。その頰には幾筋もの涙が流れていた。

神様は何とむごいことをなさるんだろう。

ひなと平次を会わせるなんて。しかも二度も。

一度は本所の上総屋の裏庭で。そして、二度目は深川の森田屋で。

涙が出そうになるのをこらえ、

「森田屋で平次と会ったのは偶々かい」

亀吉が問うと、ひなはこくりと頷いた。

「梅奴姐さんに忘れ物を届けに行ったの。そのとき奴が裏庭で一服してたんだ。心の臓が止まるかと思うほど驚いた」

その後は怒りで胸がいっぱいになったという。姉ちゃんはあんな目に遭ったというのに、なぜこの男はこんな場所でいけしゃあしゃあと働いているんだと。

小夜姉ちゃんの膨れた顔や腹が、苦しげなうめき声が昨日のことのように甦ったら、のうのうと生きている男がどうにも許せなくなって。

「そうして近づいたの。幸い、向こうはあたしの顔を知らなかったから」

無邪気な子どもの振りをして声を掛けると、小夜姉ちゃんの言う通り、男はうわべだけは優しかった。梅奴姐さんは森田屋でお座敷を務めることが多かったから、ひながふらりと遊びに行っても誰も不審に思わなかったし、平次も何も疑わなかった。梅奴姐さんの妹分だと告げると、いっそう大事にしてくれるようになった。板場で余った煮しめや枇杷《びわ》などをくれたこともある。

「石黄が毒だってのは、寛二から聞いたのかい」

鮮やかな黄色を思い出しながら亀吉は言った。

「そう。あの子に色々と教えてもらったんだ。亀吉も見たでしょう、寛二の描いた朝顔の絵」

黄色い朝顔だ。女の眼差しも黄色い朝顔もやけに艶《なまめ》かしかった。でも、花師の小父さんの言う通り、朝露を抱いて咲く朝顔はやっぱり儚げな白や青や紫がいいのかもしれない。黄色いと何だか生々しすぎるんだ。黄色はお天道様の下であっけらかんと咲く日回りにこそ相応しい。

「朝顔が青や白じゃ、ありきたりで面白くないから寛二は黄色にしようって考えたんだって。石黄は猛毒なんだよ、って教えてくれたんだ。間違って大量に吸い込んだら心の臓がやられちまうって」

「石黄はどこで手に入れたんだい」

団扇絵を描いておあしを貯めていたと言っていたが。

「迷ったけど仁さんに頼んだ。他の店で買おうと思ったけど、高くて手が出せなかったから。黄色い花を描きたいって言ったら、これで描きなって渡してくれた」

で、饅頭をふたつ買い、そのひとつに毒をしのばせたのだった。平次とは何度か話していたから、甘いものが好物だっていうのも、手が空くとあそこで空樽に腰を下ろして一服するのも知っていたし、衣装競べの終わる頃にはあそこで休んでいる、と本人から聞いていた。ただ、いざとなったら恐ろしくなってしまい、ぎりぎりまで迷っていたのだが、納屋に行ったら女の人と一緒だった。だから、かっとなって懐紙に包んだ饅頭をそのまま渡して逃げてきた。

その後はどこをどうやって歩いたのかまるで覚えていない。途中でふっと気になって森田屋まで戻ってみたら、裏通りに人がたくさん群がっていて、人垣の中から〝殺し〟って言葉が聞こえた。

「だから、怖くなって家まで戻ったんだ」

で、その後は夢中になって絵を描いたという。

下書きの線を太くして、朝見た橋の上に梅奴姐さんを置いて。何かに憑かれたように夢中で描いた。梅奴姐さんの絵を描くことで、

――あたしは衣装競べを観たんだ。平次を殺してなんかいない。

そう自分に思い込ませたかったのかもしれない。

梅奴姐さんはその日、夜遅く帰ってきたけれど、疲れているのかすぐにやすんでしまった。当たり前だ。衣装競べだけでなく、殺しまで出来《しゅったい》したのだから。だが、梅奴姐さんが先にやすんでくれてよかった。当人に描いている絵を見られたら、あたしはこんな風に踊ってないよ、と言われてしまうと思ったからだ。何より、人殺しをしたことが恐ろしくてたまらなく苦しくて。それこそ毒を吐き出すようにして一心不乱に描き続け、翌日には仁さんに完成した絵を持っていった。梅奴姐さんには見せたからもう見せなくていいよ、と嘘をつきながら渡した。

ところが、

——梅奴の衣装が直前に切られたそうだな。殺しもあったみてぇだし、森田屋はさんざんだったな。

仁さんは絵を受け取りながらそう言った。心の臓が冷たい手で思い切り摑まれたようになった。

衣装が直前に切られた？　ということは、梅奴姐さんが本番で着たのは、この黒小紋ではなかったのか——ぎゅっと縮んだ心の臓はぶるぶると震え出し、仁さんの目を真っ直ぐに見られなかった。

この絵は嘘だ。おまえは衣装競べを観てないだろう。

そう言われると思ったけれど、仁さんはどんな着物が切り裂かれたかまでは知らなかったのか、ひなの絵を上手く描けていると褒めてくれたのだった。

そのうちに、ひなの耳にも色々なことがばらばらと入ってきた。

ひっつめ髪にたっつけ袴の娘が十手持ちだということ。亀吉と要はその手下のようなことをやっていること。三人が平次殺しの科人を追っていること。

「だから、『つるかめ算術案内』を作っているときはひやひやだったの」

ひなはほんの少しだけ笑った。笑っているのに今にも泣き出しそうで、亀吉の胸はまたぞろ引き絞られた。

でもね、とひなはまた笑う。もっと泣きそうな顔になる。

「亀吉と要と一緒にいるのは楽しかった。人を殺めるなんて恐ろしいことをしたのに、二人といるときは忘れることができたんだ。最初は亀吉を偉そうな奴って思ったけど、話してみたら少しも気取ってないし、何より目の見えない要を懸命に支えようとして、優しい子だなって見直した。だから、亀吉に話したんだろうね。小夜姉ちゃんのことを」

栄太の祖父の家からの帰りだ。仙台堀川の上ノ橋の近くでのことだ。

——大好きな小夜姉ちゃんがいなくなったから。

梅奴姐さんと住んでいるのは、どうしてなんだい。そんな亀吉の問いに答え、つらい来し方を教えてくれた。

「不思議だね。話しているうちに、すべて打ち明けたくなっちゃったんだ。姉ちゃんが死んだことや、梅奴姐さんに出会ったことだけじゃなく、平次を殺したことまで。すべて」

——馬鹿だよね。

夕風に紛れて消えそうだったひなの声が甦った。

ああ、やっぱりそうだ。あれは、姉さんのことじゃなかった。ひなのことだったんあたしって、馬鹿だよね。いくら仇討ちだって人を殺すなんて馬鹿だよね。そんなふうに言いたかったんだ。

でも、ひなは馬鹿なんかじゃない。

亀吉がひなだったら、やっぱり同じことをするに違いない。大事な人を弄び、紙くずみたいに捨てた相手を殺したいと思うだろう。

だから、少しも馬鹿なんかじゃない。

そうだ。このまま黙っていればいいのではないか。ひなが科人だなんて誰にも言わなければわからない――

そんなことを考えた頭の中にふっと剣呑《けんのん》なものが飛び込んだ。

――納屋に行ったら女の人と一緒だった。だから、かっとなって懐紙に包んだ饅頭をそのまま渡して逃げてきた。

もしも、もしも、その女にひなの顔を見られていたら。

「なあ、納屋に女の人がいたって本当かい」

つい前のめりになっていた。

「うん。でも、誰かはわからない。饅頭を渡してすぐに出てきちゃったし」

ってことは、向こうもひなの顔をはっきりとは見ていないかも。ただ、おまき親分も飯倉様も平次が納屋で女と会っていたとは言っていなかった。だとしたら、その女は森田屋の人間や芸者ではないってことなんだろうか。それとも、疑われるのが嫌で名乗り出ていないだけなんだろうか。

「女って、どんな人だったんだい」

亀吉の問いに、ひなはしばらく宙を見つめていたが、

「本当にちらっとしか見てないの。ただ痩せてたし髪も薄かったように思う。髷がすごく小さかった。憶えているのはそれくらい。そうね、その人はあたしが平次に饅頭を渡したことを知ってるのよね。でも、もういいんだ」

ひなはきっぱりと言い、こちらを向いた。

「どんな理由があれ、あたしのしたことは許されない。だから――」

そこでひなはいったん切った。しばらく日回りの絵を見つめていたが、

「明日、自身番に行く。でも、もう亀吉と要と『つるかめ算術案内』の続刊を作れなくなっちゃった」

ごめんね、とひなは声を震わせた。日回りの絵の上に置かれた手まで震えているのを見て、

——自身番になんか行かなくていいよ。黙っていればわからねぇよ。

そう言いたいのに、その言葉は喉に絡まり、どうしても出てこない。

ひなの手はますます震え、紙の上で強く握られた。日回りの花がくしゃりと歪む。

「亀吉に嫌な思いをさせちゃったね」

本当にごめんね、とひなは描いた絵を置いて駆けていってしまった。

待ってよ。

そう口に出したつもりなのに、亀吉の唇からは情けない吐息が洩れただけだった。

下駄の足元にはひなが描いた絵が落ちている。亀吉はそれを拾い上げ、皺を丁寧に伸ばした。でも、くしゃくしゃになった日回りはどうしても元には戻らない。

知らないふりを、いや、気づかないふりをすればよかった。ひなが平次を殺したかもしれないなんて、気のせいなんだと亀吉自身をも騙《だま》せばよかった。

そうすれば、この日回りはこんなふうにならなくて済んだのに。

馬鹿なのはおれだ。おれが——

そこで目の前がぼやけ、くしゃくしゃになった花の上に大粒の涙がぽたりと落ちた。

十五

その日の夕刻、梅屋の小上がりである。

おまきの向かいでは亀吉がしょんぼりと肩を落とし、その隣では要が思慮深げに眉をひそめている。俯く二人の顔に腰高窓から射し込む西陽が濃い陰影を作っていた。

――ひなちゃんに、じかに訊ねてごらん。

そんなふうに言ったことをおまきは悔やんではいない。だが、亀吉の消沈した様子を見ると胸が締め付けられるようだった。おまきはひなと口を利いたことはないが、亀吉や要にとっては算術本をともに作った仲間なのだ。事情はどうであれ、その仲間が人を殺めたとあっては、苦しくないはずがなかった。

おまきは要と一緒に亀吉とひなに少し遅れてついていった。二人が花師の男に連れられて納屋のほうへ行くのを見て、後を追おうと思ったのだが、花師は親切そうだったので朝顔の鉢の傍で待っていようと決めたのだ。朝顔を見ながら要と話しているうち、納屋のほうからひなが駆けてくるのが見えた。様子がおかしかったので慌てて納屋の裏へ行くと、亀吉が顔を覆って泣いていたのである。

いったいどうすればよかったんだろう。

おまきが溜息を呑み込んだときだった。

「遅くなってすまなかった」

よく通る声がし、店の入り口に羽織姿のすらりとした影が立った。その後ろから太一が顔を覗かせる。暖簾《のれん》を早めに仕舞い、飯倉を呼びにいってもらったのである。

「飯倉様。ご足労をおかけしてすみません」

立ち上がって飯倉を出迎えると、おまきはそっと戸を閉めた。小上がりの窓は細く開いているから、うだるような暑さにはならないだろう。

「道すがら太一に話は聞いた」

飯倉は雪駄を脱ぐとすぐさま亀吉に近づき、大変だったな、と小さな頭に手を置いた。亀吉がゆるゆると顔を上げる。その目は真っ赤だった。

「で、つらいとは思うが、もういっぺん話してはくれないか」

子ども二人と向き合うように座り、飯倉は背筋を伸ばした。

亀吉はこくりと頷き、おまきや要にしたのと同じ話を始めた。

ひなの境遇。姉の小夜の死。梅奴に助けられた不思議な夜のこと。平次と森田屋で再会し、ひなに殺意が芽生えたこと。平次が甘いものが好きだと知り、饅頭を買い、そのひとつに毒を忍ばせて持っていったこと――

「ちょいと待て」

そこで飯倉が話を止めた。眉間には深い皺が寄っている。座の皆は黙って次の言葉を待った。

「毒を入れた饅頭はひとつだけか」

亀吉は赤い目を泳がせた後、

「うん。そう」

饅頭をふたつ買ってひとつに毒を入れたって言ってたよ、と一語一語確かめるように告げた。

飯倉は顎に手を当ててしばらく考えていたが、

「仏さんが握っていた饅頭はつぶれていたが、かなりの量があった気がするんだ。その中には確かに黄色い粉が入っていたが、あれなら食べたとしてもせいぜいひとくちだ」

なあ、おまき、とこちらを見る。切れ長の目に促され、おまきはふた月ほど前のことを手繰り寄せる。

膠《にかわ》でくっつけられたような亡骸《なきがら》の指を、飯倉が一本ずつ引き剝がすようにして開くと、黄色い粉の入った潰れた饅頭が出てきた。飯倉の言うように結構な量が残っていたように思う。でも――

「石黄は猛毒なんでしょう。吸い込んだだけでも心の臓がやられるとか」

おまきは飯倉の目を見つめ返した。

「そうだ。だが、相当な量を吸い込んだ場合だ。ただ、胃の腑に入れば――」

ちょいと待っておくれよ、と亀吉が飯倉を止めた。

「それって、ひなが嘘をついてるってことかい。毒を入れた饅頭はひとつじゃなかった。そう言いたいのかい」

今にも立ち上がりそうな勢いで亀吉は言い募った。座の空気がびりびりと震えるような声音だった。

「亀吉っちゃん、そういうことではないと思いますよ」

ねえ、飯倉様、と要が震えた空気をなだめるように言う。

「うむ」と飯倉がそれに答える。

「飯倉様は他の線があるとおっしゃりたいのですよ」

要が穏やかな口調で言葉を継いだ。

「他の線？」

すべすべのおでこを見つめながら、おまきは問うた。

「はい。つまり、ひなさんは科人ではないという線です。吐いた物の中に饅頭が混じっていたようですが、それは毒の入っていないほうでしょう」

要がきっぱりと言う。要も信じたいのだ、ひなのことを。

「でも、ひなが自ら言ったんだ。殺すつもりで饅頭に毒を入れたって。姉ちゃんを見殺しにした奴だから許せなかったって」

亀吉の声が泣きそうになった。

「それは事実なんだろう」

飯倉が泣き声を静かに受け止め、その先を続けた。

「そして、平次が死んだのも事実だ。だが、世の中には案外不思議なことがあってな。事実と事実が重ならないこともある。そんなときは、そこにもうひとつ別の事実が嚙んでるもんだ」

もうひとつ別の事実――おまきはあの場にあったものを懸命に思い出す。

沈黙の中、太一がそっと立ち上がる気配がした。気づけば小上がりには夕闇が忍び込んでいた。角行灯《かくあんどん》に火が点され、板間が仄かに明るくなる。

――なあ、おまき。現場には、においが残るんだ。

父の声が胸奥で鳴り響いた。

お父っつぁん、教えて。あの現場に他にどんなにおいがあったのか。

——そこに誰かがいたっていう気みてぇなもんだ。

誰かが——広い納屋だった。すのこの敷かれた床には空樽がふたつあった。そのうちのひとつの傍に平次はうつぶせに倒れていて——その様子をじっと見下ろしていた誰かの影がおまきの眼裏にぼんやりと映る——

「気のせいかもしれないけど」おまきは喘ぐように言った。「空樽がふたつあった。まるでさっきまで誰かと話していたみたいに。ひなちゃんではない別の人間がいたのかも——」

「そうだよ！」

おまきの言葉を遮ったのは亀吉だった。

おれ忘れてた、動転して、そのこと言うの忘れてたんだ、と亀吉は頭をかきむしった。

「ひなが言ってたんだよ。納屋に行ったら女がいたって。ちらっとしか見なかったけど、それでかっとして饅頭を渡して帰ってきたって」

「どんな女だったの」

おまきの舌がもつれそうになった。ひながやっていないとしたら、その女が怪しいのではないか。

「髪が――」

亀吉の言に戸の開く音が重なった。

「ねえ、あんたたち、ひなを知らないかえ」

ひんやりとした夕風とともに、斜陽に縁取られた影が店の中へと飛び込んできた。梅奴だ。その声は聞いたこともないほどに震えている。土間を打つ下駄の音まで震えているような気がした。

「どうしたんだい。梅奴姐さん」

亀吉が土間に裸足で駆け下りた。

「ふた月ほど前から様子がおかしかったんだよ」

ことに衣装競べから数日は自室にこもって絵を描いてばかりいたそうだ。まるで梅奴と顔を合わせたくないみたいに。そこで、何かあったのかいと訊くと首を横に振った。ことに衣装競べについて何も言わないのは不思議に思ったのだが、着物が切られたことは梅奴も忘れたかったし、あえて口にすることはなかった。そのうち、算術本を作り始めたら楽しそうにしていたので、ああ、よかった、元気がなかったのは気のせいだって、腹に収めることにした。ところが、算術本が仕上がってからは、またぞろ様子がおかしくなった。まるで魂が抜けたみたいにぼんやりしていることもあったという。ただ、今日は朝から亀吉と大島町まで花を観に行くと言うから少し安心していたのだが、見送った後、妙に胸がざわざわし始めた。

それでも、いつも通り仕事に出たのだが、予定していたお座敷が先方の都合で取りやめになった。梅奴の胸のざわつきはますます大きくなっていく。お座敷が取りやめになったのは、いわゆる虫の知らせというやつではないか。あるいは、何か見えぬ力、神の声とでもいうものが、己に囁《ささや》いているのではないか。そんな思いに駆られ、急ぎ家に帰ったそうである。

すると、書き置きがあったという。

今までの礼が拙《つたな》い文字でしたためられていた。

「けど、あの子はどこへも行くところなんかないんだよ」

拳を握り締め、梅奴が唇を噛んだ。

どこへも行くところなんかない——その言葉がおまきの胸を刺し貫いた。そこから痛みと共に甦ったのは、春に聞いた要の言葉だった。

──一座を脱け、どこへ行く当てもなく逃げているうちに、胸に萌《きざ》していたことでした。

どこへ行く当てもなかったとしたら──激しく脈打つ痛みの中から飛び出したのは、やはり要の声だった。

──わたしは生きていてもよいのでしょうか。

「梅奴姐さん」おまきは土間に下りると、梅奴の手を握っていた。「どこか思い当たる場所はないですか。ひなちゃんの行きそうなところ──」

「小名木川だ！」

姐さん、そうだろ、と亀吉も梅奴の手にすがりついた。

小名木川──梅奴が切れ長の目を見開く。

「ああ、止めなきゃ。何としてでも止めなきゃ」

あの子、死んだ姉さんたちに会いに行く気なんだ。

＊

西空は残照で真っ赤に燃え、水面には薄青い夕靄《ゆうもや》が立っていた。あと四半刻《しはんとき》（三十分）もすれば、辺りには宵闇が降りてくるだろう。

往来には家路を急ぐ人が大勢歩いている。皆、帰る場所があるのだ。あたしも然《しか》るべきところへ帰ろう。本当は一年前にそうしていればよかったんだ。そうすれば――

ねえ、小夜姉ちゃん。

あたし、やっぱり間違ってたのかな。

姉ちゃんと赤ん坊の仇を討ったつもりだけれど、それっていけないことだったのかな。

十三歳だから死罪にはならないだろう。でも、梅奴姐さんとも引き離されて、絵も描けなくなって、お寺かどこかにしばらく預けられて、十五歳になったら島流しになるんだろうな。

そう思ったとき、平次を殺めた日に森田屋の裏庭で見た躑躅の花が脳裏をよぎった。

なぜだろう、あの日の躑躅の花がひなの頭にずっとこびりついている。桜の花は美しい姿で散って終わるのに、どうしてか、あの躑躅は枝についたまま茶色く枯れていた。

あのまま枯れてしまうなんてあまりにも惨めだ。惨めったらしい死だ。

あたしも、遠くの見知らぬ島で惨めにのたれ死ぬくらいなら、いっそここで。

いったんは姉ちゃんたちとお別れしたこの場所で。

潔く死んだほうがいい。

姉ちゃん。今度こそ迎えに来てくれるよね。

いや、やっぱり無理かな。あたしはお父っつぁんやおっ母さんや姉ちゃんと同じ場所には行けないのかもしれない。人を殺めてしまったから。

ひながひとつだけ心配なのは、姉ちゃんのやや子のことだ。水子は賽の河原で長いこと石を積まなくちゃならない、だから、この世で親が善行を積まなくちゃいけないって聞いたときはどきりとした。あたしが人殺しなんて悪行をしたがために、やや子が姉ちゃんに会えなくなったらどうしようって心配になってしまった。でも、お武家様は親の仇を討たなきゃならないって聞いたことがある。だったら、あたしも親代わりの姉ちゃんの仇を討ったんだから、褒められてもいいはずだよね。いや、お父っつぁんとおっ母さんだけはきっと褒めてくれる。ひな、よくやった、って、きっと頭を撫でてくれる。

神様、いや、閻魔《えんま》様になるのかな。

お願いがあります。

あたしは地獄に落ちてもいいから、やや子を姉ちゃんに会わせてやってください。あんな小さな子が賽の河原でいつまでも石を積むなんて可哀相です。

どうかお願いします。

あたしはどうなってもいいですから——

祈りながら、ひなは橋の上からそっと水面を覗き込んだ。

耳奥では、少し前に聞いたはずの暮れ六ツの鐘の音がいまだに鳴っているような気がする。ごぉん、ごぉん、と鳴り続けている。

あれ、もう月が出ている。ああ、なんて綺麗な光なんだろう。水面に金の漆を撒《ま》いたみたいに艶やかな色で、まるで夢を見ているようじゃないか。

こんな綺麗な場所で死ねるなら——

刹那《せつな》、ひなの身はふわりと浮いた。だが、すぐに石に腹を打ちつけたような痛みが走った。でも、それも一瞬のことで、すぐに総身が暗くて冷たい水の膜に包まれた。

そうか、月の光は水面だけで水底までは届かないんだ。少し悲しいけれど仕方ない。

あたしはやっぱりこのまま地獄に落ちるんだ。地獄はこの闇の先にある。恐怖でひなが目を閉じたときだった。

辺りが眩《まばゆ》いほどに明るくなった。白銀色の光がひなを包む。目を閉じているはずなのにおかしいなと思っていると——

ひなの手に温かいものが触れた。懐かしい温かさだった。

だいじょうぶ、だいじょうぶ。温かいものはひなの手を揺らす。ああ、姉ちゃんの手だ。お父っつぁんとおっ母さんが死んだとき。ひなを励ますとき。姉ちゃんはこうしていつもひなの手を揺らしてくれたっけ。

だいじょうぶ、だいじょうぶ。

だって、ひなの絵には心があるもの。墨ひといろなのに色が見える。あったかい色。だから、あきらめちゃいけない。決してあきらめちゃいけない。

ひなはみんなの心を温める、あったかい絵をこれからも描かなくちゃいけないんだから。

でも、姉ちゃん、無理だよ。あたしはもう絵師にはなれないよ。だって人を殺めたんだもの。梅奴姐さんや仁さんだって人殺しの面倒なんて見てくれないと思う。

ううん、ひなは絵師になれるよ。だって、日向のひなだもの。日回り草のひなだもの。

お日様に向かって咲く花みたいに、ひなは強く綺麗になれるんだから。

だから、きっとだいじょうぶだよ。

ひときわ大きな声で励ました後、温かなものはひなからそっと離れた。

白銀色の光もふわりと消え、辺りは再びの闇に包まれる。

姉ちゃん、待って。

懸命に伸ばしたひなの手を誰かが摑む。姉ちゃんよりももっと大きな、でも姉ちゃんみたいに温かな手だ。その手がひなの身を引き寄せる。背後からしかと抱きとめたのは力強い大人の腕だった。

もう、大丈夫だ。

柔らかな声が頭の中で鳴り響いた。その途端、ひなの眼裏に本物の闇がすとんと落ちてきた。

＊

おまきたちは、梅奴の住まいにいる。

以前は船宿だったのだという。一階は土間と板間と小さな六畳間になっていて、板間では時折、若い芸者たちに三味と踊りの指南をするそうだ。土間には気のせいか、微かに川のにおいが漂っていた。

そして、奥の六畳間ではひなが眠っている。

助けたのは飯倉と太一だ。足には相当に自信のあるおまきだったが、蓋を開けてみれば男二人にはまるで敵《かな》わなかった。ことに太一の速かったこと。おまきが駆けつけたときにはとうに堀に飛び込み、飯倉と一緒にひなを救い出したところだった。おまきと梅奴だけでは、とてもこうはいかなかっただろう。飯倉と太一がいなかったら、と思うとぞっとする。

「息はしてるんだよな」

亀吉が案じ顔で閉まった襖《ふすま》へと視線を投げた。

「心配なら見ておいで」

梅奴に促され、こくりと頷くと亀吉は要と一緒に立ち上がった。

そのほうがいい。目が覚めたときに傍にいるのが大人ではなく、亀吉と要のほうが、ひなもほっとするだろう。

「で、飯倉の旦那。ひなにはお咎《とが》めなしってことでいいですよね」

射貫くような眼差しを飯倉に投げたのは、春木屋仁右衛門である。呼びにいったのは太一だ。濡れ鼠のまま韋駄天《いだてん》走りで暁文堂《ぎょうぶんどう》へ向かい、すぐさまここに連れてきたのだった。

——石黄だと！　そんな物騒なもんを、おれがひなに渡すはずがねぇじゃねぇか！

事情を知るや否や、仁右衛門は吼《ほ》えた。切れ長の目を見たことがないくらいに吊り上げた。ひなをしょっぴくっていうんなら、このおれをお縄にしやがれ、と梅奴の家の戸が震えるほどの大声で吼えまくった。

仁さん、ひなが寝てるんだよ、と梅奴に諭され、ようやく正気に戻ったものの、憤《ふん》懣《まん》やるかたない様子で顔料のことを語った。

仁右衛門がひなに渡したのは黄土だという。その名の通り、土を水で固めてから干したもので水干《すいひ》絵具と呼ばれるらしい。唐渡《からわた》りのものだし、土なので毒がまったくないとは言い切れないが、饅頭に少し入れ、しかも一口かじったくらいで死ぬようなことはない、と仁右衛門は断じ、平次って野郎は他の奴に殺されたんだ、と飯倉に食ってかかった。

——仁さん、大丈夫だよ。飯倉様もひながやったとは思ってないから。

おまきが取り成し、ようやく仁右衛門は怒りの矛先を収めたのだった。

だが、飯倉に向けるその眼差しにはまだ険がある。まあ、地本《じほん》問屋といえば、お上には始終目をつけられているだろうから、役人というだけで毛嫌いしているのかもしれない。

で、飯倉のほうはと言えば、

「もちろんだ。ひなをしょっ引くことなんざしねぇよ。そもそも毒を入れた饅頭がひとつだと聞いたときから、科人は別にいると思ったさ」

やはり、仁右衛門に返す言葉の端々には無数の棘《とげ》がある。もしかしたら、この二人、案外似ているのかしらとおまきは思いつつ、要のすごさにまた思い至った。平次の握っていた饅頭のにおいを「土か木の根のような」と要は言い表していたが、顔料の中身はまさしく土だったのだ。

「で、話を戻そう」

と飯倉が仕切り直した。座の皆の顔が引き締まる。

「納屋にいた女のことですね」

おまきが話を引き取った。

――髪が――

亀吉が言いさしたところで梅奴が現れ、件《くだん》の女の話は途切れていたのだった。

ここへ来てから亀吉に確かめたところ、ひなの話では「女は痩せていて髪が薄かった」ようである。髷が小さかったのを憶えているとひなは亀吉に語ったそうだ。

平次の知り合いで、痩せて髪の薄い女といえば――

「おさちさんかもしれないね」

　おまきは隅に畏《かしこ》まって座る太一に話しかけた。飯倉は自身番で着物を着替えたが、太一は仁右衛門のところで着物を借りたようである。お仕着せらしい、だが仕立てのよい藍縞を着ていると大店《おおだな》の若い手代に見えなくもない。

「へえ。十中八九、そうでしょう」

　太一は深々と頷いた。

「おさちさんってのは」

　誰だえ、と梅奴が切れ長の澄んだ目をこちらへ向けた。今は落ち着いているものの、梅屋に駆け込んできたときは蒼白《そうはく》だった。いつも冷静で堂々としている梅奴には珍しいことだが、それくらいひなのことを可愛がっているのだろう。どこにも行く当てのなかった時期が梅奴にもあったのかもしれない。

「平次と関わりがあった女の隣人です」

　おまきが答えると、飯倉は顎をさすってしばらく考えていたが、

「いささか恰好がつかねぇが、今から行くか」

　立ち上がって羽織を肩に掛けた。入水の際に羽織は脱ぎ、得物は外したので濡れずに済んだ。だが、自身番で借りた間に合わせの小袖は背丈のある飯倉には裾がいささか短い。その上、粋《いき》だと言われる小銀杏《こいちょう》まで乱れているとあっては、江戸の町を守る

見廻《みまわ》り同心として確かに間が抜けている。

「まあ、多少間抜けなほうが、向こうの気も緩むかもしれないからな」

にやりと笑い、おまき行くぞ、と土間に下りた。

十六

おくめがへっついの前でぼうっとしているうち、いつしか家の中は仄暗くなっていた。

夕飯を食べた後、兄ぃはどこかへ出かけてしまった。房総へ持っていく物なんてほとんどないと知っているくせに、明日の朝には船が出るからちゃんと荷物をまとめておけよ、と言い置いて。どうせ女でも買いに言ったんだろうとおくめは溜息をついた。身に着けている縞の着物は仕立てがよさそうだったから、干鰯の商いが上手くいったって話は本当のことなんだろう。今夜は戻ってこないような口ぶりだったから泊まってくるのかもしれない。この辺の寂れた娼家じゃなく、がたくり橋の向こう側まで足を延ばしているんだろうな。以前の兄ぃだったら、どうやったって行けないようなところだ。

——あったけぇから人がおおらかだ。

兄ぃは房総をそんなふうに言い表した。あったかくておおらかな場所だから、商いが首尾よくいったんだろうか。そこへ行けば、おれの冷えた運命も温められていいほうへ転がるんだろうか。

でも、やっぱり——

おくめは茶碗を布巾で拭いて盆の上に伏せた。半刻ほど前に夕飯と薬を煎じたものを持っていくとおさちは昨日よりも具合が悪そうだった。お粥《かゆ》もこさえたからね、とさじで食べさせてやったが、喉が痛むのか、飲み下すのもつらいようだった。

おれがいなくなったら、誰がさっちゃんの面倒を見るんだろう。

溜息をつきながら、今度は湯呑みを手に取った。途端にドクダミのにおいが鼻をかすめた。水で何べんすすいでも、このにおいだけはこびりついて取れないのだ。湯呑みも茶碗も房総の家にあるだろうから、これはここへ置いていこう。そう心の中で呟いておくめははっとした。

——おれは、さっちゃんを見捨てられねぇ。

あんなふうに啖呵《たんか》を切ったくせに、心の奥底では兄ぃについていくことを決めてるじゃねぇか。くっ、と唇から乾いた笑いがこぼれ落ちた。自身の冷淡さがほとほと嫌になる。

ともあれ、もういっぺん、さっちゃんに会ってこよう。このまま黙っていくのはあまりにもひどいから。

おくめは盆に湯呑みを置くと、表へ出た。月明かりが路面を白々と濡らしているが、辺りはしんと静まり返って猫の子一匹いない。貧乏長屋の夜は早いのだ。行灯の油を買えない家だってある。

だから、今日みたいな月の明るい夜は心底から有り難い。互いの顔がぼんやりとでも見えるから、嘘をつくのが難しくなる。

綺麗な月の力を借りて、心の中を洗いざらい話してみよう。もしも、さっちゃんがおれにいて欲しいって頼んだら、兄ぃにもういっぺん相談してみたっていい。あったけぇ場所には遅れて行ったっていいんだ。

おくめは隣人の油障子をほとほとと叩いた。起きてはいるのか、こんこんと咳《しわぶ》く音が返ってくる。

「さっちゃん、具合はどうだい」

障子を薄く開けると、月明かりに肉の落ちた背中が白々と浮かび上がった。夕飯を届けるときに空気を入れ替えたから、饐《す》えたようなにおいは幾分ましになっている。

「うん、だいぶ、いい。おくめちゃんのお蔭だよ」

かすれた声が返ってきた。

「話があるんだ。少しいいかい」

中へ入り、上がり框に浅く腰を下ろした。話って、とおもむろに向いたおさちを見て、おくめは息を呑んだ。月明かりのせいか、鉛色の肌は青みを帯び、肉の落ちた頬にも額にも無数の皺が浮かび上がっている。老婆にしか見えなかった。

「実はさ――」

言い淀《よど》んでいると、

「兄さんが戻ってきたんでしょう」

淡々とした声で言う。ああ、知っていたのか、とほっとした。だったら話は早い、とおくめが房総行きを打ち明けようとすると、おさちが先んじた。

「壁越しに声が聞こえたもの。何だ、帰ってきちゃったんだ」

え、とおくめは聞き返していた。

――何だ、帰ってきちゃったんだ。

そう聞こえたけれど、聞き間違いだろうか。

「聞こえなかった？　兄さんが帰ってきて、残念だって思ったのよ」

おさちが嬉しそうに微笑んだ。言葉の意味より、ほどけた唇からこぼれた歯の美しさにおくめは胸を衝かれた。地肌の透けるほど薄くなった髪や張りを喪い皺んだ皮膚。見た目は老婆でもここにいるのは、紛うことなき二十代の女なのだ。

「あーあ。せっかく書き置きを破ったのになぁ」

乾いた唇から信じられないようなせりふがこぼれ落ち、おくめは正気に戻った。

「書き置きって、どういうこと──」

ようよう声を絞り出すと、

「どうせ兄さんから聞いたんでしょう。書き置きを残したって。あれ、あたしがこっそり破いて捨てたの。書き置きだけじゃなく文も捨てた。そうそう、おくめちゃんがいないときに、櫛《くし》を持ち出しておとみさんの家の前に落としたのも、あたし」

おさちは嬉しそうにくすくすと笑う。白い歯が月明かりにまた輝いた。

書き置きと文を破いた上に、櫛も落としたって──

「どうして、そんなことするんだよ」

「どうしてって。おくめちゃんは不幸なままがいいんでしょ」

おさちは首を少し動かしてこちらを見た。口元は白い月のように輝いているのに、目は暗く沈んだ色をしている。その色に臆しながら精一杯の反論をした。

「おれが、いつ不幸なままがいいって言ったんだよ」

「あら、いつだったかあたしに言ったじゃないの。おまんまが食えねぇのも、売り飛ばされるのも、全部おれのせいだって。宿世で悪いことをしたからだって。だから、おれの運命は変えられないんだって」

おばあちゃんにそう言われたんでしょう、とおさちはげほげほと咳き込んだ。痩せた背中が激しく波打つのを見ると、おくめは下駄を脱いで上がり、

「おいっ、大丈夫か」

おさちの枕頭ににじり寄った。

「――ないよ」

咳の混じった声はよく聞き取れない。

「え？」

おくめが聞き返すと、大丈夫なわけないでしょ、とかすれた声が返ってきた。おさちはしばらく苦しげに喘いでいたが、

「もうひとつ、いいことを、教えてやるよ」

途切れ途切れに告げた。今度は笑わなかった。口元にさっきまで浮かんでいた月の輝きはない。あるのは、目の奥にひそむ深く淀んだ闇の色だけだ。その色がなお深く

なる。

「あの男を殺したのも、あたしだから」

毒を盛ってやったんだ、とおさちは淡々と続けた。

四月の何日だったかな。もう忘れちゃったけど、あたしがまだ立って歩ける頃だよ。おくめちゃんへの文をあの男から預かったんだ。衣装競べってのをやるけど、昼の七ツには体が空くから会いにこないかって。裏庭の納屋にいるからって。だから、代わりにあたしが行ってあげたの。おくめちゃんが来られなくなったって。そうそう、小娘が饅頭を差し入れにきたからちょうどよかったよ。それが喉に詰まっちまったみたいで、毒入りとも知らずにあたしが渡した麦湯を一気に飲み干したんだ。毒が何かって。そんなの鼠捕りに決まってるじゃないか。あれならどこにだってあるもの。

お望み通り、おくめちゃんを不幸にしてやったんだ。だから怒らないで――

おさちの声が途切れ、激しく咳き込む音がした。それでおくめは我に返った。

頭の中は大風が吹き荒れたようになっている。まさか、おさちが平次を殺すなんて思いもよらなかった。しかも、おれを不幸にするためにだと。

そんな馬鹿なことがあるか。

兄ぃが言った通りだ。

ばあちゃんの言葉は。あの呪詛《じゅそ》のような言葉は。

――おまんまが食えねぇのも、売り飛ばされるのも、すべておめぇのせいなんだ。おめぇは宿世で悪いことをしたんだ。

すべて法螺だった。

おれを売り飛ばすための方便だった。

不幸なのは、おれのせいじゃなかった。この女のせいだ。この女のせいで、おれも平次も不幸になったんだ。

「この野郎――」

おくめがおさちの細い首に手をかけようとしたときだった。

淀んだ目の奥に、底なしの暗闇に、一筋の光が閃《ひらめ》いたような気がして、おくめの手は宙に浮いた。

――酷なことを言うようですが、平次さんには他に女がいたようです。

いつか訪ねてきた十手持ちの娘の手下の男の声が甦った。

知っていた。そんなことは他人に言われる前に知っていたんだ。平次に他に女がいることくらい。たまぁにしか会いに来なかったから。そのたまぁに来たときに、微かに女のにおいがしたことがあったから。

まだ子どももしたおれがわかったくらいなんだ。男をたくさん見てきたさっちゃんが平次の裏の顔に気づかないわけがない。

もしかしたら──さっちゃんはおれのために、平次を殺したんじゃなかろうか。いつか平次に捨てられたときに、おれが傷つかないように。

でも、でも、兄ぃの書き置きを捨てたのは何のためだ。わからない。さっちゃんの心の中がわからない。こんなに明るい月夜なのに、本心が見えると思ったのに、さっちゃんの心の奥底にあるものが、おれにはまるで摑めない。

月明かりの中で行き場を失ったおくめの手は、いつまでも宙に浮いている。この手をどこへ向ければいいのか、おくめにはわからなかった。青白い手の先で、仄明るい闇が微かに揺れる。おさちは笑っていた。白い歯を見せながらさもおかしげに笑っていた。

不意に笑い声が止まる。白い月のような歯が、乾いた唇から僅かに覗いていた。ひどい言葉を吐き出したのに、なぜかおさちは優しい面持ちをしている。

「殺していいよ。どうせ、遠からず死ぬんだ。今、ここで殺せばいい」

微笑を浮かべ、おさちは言った。

それは、泣きたいようなしんとした響きだった。ひとけのない夜の原っぱに雪が降り積むような。じかに胸に響くようなそんな寂しい声色だった。

だからだろうか。今、おくめの胸は平次が死んだ晩よりも、ずっとずっと痛い。

すると、痛む胸の奥で二日前のおさちの言葉が甦った。

――たぶん、罰が当たったんだろうね。あたし、やや子を二回も堕ろしたから。本当は産みたかったんだ。

やっぱり――さっちゃんは、おれが痛い目に遭わないようにと。

「さっちゃん――あんた、もしかして、おれのために」

宙に浮いた手を戻し、顔を覗き込むと、黒い眸には月明かりが映りこんでいた。その眸が微かに揺れる。

さっちゃん――

おくめがもう一度呼びかけたとき、おさちは静かに壁のほうへ首を巡らせた。痩せたうなじが小さく震えている。

「あたしが殺ったこと、岡っ引きの娘にでも自身番にでも言っていいよ。どうせもうすぐ死ぬんだから。」

最後の声は夜の闇に溶けて消えそうなほど、儚くか細かった。

表に出ると、路地には月の光が溢れ返っていた。今、おれはどこにいるんだろう。もしかしたら、夢を見ているのかもしれない。きっとこれは夢だ。悪い夢だ。

――あの男を殺したのも、あたしだから。

でも、さっちゃんはそう言った。はっきりと〝殺した〟って言った。

しかも、おれを不幸にするために――いや、そうじゃないかもしれない。おれを救うために、平次を殺したのかもしれない。

どっちだ。どっちなんだ。

ねえ、さっちゃん――

呟いたとき、長屋の木戸のほうから人影が向かってくるのが見えた。影は三つだ。おくめを認めると、そのうちのひとつが飛び出してあっという間に眼前に立った。

「よかった。おくめさん、おさちさんのことで、ちょっと聞きたいことがあるの」

ああ、あの娘だ。女のくせに岡っ引きだと嘯いて、地味な小袖にたっつけ袴を着けている。変な小娘だ。でも、その眸はものすごく綺麗だった。夏の光を抱いたみたいに輝いていて妙に自信に満ち溢れていて、少しもこちらの気を逸らさない。

ほら今も。月明かりなんか弾き飛ばしてしまうくらいに、妬ましいくらいに明るく輝いている。

そんな眸を見ていたら、知らず知らず涙がこぼれていた。悲しいんだか羨ましいんだか憎らしいんだか、よくわからない。わからないのに、止めようもなく涙がこぼれ落ちてくる。

そして、胸が痛い。兄ぃがいなくなった日よりも平次が死んだと知らされた日よりも。

ずっとずっと痛い。

「さっちゃんを捕まえないでよ。だって病なんだよ。一人で立てないくらいなんだよ。だから、お願い」

捕まえないでおくれよ、とおくめは目の前の娘にすがりついていた。

大丈夫。今日は話を聞きにきただけだから。大丈夫、大丈夫、と娘はおくめの背中をさする。涙をぼろぼろこぼしながらおくめは思う。

さっちゃんの心の中なんかどうでもいい。

大事なのはおれの心の中だ。

兄ぃ。おれはやっぱり房総には行けないよ。あったけぇ場所にはまだ行けないよ。

だってさ。独りぼっちは怖いもの。心が寒くて痛くて仕方ないもの。

おれがそんなときに、傍にいてくれたんだもの。

だから、さっちゃんを独りぼっちで死なせることなんかできないんだよ。どうしてもできないんだよ。

やっぱり月のせいだ、と泣きながらおくめは思う。

悲しいくらい明るい月夜だから。

心の底の底まで照らされて、こんなにもこんなにも涙が出るんだ。

＊

今日はからりと晴れている。

これなら洗濯物がよく乾きそうだ。洗った襁褓《むつき》をぱんと叩いて竿《さお》に通すと、おくめは空を見上げた。まだ朝の五ツ（午前八時）前だというのに、空には裸のお天道様がぎらぎらとふんぞり返っている。

「おくめさん。精が出ますね」

呼ぶ声がしておくめは空から視線を戻した。総髪を揺らして駆けてくるのは、医者の渋谷由太郎《しぶたによしたろう》だ。小柄だから若く見えるのだが、実は三十路を過ぎているという。

「こんなにいい按配《あんばい》ですから、体を動かしているほうが却《かえ》って気持ちがいいんです」

おくめは籠からもう一枚襁褓を手に取った。洗濯板でごしごしとこすったのだが、なかなか茶色い染みは消えてくれない。でも、今日みたいなお天道様に当てれば綺麗になる。お天道様には毒を消してくれる力があるのだ。そう教えてくれたのは目の前の渋谷だ。

「そうですか。あなたみたいな人ばっかりだといいんですがね」

渋谷は目を細めておくめを眺めた。あなたみたいな人とはどういう意味だろう。洗濯くらい、誰でもやっていることだ。

おくめが返しあぐねていると、

「おさちさんの具合はどうですか」

渋谷は丁寧な口調で訊ねる。偉いお医者様なのに妙だな、とおくめは思う。生国でも江戸でも男たちはおくめに横柄な口を利いた。けど、この人は違う。こんな人は初めてだから、渋谷を前にしてしまうと、胸の辺りがむずむずしてどうにも落ち着かない。

「あんまり、よくねぇみてぇで。おれのこともわかんねぇみてぇです」

ここは、小石川《こいしかわ》養生所というのだそうだ。

十手持ちの娘が連れてきた、飯倉とかいう役人が教えてくれたのである。月明かりの下で見た役人は左頬に傷があり、少し怖そうだったが、話してみると存外に優しかった。

その翌日、おまきと役人は再びおくめを訪ねてきた。

――金が掛からないで病を診てもらえる場所があるんだ。だが、ひとつ難があってな。そこは人手が足らんそうだ。金が掛からないところというのは、往々にしてそんなもんだがな。そこで、おまえがおさちの面倒を見るなら入れてもいい、と言われた。どうだ。

どうだも何も、嫌だと言ったらそこには入れないんだろう。だったら、問うだけ無駄じゃないか。おくめは頷くしかなかった。

飯倉は約束を違《たが》えなかった。数日後にはおさちが養生所に移れるように手筈《てはず》を整えてくれた。

――どうせ死ぬんだから、養生所になんか入ったってしょうがない。

大八車《だいはちぐるま》に乗せられるのを渋るおさちに向かって、

――病人をお白州に座らせることはしたくないからな。

飯倉は小声で囁いた。表で待つ男衆に聞かれると困ると思ったのかもしれない。科人のおさちを番屋じゃなく養生所に連れていったのだから、役人は役人で色々と骨を折ってくれたのだろう。

そう言えば、飯倉も横柄じゃなかった、とおくめは思う。男はみんなふんぞり返って威張ってる奴ばっかりだと思っていたけれど、そうじゃない男も結構いるんだ。

兄はと言えば、おくめがおさちのために残ると告げると心底から呆れた顔をした。でも、おさちの余命がいくばくもないと悟ったのか、来られるようになったら文をくれ、と言い置いて一人で房総へ戻っていったのだ。

そうして、おさちと一緒におくめがここへ来て半月ほどが経った。ただ、おさちの具合はさらに悪くなっている。長屋もじめじめしていたがここも負けてはいない。ことにおさちのような重病人は敷地のいっとう奥に追いやられているので風通しがすこぶる悪い。風呂にも入れぬ重病人ばかりだからにおいがきついのは仕方がないとして、板敷きに筵を被せた上に布団を敷いているので骨ばった身にはさぞつらいだろう。しかも部屋が西向きなので夕方は蒸し暑いことこの上ない。ただ、薬を与えてもらえるのは有り難い。薬が効いているうちは節々の痛みも和らぎ、眠れるみたいだ。

「薬は少しは効いていますかね」

おくめの心の中を読んだように渋谷が言う。

「はい」

おくめは言葉少なに返した。

ただ、おさちはやっぱり治らないらしい。兄の言った通り黴毒のようだが、おくめはその名を口に出したくはない。瘡っかきも嫌だが黴毒も嫌な名だ。幸い、渋谷もおくめの前でその病の名を口にしないから助かっている。

「春先はここまで悪くなかったんです」

おくめが言うと、

「この病は軽快することもあるんです。でも、それは病が身の内で休んでいるだけのことで、治ったのではないのですよ。そのまま休んでいてくれればいいのですが、こうしてまた暴れてしまうこともある」

渋谷は困じ果てたように眉根を寄せた。

「治る薬はねぇんですか」

駄目だと思いながらも、優しい医者についすがりつきたくなる。

「残念ながら。後は痛みを和らげることしかできません」

きっぱりとした物言いだけに、おさちの病の深刻さが無知なおくめにも伝わってきた。

骨までみしみし痛むのだという。だから、薬が切れると、おさちは呻《うめ》き声を上げる。

そんなとき、おくめは手足をさすってやることくらいしかできない。

昨夜もそうだった。子《ね》の刻（午前零時）を過ぎた頃だろうか、隣で寝ていたおさちが唐突に呻いた。地を這うような恐ろしい声だった。

——さっちゃん。どうした？　どこが痛いんだい？

痩せた顔は夜目にもわかるほど歪んでいたが、おさちから返答はなかった。ただただ苦しくつらいのだ。でも、おくめには背中や足をさすってやることしかできない。少しでも痛みが和らぐようにと祈りながら。渋谷みたいな偉い医者でも治せないのなら後は神仏にすがるしかない。骨ばった背中やくるぶしが飛び出た足をさするうち、涙がこぼれそうになるけれど、いっとうつらいのはさっちゃんなんだ、とおくめは歯を食いしばってさする。そして、祈る。そうするうちに、寝息がおくめの耳を撫でて、おさちに束の間の安息が訪れる。

そんな夜が幾晩も続いていた。

「今日か明日かもしれません」

その意味はおくめにもわかる。

ここ数日は朦朧《もうろう》としている。時々薄目を開けて何かを呟くが、何と言っているのか皆目わからない。それが、おくめにはもどかしかった。

さっちゃんの心の中なんかわからなくていい。おれの心の中が大事なんだ。

そう思ったはずなのに、おさちの顔を見ると、腹立たしいような悔しいような切ないような不思議な心持ちになってしまう。何とか言ってよ、と痩せた肩を揺すって問い詰めたくなってしまう。

「あなたみたいな人ばかりだといいんですが」

渋谷は最前と同じ言葉を呟いた。

「あなたみたいな人って、どういう人ですか」

おくめが問うと、渋谷はまたぞろ困ったような面持ちになった。難しい問いの答えを探すように視線をさまよわせた後、

「言葉にすると、何だか薄っぺらくなりますが、まあ、心の綺麗な人です」

どこか面映げに言った。

嬉しいより、腹が立った。この医者はおれのどこを見ているんだと、心底腹立たしかった。

「おれの、おれの心は、ちっとも綺麗なんかじゃねぇ」

だから、吐き捨てるような物言いになってしまった。渋谷が目を丸くして石像のように固まっている。それで我に返った。

「すみません、つい。けど、本当にそんなんじゃねぇんです。だって、おれ、毎日さっちゃんに腹を立ててるんです。さっちゃんの腹ん中が読めなくて。さっちゃんが善い人なのか悪い人なのか、わからなくて――」

そこで嫌になった。会ってまだ半月の、しかも偉い医者に向かっておれは何を撒き散らかしているんだろう。

「善い人も悪い人も、どっちも、おさちさんなんですよ」

柔らかな声に、はっと顔を上げる。

「どっちも？」

「はい。それは、おさちさんだけじゃない。私もそうです」

にっこり笑った。その笑顔は悪い人には到底見えない。

「飯倉殿から多少の事情は聞いています。だが、おくめさん、あなたはここにいる。自らそうしたくて、おさちさんの世話をしている。ということは、あなたにとっておさちさんは善い人なんだ。それでいいじゃないですか。他の人には悪人でも、己にとっては善い人と思っていたら心が平らかだ」

それにね、と渋谷は綺麗に澄み渡った空を見上げる。

「私は、相手が善人でも悪人でも同じように診ます。しょうがないんです。私は医者だから」

呟くように言うと、渋谷はおくめへと視線を戻した。

私は医者だから。

その言葉がおくめの胸のど真ん中を貫いた。

渋谷は医者——じゃあ、おれは何だ。おれは何者なんだ。どうしてさっちゃんの面倒を看《み》ているんだ。

「で、その後のことなんですが」

言いにくそうに渋谷は言葉を継いだ。

「お察しの通り、ここは人手が足りない。もしよかったら、介抱人としてここに残ってもらうことはできませんか。もちろん、給金は払います。そうたくさんは無理ですが」

おれが？　ここで働く？

「是非、考えておいてください」

では、と渋谷は言い、踵《きびす》を返した。山吹《やまぶき》色の十徳《じっとく》の背に夏の陽が降り注いでいる。

ここも〝あったけぇ場所〟だとおくめは思う。少なくともあの医者の傍にいるとあったけぇ気持ちになる。でも——

考えておいてください、と言われても、

——今日か明日かもしれません。

そんなに刻はないじゃないか。せめて、おれが考えるくらいの刻をくれよと、お天道様に向かって祈ったときだった。

「おくめちゃん」

背後から柔らかな声がした。

振り向くと、おさちが立っていた。眩しすぎる夏の光のせいか、その輪郭は白っぽく輝いている。

「さっちゃん、よくなったのかい」

駆け寄ろうとして、おくめの足は止まった。

微笑むおさちの顔は桜色で娘のようにふっくらとしていた。髪も艶やかでたっぷりとしていて、それはおくめの知らないおさちの姿だ。

でも、おかしい。その輪郭がだんだんかすんでいく。夏の光のせいじゃない。

そうか。ここにいるのは、さっちゃんの魂だ。

たぶん、さっちゃんは、もう——

胸が強く引き絞られた。今にも千切れそうになる。

おくめは痛む胸を右手で強く押さえた。善人か悪人かなど、どうでもいい。渋谷が言った通り、しょうがないんだ。おれにとって、さっちゃんは近くにいた人だから。少なくともすぐ傍にさっちゃんがいたから、おれはじめじめした冷たい場所でも過ごせたんだ。兄ぃがいなくなっても生きてこられたんだ。独りぼっちの寂しさに潰されずに済んだんだ。

だから、今、こんなに胸が痛いんだ。

いや、この胸が痛むから――おれはここに残ったんだ。

ようやくわかったよ、さっちゃん。教えてくれてありがとう。

おくめが心の中で礼を述べると、おさちがふわりと微笑んだ。その笑みが眩い夏の光の中にゆるゆると溶けていく。

おくめちゃん、ありがとう。

耳元で優しい声がした。

刹那、おくめの目の前は白くぼやけ、おさちの姿は海の泡がはじけるように消えた。

十七

おまきの目の前には青い海が広がっている。だが、その色は藍に近い深い色合いだ。真夏のからっとした青とは少し違う。

そして、水平線のすぐ上には打ちたての綿のようなたっぷりした夏の雲、中空には魚の群れを思わせる、薄く小さな雲の一団が見えた。

「行《ゆ》き合いの空ですかね」

太一が空を見上げながら呟くように言う。

「行き合いの空？」

おまきは空から視線を外して隣に立つ太一を見上げた。

「ええ。夏雲と秋雲が一緒に浮かんでるでしょう。去る季節と来る季節。二つの季節が空で行き合うから、そういうんだそうですよ」

なるほど。ちょうど夏と秋のあわいということか。

「そんなこと、よく知ってるわね」

「ええ、まあ。八つか、九つのときですかね。伯父に教えてもらいました。小さいときは伯父の家が嫌で嫌でたまりませんでしたけど、今考えると、悪いことばっかりじゃなかったかもしれません」

太一は呟くように言った。

たぶんそうなんだろう。人生が悪いことばっかりだったら、きっと太一は今ここにいないような気がする。

「おくめさんがね。太一に感謝してたらしぃよ」

「おれに？」

「うん。運命が変えられるって言ったこと」

――おれの運命は変えられないんだと。

自らの不運を嘆いたおくめに、変えられますよ、と太一は断じた。

――人に変えてもらうんじゃなくて、てめぇで変えるんです。てめぇのことは、てめぇでしか変えられません。

あのときの言葉はおまきの胸に強く響いた。そして、ふらつきそうになった心に芯を入れてくれた。それはおくめも同様だったのだ。

おくめは小石川養生所で介抱人として働くことになったらしい。病人の下の世話や洗濯等、重い仕事を厭《いと》わずにてきぱきと動いているそうだ。

——房総へ行っても、もし兄ぃがいなくなったら、おれはまた途方にくれちまう。おれの運命はおれが変える。兄ぃでも、他の誰でもねぇ。おれが変えるんだ。十手持ちの娘と手下の男にそう伝えてください。

様子を見にいった飯倉にはそんなふうに言ったそうだ。

「そうですか。でも、それも飯倉様のご裁量があってのことですよ」

太一が空を見上げながら言った。

「そうね」

とおまきは頷いた。

おさちが科人だとわかっても飯倉は捕縛することはしなかった。人を、しかももっともらしい理由もなく殺めたのだ。死罪は免れまい。だが、余命いくばくもないおさちが斬首になるのは哀れと思ったのだろう。もしかしたら、女たちを〝だまくらかした〟平次に腹を立てていたのかもしれない。

ともあれ、飯倉はおさちを小石川養生所へと送った。養生所は町奉行所の管轄で、貧しい病人が無償で治療を受けられる。だが、入れる人数は限られているため順番待ちの人がたくさんいるとも聞く。飯倉は何も言わないが、おさちのために無理を通したのだろうと推察がつく。だが、当の飯倉は、

——もとより、無能と思われているからな。科人を挙げられぬ事件がひとつやふたつあったところでさしたるお咎めはない。

そう嘯いた後、

——人を、いや、罪を裁くってのは難しいな。御定法は大事だが、それに縛られすぎても身動きができなくなる。

なにやら生真面目な面持ちで言った。

もしも、役人が飯倉でなかったら、おさちはすぐに伝馬町《てんまちょう》送りになっただろう。斬首になる前に牢《ろう》の中で命の灯が尽きてしまったかもしれない。そうなれば、おくめが〝自身を変える〟こともできなかっただろう。

飯倉は飯倉のできる精一杯のことをして、おさちのみならず、おくめを守ったのだと思う。それが御定法に反することだったとしても。

「でも、やっぱり太一の言葉は大きかったのよ。頑《かたく》なおくめさんを変えたんだから」

「いや、偶さかです。人に物言えるほど立派な生き方はしてねぇや」

伝法な物言いをすると、すぐ傍の葦《あし》を踏んで足場を作り、ここから投げてやればいいかな、とおまきを振り返った。

「うん、ありがとう」

おまきは太一が作ってくれた足場に立った。手には花がある。森田屋の庭を彩る凌霄花《のうぜんかずら》を菊乃にお願いして譲ってもらった。夏の名残の花だ。でも綺麗に咲いているのを選んで摘んでくれたのだろう、鮮やかな橙色《だいだいいろ》は見ているだけで元気が出る。

おさちは生国を上総だと言っていた。深川の岡場所、ことに「あひる」は上総や下総《しもうさ》から来た娘が多いそうだ。おさちもここへ来て青い島影を見ながら望郷の念に駆られたかもしれない。涙を流しながら、自らの〝始まりの場所〟を確かめていたかもしれない。

そんなおさちの心の闇とは何だったのだろう。おまきには、ついに掴めなかった。

──二人して互いの傷を舐め合っているのかもしれません。同病相憐れむってやつか。

太一の言葉を当てはめれば、病に冒されたおさちは、おくめだけが幸せになるのが許せなかったのだろうか。おくめを自分と同じく不幸にしたくて、平次を亡き者にしたのだろうか。

だとしたら、おくめはなぜおさちを庇《かば》い、小石川養生所まで付き添ったのだろう。

──さっちゃんを捕まえないでよ。だって病なんだよ。一人で立てないくらいなんだよ。だから、お願い。捕まえないでおくれよ。

おくめは泣きながらおまきに懇願した。まるで実の姉を守るかのように必死だった。

——人の心はひといろじゃないもの。

不意に、いつかの母の言葉が胸に浮かんだ。

おさちは——おくめにとって光だったのではないか。

真っ暗な闇の底に差し込む細く淡い光。

頼りない光だけれど、それが確かにあることを信じていたのかもしれない。

おまきは花を海へ投げると、遠くにかすむ島影に向かってそっと手を合わせた。

おさちの始まりの場所へ——どうかこの花が届きますように。

「お嬢さん、今度は別の海へ行きませんか」

明るい声で物思いから引き戻される。

「別の海って」

振り返ると、太一が眩しそうに光る海を見つめていた。

「江の島の海です。こないだから、お内儀《かみ》さんが行きたそうにしてるんだよなぁ」

——ねぇ。太一、旅に出るのに女二人じゃ心細いからさ、あんた用心棒についてきておくれよ。

「ってなもんです」

江の島の海――

でも、おまきが先月出した文の返事はまだない。

「行けるかな」

いきなり行っても迷惑じゃないかな。

「行けますよ。だってもうすぐ秋になります」

行き合いの雲もいずれひとつになるんですから、と太一はおまきを見てにっと笑った。

その笑顔につられ、おまきは行き合いの空をゆっくりと見上げる。

濃い青空に抱かれているからか、夏の雲と秋の雲はどちらも目にしみるほどに白く美しかった。

＊

「すごいわねぇ」

おさと姉ちゃんだ。

「本当に亀が描いたの」

疑わしげに眉をひそめているのは、真ん中のおくみ姉ちゃん。

「そうよ。亀ちゃんは絵が上手なの」

お花姉ちゃんが丸い口を尖らせる。

ああ、うるせぇ。女三人寄れば姦《かしま》しいどころじゃねぇ。

こいつら、うるさすぎる。

「ああ、もう。四の五の言わずに仁さんの店に行きやがれってんだ。本の前に客が群がってらぁ」

亀吉は三人の姉に向かって啖呵を切った。居間で姉ちゃんたちが見ているのは、刷りたての『つるかめ算術案内』である。なかなか売れ行きがいいらしい。

「そうなのよ。本当に売れてるらしいの」

おさと姉ちゃんがおっ母さんにそっくりな奥二重の目を瞠る。

「あったぼうよ。おれさまが挿絵を描いたんだからな」

えっへん、と亀吉が胸を張ると、

「違う違う」

人差し指を立てて顔の前で振ったのは真ん中のおくみ姉ちゃんだ。おくみ姉ちゃんだけがお父っつぁんと亀吉みたいなどんぐり眼をしている。

「何が違うんだよ」

「すごいのは、あんたじゃなくて、要ちゃんよ」

胸を張ると、おくみ姉ちゃんは亀吉の頭を人差し指で小突いた。それに合わせておさと姉ちゃんとお花姉ちゃんまで笑い転げる。

「何でだよ。これを見ろよ。おれさまの挿絵が光ってるだろ」

亀吉は冒頭に描かれた鶴の絵を指差した。ひなに何遍も物言いをつけられ、手を入れた鶴の絵だ。長い首に黒く愛らしい目、いつ見ても惚れ惚れするぜ。

「そうかしら？　鶴の絵より、亀の絵のほうがあたしは可愛いと思うけど」

おさと姉ちゃんが言えば、

「ほんと、ほんと。亀の絵のほうが断然、上手よね」

おくみ姉ちゃんがまん丸の目を見開いて頷く。

——亀の亀吉でぇ。おいらが楽しい算術の世界へ案内するぜ。

そんな吹き出しまでついている。

確かに可愛い。ひなの描く絵はどこか愛嬌がある。

「でも、よかったわね。お父っつぁんとも仲直りして」

これであたしも心置きなく嫁に行けるわ、とおさと姉ちゃんは菓子鉢から煎餅を手に取ると大きな前歯でぱりんと齧《かじ》った。

おいおい、そんな大口を開けたら旦那さんに嫌われちまうぜ。

飛び出しそうなせりふをすんでのところで呑み込んで、

「そいじゃ、行ってくる」

亀吉は姦しい座敷を飛び出した。

陽はすっかり低くなり、生垣の下や花開き始めた小さな桔梗や白い小石と、庭の隅々まで照らしている。もうすぐ日没だ。でも、今日は、夜に出かけてもお父っつぁんに叱られない。大人同伴だからだ。仁さんに梅奴姐さんに美緒先生におまき親分、頼りになる大人ばかりだ。いや、おまき親分は大人かどうか微妙かな。

ともあれ、今日は楽しい夜遊びでぇ。

――『つるかめ算術案内』が評判になってるからな。森田屋で好きなだけ美味いもんを食わしてやる。

仁さんが宴席を設けてくれたのである。

もちろんひなも要も栄太も寛二も来る。栄太と寛二の本はまだ仕上がっていないみたいだが、こちらもかなりいい出来になりそうだと仁さんはほくほく顔だ。

そうそう。『つるかめ算術案内』の続刊の話もあるだろうから楽しみだ。

裏木戸から表に出て、ふと空を見上げると、夏のもくもくした雲だけじゃなく秋の鰯雲《いわしぐも》が浮かんでいた。

行き合いの空って言うんだっけか。夏がもう終わるんだ。山藤屋の日回りも見頃を過ぎて、もう枯れかかっているだろう。

そう思うと、胸の中にひんやりした風が吹いた。

いや、夏は消えてしまうわけじゃない。また一年後には戻ってくるじゃないか。来年こそ、ひなと一緒に山藤屋の日回りを描くんだ。鮮やかな黄色の顔料をたっぷり使って。

亀吉は空から目を引き剝がすと、八幡宮前の通りを駆け出した。

「亀、遅かったじゃないか」

森田屋の座敷に行くと、梅奴姐さんが満面の笑みで出迎えてくれた。ああ、あのときの天女の着物だ。浜梨の絽に鴇色の薄い紗。今日も天女の舞を披露してくれるのかな。

で、座敷を見渡せばみんなが顔を揃えている。

奥から仁さんに美緒先生に要におまき親分、それに向かい合って座っているのは丸太ん棒の寛二に鼠花火の栄太。そして、日回り色の帯——やった、ひなもちゃんといる。小名木川に飛び込んでからひと月近くが経ち、どうしているかと案じていたけれど、栄太と話す顔には明るい笑みが浮かんでいる。元気そうでよかった。

「ほら、亀。おめぇの座るところはちゃんと取っておいてやったぜ」

悪童みたいな面持ちで、仁さんが顎をしゃくる。ひなの隣だ。

「何だよ、端っこかよ」

文句を言いながらも、ひなの隣に座ると、

「ありがとうね、亀」

殊勝なことを言いやがった。恥ずかしいから聞こえないふりをしていると、

「これ、後で見てね」

ひなが丸めた紙を手渡した。丁寧に薄紙で巻き、綺麗な赤い紐《ひも》で結わえている。

たぶん、絵だ。

「後で？」

「そう。後で。今は駄目だからね」

ひなは大きな目で睨《にら》んだ後、

「亀吉、本当にありがとう」

小さな声でまたぞろ礼を述べた。その可愛らしさにどぎまぎしていると、

「おい、そこの二人、何をこそこそ喋ってるんだ」

仁さんが野次を飛ばし、

「亀はひなにぞっこんだからな」

嬉しそうに栄太が茶々を入れる。

「何がぞっこんだよ。こんなはねっ返り娘」

「はねっ返りで結構。あんたなんかガキじゃないか」

いつものひなに戻ってほっとする。やっぱりひなはこうじゃなきゃ、と思いつつ、

「ガキで結構。おめぇだってガキだろうよ」

亀吉が言い返すと、ひなが頬を膨らませ、座がどっと沸いた。

そんな笑いの渦が収まるのを見届けてから、

「けどな」

と仁さんが語調を変えた。皆の視線が仁さんの引き締まった顔に集まる。

「おめぇらは、ガキだからいいんだよ」

よく通る声に座がしんと静まり返った。いつもの悪童みたいな笑みは仕舞い、仁さ

んは三十三歳の大人の顔で先を続ける。

ガキだから、余計なことを考えずに済む。

真っ直ぐに前だけを向ける。

大人に支えてもらえる。

そうして、思い切り好きな道を駆けることができるんだ。

でも、忘れちゃいけないことがある。

どんなガキも、いつかはガキじゃなくなるってことだ。

どんなガキもいつかは――胸の内で仁さんの言葉をなぞり、そっと横を見ると、ひながが瞬《まばた》きもせずに仁さんを見つめていた。その面持ちが俄かに大人びて見えて胸がどきりとした――そのとき。

「ま、そういうことだ」

にっと笑って仁さんが話を終えた。

「お待たせしました」

仲居さんの声がして次々と膳が運び込まれる。

おお、森田屋特製御膳だ。

脂の乗ったヒラメの煮付け、大好物の卵ふわふわもある。秋茄子《なす》には綺麗に焦げ目がついて醤油のにおいが胃の腑をそそる。揚げ麩《ふ》に椎茸《しいたけ》、金糸卵の載った五目飯まであるじゃないか。

隣でくすりと笑い声がする。ひなの口元から白い八重歯がこぼれていた。

「ほらほら、よだれが垂れてるよ。亀はやっぱりガキだね」

と言ったかと思えば、卵ふわふわをさじで掬い、美味しい、と大きな目を瞠る。

可愛いじゃねぇか、と思いながら、

「なんでぇ。おめぇだってガキだろうよ」

亀吉も卵ふわふわに手を伸ばす。出汁《だし》がじんわりしみていて口の中でふわっと溶ける。やっぱり森田屋特製御膳は上々吉だ。

本は売れたし、ひなは元気だし、料理は美味しい。

ああ、なんて幸せなんだろう。

でも、幸せな時はあっという間だ。

和やかに、ときに爆笑の渦を巻き起こしながら宴《うたげ》はずんずん進み、梅奴姐さんの神々しくも美しい天女の舞が終わると、お開きの刻限になった。

おまき親分と美緒先生は要を連れて、ご馳走様《ちそうさま》でした、とにこやかに退出し、

「またね」

梅奴姐さんはひなと一緒に帰った。楽しかったし、料理はほっぺたが落っこちるほど美味かった。でも、亀吉はひとつだけ不満なことがある。『つるかめ算術案内』の続刊の話がついぞ出なかったのだ。

「なあ、仁さん。『つるかめ』の続刊は出さないのかい」

帰り際に出口のところで仁さんにそっと訊ねると、

「亀吉にはまだ言わないでくれ、と釘《くぎ》を刺されていたんだが」

黒塗りの下駄を履きながら形のよい眉をひそめる。

「言わないでくれって、誰に？　何を？」

亀吉の問いには答えずに、仁さんは表に出た。大人たちにはまだ宵の口だ。紅灯で染まった通りには料理屋へ向かう旦那衆が懐手をしてゆるりと歩いている。船着場のほうでは水音に交じって威勢のいい男衆の声がした。

ねえ、仁さん、と亀吉が横に立ったときだ。

「ひなは、久保田《くぼた》へ行くことになった。出羽《でわ》といったほうがわかりやすいか」

出羽――もちろん名は知っている。でも、どんな場所かはよくわからない。遥か遠い北の国といったことしか知らない。

「何で、出羽へ行くのさ」

「絵を学びたいそうだ」

絵を学ぶって。どうしてそんな遠い国に行くんだよ。

「どうして江戸じゃ駄目なのさ。江戸にだっていい絵師はたくさんいるじゃないか」

「蘭画だ」

蘭画――

子どもが亀を川に放している絵、放生会の様子を描いた絵が亀吉の脳裏にくっきりと浮かんだ。遠近法を用いていたから、川も空もどこまでも続いているようで、すごく奥行きがあった。

――こんなのが描きたいって言って、見よう見まねで色々と描いていたみたいだ。

「久保田はいっとき蘭画が盛んだったんだ。今は下火になってしまったようだが、技法を学んでいる者もずいぶん残っていてな。放生会の絵を見た、さる人から仕込んでみたいという話があったのさ。信の置ける御仁だから大丈夫だ。何より、ひながどうしても江戸を出たいって言うんだよ」

どうして。どうして江戸を出たいんだい。

声にならない問いを感じ取ったのか、

「これはおれの推察だが」

と仁さんは断った後、言葉を継いだ。

ひなはもしかしたら己を罰するつもりなのかもしれない。平次って野郎を殺したのは別の女だ。だが、ひなが平次を殺そうとしたのもまた事実だ。そのことを、ひなはたぶん悔いているだろうし、拾ってくれた梅奴を裏切ったと思っているのかもしれない。

そんなことを仁さんは空を見上げたまま語った。

「でも、だからって江戸を離れなくてもいいじゃないか。梅奴姐さんだって仁さんだっているんだし」

そうだよ。誰もひなを責めてはいない。悪いのは平次っていかさま野郎だ。人の心を弄んだからあんな目に遭ったんだ。

「己を変えたいんだとさ」

仁さんがようやく空から目を転じた。

「ここじゃ、変えられないのかい」

声が震えた。

「どうだろうな。それはおれにはわからん。だが、己を変えたいと思うひなの心は大事にしたい。だから、おれにできる精一杯の力を貸そうと思ってる」

おれもかつてはそうしてもらったからさ、と仁さんは大人の顔で呟いた。

——でも、忘れちゃいけないことがある。

——どんなガキも、いつかはガキじゃなくなるってことだ。

ほんの一刻ほど前の仁さんの声が胸の中で甦った。今頃になって、ようやくくっきりと形を持って立ち上った。

あれは、以前に言われたことと同じだ。

——瑠璃も玻璃も照らさなきゃ、光らない。だから、おれはおめぇらにちょいと光を当ててやる。

そういうことだ。

ひなは、仁さんや梅奴姐さんにもらった光をもっと輝かせようとしている。そして、その光はまだ見ぬ誰かにいつか手渡されるんだ。

もう、ひなはちっぽけなガキなんかじゃない。

それは、すばらしいことだ。けれど、途方もなく寂しいことだ。

だから今、亀吉の胸はばらばらに砕けそうだ。

「わかりました」

今日はありがとうございました、と亀吉は仁さんに深々と頭を下げた。地面を思い切り蹴る。

「おい、一人で大丈夫か」

仁さんの声が背中を摑んだが振り返らなかった。

「大丈夫でぇ」

前を向いたまま大声で返すと、亀吉は家まで真っ直ぐに駆けた。駆けて駆けて、家の裏木戸まで着くと立ち止まった。夜商いの店の灯りで路地は仄かに明るい。

手にはひなにもらった紙がある。

——そう。後で。今は駄目だからね。

なんだい。もったいぶりやがって。

家の中で見ようかと思ったが、待ちきれずに亀吉は紐を解いて紙をそうっと広げた。見た途端、あっ、と声がこぼれ落ちた。

紙一面を埋め尽くしているのは鮮やかな日回りの群れだった。

黄色の濃淡が実に見事だ。手前にある日回りはくっきりと大きく、奥へ行くほど淡く小さくなっていく。だから、黄色い日回りの群れはどこまでもどこまでも、まるで空の彼方《かなた》まで続いているように見える。

そして、薄い水色の空には鮮やかな瑠璃色の鳥が一羽飛んでいた。

不意に頭の中でばさりと翼の音がした。

それを合図に、仕舞われていた夏の日の絵が次々と甦る。

夏大根の瑞々《みずみず》しい緑。

艶やかな芙蓉の赤と白。

光の中で泳ぐ水木の葉とオオルリの青。

そして、風に揺れる鮮やかな日回りの群れ。

あの夏の日、心の琴線に触れたありとあらゆるものが、亀吉の眼裏にくっきりと浮かんでは消えた。

頬を伝う涙を拳で拭くと、亀吉はおもむろに顔を上げた。

満天の星だ。息を呑むほどの美しい空だ。

手を伸ばせば届きそうな、そんな星々に向かって亀吉はそっと呟いた。

――瑠璃も玻璃も、照らせば光る。

ISBN978-4-09-407328-7

絡《から》繰《く》り心中〈新装版〉

永井紗耶子

ISBN978-4-09-407315-7

旗本の息子だが、ゆえあって町に暮らし、歌舞伎森田座の笛方見習いをしている遠山金四郎は、早朝の吉原田んぼで花魁《おいらん》の骸《むくろ》を見つけた。昨夜、狂歌師大田南畝《なんぽ》のお供で遊んだ折、隣にいた雛菊《ひなぎく》だ。胸にわだかまりを抱いたまま、小屋に戻った金四郎だったが、南畝のごり押しで、花魁殺しの下手人探しをする羽目に。雛菊に妙な縁のある浮世絵師歌川国貞とともに真相を探り始めると、雛菊は座敷に上がるたび、男へ心中を持ちかけていたと知れる。心中を望む事情を解いたまではいいものの、重荷を背負った金四郎は懊悩《おうのう》し……。直木賞作家の珠玉にして、衝撃のデビュー作。

——本書のプロフィール——

本書は、小学館文庫のために書き下ろされた作品です。

小学館文庫

日輪草《にちりんそう》

泥濘《でいねい》の十手《じって》

著者 麻宮《あさみや》 好《こう》

二〇二四年三月十一日 初版第一刷発行

発行人 庄野 樹

発行所 株式会社 小学館

〒一〇一-八〇〇一
東京都千代田区一ツ橋二-三-一
電話 編集〇三-三二三〇-五九五九
販売〇三-五二八一-三五五五
印刷所——大日本印刷株式会社

ISBN978-4-09-407340-9